KB270848

나는 민주당이다

나는 민주당이다

1판 1쇄 발행 2011년 9월 15일
1판 14쇄 발행 2019년 10월 1일
지은이 김부겸 | 펴낸이 김민지 | 펴낸곳 미래M&B
등록 1993년 1월 8일(제10-772호) | 주소 서울시 마포구 동교로 134(서교동 464-41) 미진빌딩 2층
전화 (02) 562-1800(대표) | 팩스 (02) 562-1885(대표)
전자우편 mirae@miraemnb.com | 홈페이지 www.miraeinbooks.com

ⓒ김부겸, 2011
ISBN 978-89-8394-674-4 03810

값 15,000원

＊ 잘못 만들어진 책은 구입처에서 바꾸어 드립니다.
＊ 미래인은 미래M&B가 만든 단행본 브랜드입니다.

나는 민주당이다

TK 출신 김부겸의 인생과 정치

김부겸 지음

미래인

다시 쓰는 자술서

설을 앞두고 재래시장을 찾았다. 정치인들이 민심을 살피기에 가장 좋은 곳이 재래시장이다. 대형 마트에 밀려 고전하면서도 눈물겨운 노력으로 생계를 이어가는 사람들이 있는 곳.

낯이 익은 신발가게 사장님이 차 한잔 하고 가라며 손을 잡는다. 이런저런 이야기를 나누던 중 "언제까지 버티면 희망이 좀 보이겠나?" 하며 한탄과 원망의 소리를 하신다. 정치하는 사람들이 언제쯤 정신 차리고 나라를 위해서, 서민들을 위해서 제대로 된 해법을 내놓겠느냐는 질타로 들렸다. 정치판에 기웃거린 지 어언 20년, 이젠 제법 낯이 두꺼워졌지만 마음속이 벌겋게 달아오르는 것은 어쩌지 못하고 몇 마디 변명만 늘어놓은 채 종종걸음으로 빠져나왔다.

모처럼 막내아이의 책상 앞에 앉아 창밖 수리산 자락을 바라본다. 산봉山峰의 바위가 마치 독수리와 같다 하여 수리산이다. 이 산은 군포시를 병풍처럼 둘러싸고 있어 우리 28만 군포 시민은 물론이고 안양, 안산 시민들에게도 마음의 안식처로 사랑받고 있는 군포시의 진산이다. 사계절을 통해 늘 새로운 모습과 이야기를 들려주던 다정한 수리산인데 그날따라 왠지 낯설고 답답하게 느껴졌다.

35년 전 학생 시절, 민중과 역사 혹은 변혁을 외치며 미친 듯이 뛰어다니던 일, 20년 전 제도정치권에 뛰어들어 개혁, 지역주의 타파, 야권 통합을 부르짖으며 몸부림쳐 온 일, 10여 년 전 첫 국회의원 당선 이후 상생相生이라는 정치적 화두를 붙잡고 버텨온 나날들. 무언가 뜻이 있는 일을 해야 한다고 굳게 다짐하면서 시작한 것 같은데, 뒤돌아보니 무엇 하나 뚜렷이 손에 잡히는 것이 없다. 어느새 일상의 편안함에 만족하면서, 정치권 일반의 풍토라고 핑계를 대면서, 치열하게 살아보자던 초심에 때가 끼고 목소리는 능글맞아지고 있는 것 같다. 날카로웠던 양심의 칼날도 녹슬기 마련인가 보다.

TV 프로그램에서 나오는 어려운 이웃의 이야기에도 별 감동을 느끼지 못한 채 지나치고, 나라 전체에 영향을 미치는 심각한 사건이 터져도 그냥 늘 똑같이 지내고 있었다. 입에는 대의大義를 가끔 달고 다니지만 내 이해에 관계되는 일에는 눈과 귀를 쫑긋 세우는 초라한 오십대의 모습을 거울 속에서 발견한다.

갑자기 두려워지고 마음이 바빠졌다. 이제는 한 번쯤 정리가 필요한 것 같다. 이런 식으로 하루하루를 안일과 타성에 젖어 그렇고 그런 정치꾼으로 계속 살 수는 없을 것 같다. 부족한 채로 지금까지의 삶의 단편, 생각의 편린, 행동의 결과들을 정리하면서 마음을 다잡고 싶었다. 옛날, 경찰서나 수사기관에 연행되었을 때 숱하게 써보았던 자술서를 모처럼 다시 쓰는 것 같다. 빈칸을 메우는 부담감은 자술서와 같았고, 구타에 의해 메워지던 지면이 지금은 심적 질타에 의해 채워진다는 점이 다를 뿐이다.

"나는 민주당이다"라는 자못 파격적인 제목을 붙인 이유는 나의 정치 이력에서 비롯된다. 정치인이 돼서 연고지인 대구에 내려가면 평소 알던 이들조차 나더러 '김대중 앞잡이' '민주당 빨갱이'라며 대놓고 야유를 했다. TK 출신으로 민주당 정치를 한다는 게 무슨 파문破門을 당할 각오를 해야 했던 시대였다. 1987년 양김 분열과 1990년 3당 합당 이후 한국정치는 지역주의라는 늪에 점점 빠져들어 갔다. 지역주의가 한국정치의 근원적 균열이자 망국적인 병폐인 것은 물론이거니와 특히 나 같은 경계인에게는 정말 엄청난 고통이자 거대한 장벽으로 작용했다. 그렇게 지역주의라는 악연과 두고두고 싸워온 투쟁사가 바로 나의 개인사이기도 하거니와 대한민국 야당 민주당의 역사이기도 했다. 참으로 외람된 제목이지만 민주당의 동료, 선후배 제위께서는 TK 출신이 민주당에 와서 제 딴엔 얼마나 힘들어서 저럴까 하고 접어 생각해주시면 고맙겠다.

이 책을 총 3부로 구성했다. 1부는 나의 정치인생에 대한 회고록이다. 글을 쓰면서 살아온 인생에 대한 회한과 그리움, 감사를 느낀 시간이 되었다. 2부는 대정부질문을 포함하여 그동안 각종 매체에 발표한 칼럼들을 모았고, 3부는 경제, 사회, 통일 등 현안에 대한 나의 정책적 소신과 대안들을 밝혔다.

물심양면 출간에 도움을 준 나의 오랜 친구 김준묵 미래인 사장과 심순영 님을 비롯한 편집부 직원들, 그리고 이 책이 탈고될 때까지 끊임없이 나를 재우쳐준 이진수, 유대영 보좌관과 비서진들께 감사의 마음을 전한다.

김부겸

1부

뚜벅뚜벅 한 걸음씩

정치인생 20년의 기록

2부

허약한 민주주의와 비열한 자본주의

민주 진보세력의 통합을 꿈꾸며

존경하는 아버님(김영룡)과 어머님(차숙희)께
그리고 참으로 험한 시간을 함께 버텨준
사랑하는 아내 이유미와
연수, 지수, 현수, 세 딸에게 이 책을 바칩니다.

1부

뚜벅뚜벅
한
걸음씩

**정치인생
20년의 기록**

향기 품은 군사우편

내가 태어난 곳은 경상북도 상주군 상주읍 오대리라는 시골마을이다. 논다운 논을 구경할 수 없고 대신 과수원이 아주 많은 동네였다. 상주 사과의 명성은 그 시절부터 이어져왔다.

오대리는 갑장산 자드락에 위치한 마을인데, 갑장산은 상주시에서 박정희 전 대통령의 생가가 있는 선산 방향으로 5~6킬로미터 벗어나 있다. 예로부터 노악露岳 노윤산, 석악石岳 천봉산과 더불어 연악淵岳 갑장산을 상주의 삼악三嶽이라 했다. 갑장산이 높기도 제일 높거니와 볼거리와 경관이 뛰어나 고려 충렬왕은 갑장산을 상주 제일의 명산이라고 했다.

굴티고개에서 시작하는 갑장산은 남쪽으로는 떡시루를 엎어놓은 듯한 시루봉이 있고, 산 정상 부근에는 깎아지른 듯한 절벽인 백길바위가 아슬아슬한 모습을 하고 있다. 백길바위 너머로는 낙동강이 유유히 흐르고 있어 옛날에는 갑장산을 상주 문학의 연원淵源이라고까지 했다. 나 역시 고향을 떠올릴 때 갑장산을 빼놓고는 생각할 수 없다.

어릴 적 기억 가운데 가장 아련히 떠오르는 것은 마을 어귀에서 아버지를 기다리던 어머니의 모습이다. 우리 집이 갑장산 줄기에 있던 터라 전망이 좋아 시오 리 바깥 읍내며 경북선 철도, 국도 3호선 신작로가 한눈에 들어왔다. 황혼이 신작로를 붉게 물들이는 어스름 녘에 남편을 기다리는 어머니와 어머니 손을 잡고 있던 내 긴 그림자. 50여 년 전 어머니와의 추억이다.

나는 지금도 어머니(차숙희, 74세) 손을 잡고 아버지(김영룡, 74세)를

마중하던 때를 생각하면 눈에 눈물이 배곤 한다. 두 분은 조혼 풍습으로 18세에 결혼해 일찍 나를 낳았고, 아버지는 공군에 입대하셨다. 어머니 혼자 덩그러니 집에 남았다. 군 생활을 하던 아버지는 그후로도 오랫동안 어머니 곁에 있지 않았다. 그러다 몇 개월마다 혹은 1년이나 넘어서 아버지의 휴가 소식이 군사우편을 통해 전해졌다. 고추당초보다 맵다던 시집살이를 하는 어린 나이의 어머니에게 이 순간은 정말 설레는 시간이었을 것이다. 신작로를 따라 나 있는 미루나무 가로수 저 멀리서 흙먼지를 날리며 달려오는 버스를 기다리던 시골 새색시의 심정. 쉽게 이해한다고 할 수 없을 것 같다. 갑갑한 생활 속에 단 하나의 기대감으로 아버지를 그리는 애타는 마음, 안타까움 정도로 와 닿을 뿐이다.

내가 제일 좋아하는 노래는 '향기 품은 군사우편'인데, 그 가사 내용 때문이다. "행주치마 씻은 손에 받은 님 소식은, 전선의 향기 품고 그대의 향기 품어……" 이렇게 시작되는 트롯 풍의 노래는 당시의 어머니 심경을 표현한 듯하다.

지금도 가끔 나의 가족과 함께 어릴 적의 시골학교, 그리고 어머니와 나섰던 신작로 입구를 가보곤 한다. 그때마다 내 입에선 흥얼흥얼 '향기 품은 군사우편'이 떠나지 않는다. 4분의 4 박자의 경쾌한 곡임에도 슬픔 없이는 읊조릴 수 없는 아련한 노래이다.

아들 때문에 아버지의 날개는 꺾이고

아버지는 할아버지가 마흔 넘겨 얻은 독자였다. 할아버지 입장에서 독자인 아들이 빨리 결혼해주길 바라는 것은 당연했다. 그때까지도 시골에서는 조혼이 유행했다. 할아버지의 성화와 조혼 분위기에 떠밀려 아버지는 고등학교 2학년 때 결혼했다. 결혼 이듬해인 1956년 12월에 내가 태어났고 아버지는 고등학교를 마치자마자 군에 입대했다. 어머니는 1년도 더 지난 1958년 1월에야 내 출생신고를 했다. 그래서 당시에 흔했던 일, 즉 실제 나이와 주민등록상 나이의 비밀이 내게도 있다. 아버지가 나를 낳자마자 입대한 것은 군 문제를 빨리 해결하고 농사를 짓기 위해서였다. 상주 농잠고등학교 임업과를 나온 아버지는 군 제대 후 본격적으로 농사를 지을 생각이었다.

아버지의 군 생활은 착오로 연장됐다. 3년간의 군 생활을 마치고 귀향할 생각이었지만 행정상 착오였는지 아버지의 실수였는지, 입대 후에 장기 하사관으로 지원된 것을 알았다. 복무 기간은 5년이었다. 하지만 이때 공군에서는 장기 하사관을 대상으로 대학 교육의 기회를 줬다. 배움의 욕심이 많았던 아버지는 기회를 마다하지 않았다. 사천 비행장에서 근무하면서 마산대학(현재의 경남대학교) 야간부에 진학했다. 군 복무 중에 교직까지 이수하면서 상과대학을 졸업하셨다. 군과 대학을 한꺼번에 마친 아버지는 두 가지 갈림길에 놓였다. 교편 생활을 할 것인가, 내친김에 공군 장교가 될 것인가. 아버지는 공군의 길을 택하고 공군 간부 후보생에 지원해 공군 소위로 임관했다. 1958년 공군 하사관으로 입대해 1965년에 소위로 임관된 것이다.

그후 아버지는 공군 중령으로 예편할 때까지 전국 각지의 공군 비행장을 누비고 다녔다. 내가 갓난아기 때였기에 사천 비행장은 기억에 없지만 대구, 광주, 오산, 김해 비행장의 모습은 또렷하다. 방학 때마다 찾았던 곳들이기 때문이다. 경상북도 산골 촌놈으로 태어났지만 어린 시절부터 전국 팔도를 유람할 기회를 얻은 것은 내게 커다란 행운이었다. 아버지에게도 공군은 새로운 도전이자 기회였다. 하사관 시절에는 대학 교육을 받게 해 진로 선택의 폭을 넓혀주었고, 군수 업무를 주로 했던 장교 시절에는 국내 최초로 도입된 컴퓨터 교습 기회를 주어 새로운 가능성을 가질 수 있었다. 아버지는 공군에서 당신의 꿈을 펼쳐볼 각오였다.

하지만 나중에 그 꿈은 아들 때문에 꺾이고 만다. 나의 시위 전력으로 날개를 접고 만 것이다. 아버지는 내게 늘 엄격하셨다. 공군 제복 속에 가려진 아버지의 마음은 늘 엄정하고 규율 속에서만 존재했다. 최소한 어린 나에게는 그렇게 보였다. 그러다 중학교 입학 체육 실기 고사장에서 남보다 이른 나이에 진학해 체력이 달리는 아들을 보며 고래고래 응원하다 눈시울을 붉히기도 하고, 시위 중 체포되어 학생 대열에서 줄줄이 매 맞으며 끌려가는 아들을 바라보며 눈물 흘리실 때에야 비로소 아버지의 따뜻한 마음을 볼 수 있었다.

젊은 아버지는 어린 내게 늘 속박으로 여겨졌지만, 한편으로 내 마음속엔 아버지의 꿈을 꺾은 불효에 대한 죄송함이 자리 잡고 있다.

2년 조기 입학의 후유증

요즘 학부모들은 '선행학습이 대세'라는 말을 한다. 중·고등학생뿐만 아니라 초등학생들 사이에서도 선행학습이 유행처럼 번지고 있다. 짧게는 한 학기에서 길게는 1~2학년을 앞서 공부하는 것을 말하는데, 이에 대한 폐해가 만만치 않은 모양이다. 우선 학생들이 무리한 학습량에 심신이 피폐해지는 것은 말할 것도 없고 사교육 또한 극성이다. 망국병인 사교육 문제를 해결해야 한다는 생각이 늘 머릿속을 떠나지 않는 나도 어린 시절에 불가피하게 선행학습을 받았다.

고등학생 아버지는 나를 낳고 출생신고도 안 한 채 군에 입대하셨다. 그 바람에 어머니는 돌이 지난 나를 업고 읍사무소에 가서 출생

신고를 했다. 그래서 나는 호적상 만 4세가 되던 해인 1962년에 초등학교에 입학했다. 취학통지서도 없었지만 나이 많은 동네 친구들이 학교를 다니니까 놀러 가는 마음으로 따라간 것이다.

덕분에 나는 고입과 대입 두 번의 재수를 하고도 동년배들과 같이 대학을 다니는 행운 아닌 행운을 누리기도 했다. 물론 이 일로 난처한 일도 많았다. 예전의 중학교 후배가 고등학교 동기, 대학교 선배가 되는 일도 일어나 친구들 사이에 본의 아닌 호칭 문제로 시시비비가 일었고, 선후배들 사이에 낀 나는 친구들 족보 정리에 애를 먹기도 했다. 나의 원래 나이가 밝혀지자 이곳저곳에서 항의와 핀잔이 빗발쳤다. 어릴 적 친구들 나이 또한 내 나이로 오인되면서 주변 사람들로부터 나이를 속였다는 야단을 들어야 했다. 내일모레면 환갑이라고 허풍을 치던 친구는 졸지에 나 때문에 두서너 살 어려지면서 "체면을 왕창 구겼다"고 전화하기도 했다. 지금도 그 친구들이 형 동생을 다시 정하자고 하면서 농을 걸어오면 "한번 친구는 영원한 친구"라면서 웃음으로 넘긴다.

지금 생각하면, 그래도 가장 행복했던 시절이 초등학교 때였던 것 같다. 상주 남부초등학교는 인근 8개 부락 아이들이 모두 모여 공부했는데, 한 학년이 2개 반, 전교생이 800명 정도인 아담한 학교였다. 이 학교에서 훗날 아동문학가 겸 동시작가가 되신 하창호 선생님이 글짓기반을 지도해주셨고, 또 유명한 아동문학가 이오덕 선생님이 인근 학교에 계셔서 많은 아동 백일장을 개최하셔서 우리들에게 꿈과 용기를 키워주신 것도 기억에 남는다. 또 학교 실습지에서 직접 농사도 짓고 가을에 땔나무를 하러 갑장산을 오르내리던 기억이 새

록새록 난다.

1960년대 후반 우리 가족은 대구에 정착했다. 직업군인이셨던 아버지가 나를 교육시키기 위해서 대구에 뿌리를 내리고자 했던 것이다. 맹부삼천지교의 시작이었다. 하지만 중학교 입시에서부터 아버지의 기대에 미치지 못했디. 당시 중학교 입시도 전기, 후기가 있었는데 전기에 떨어진 나는 후기에 입학했다. 가장 힘들었던 것이 체육 실기고사였다. 조기 입학으로 또래들보다 두어 살 어린 나의 한계는 턱걸이, 달리기, 제자리멀리뛰기, 공 던지기 등 4종목의 체력고사에서 여지없이 드러났다. 체력이 달려 20점 만점에 겨우 3점 얻는 데 그쳤다. 선행학습의 한계를 실감하는 순간이었다. 그 당시 운동장 저편에서 군복을 입고 지켜보시던 아버지가 안타까워하는 모습이 내 눈 속에선 우시는 것 같았다. 그 모습이 너무 생생해서 지금도 잊을 수가 없다.

중학교 3년 동안 야구, 축구, 탁구, 자전거 여행 등으로 즐겁게 보내다 보니 체격도, 체력도 좋아졌다. 하지만 문제는 공부였다. 중학교 생활을 즐겁게 보내면서도 공부에 소홀히 하지는 않았지만 명문 고등학교인 경북고등학교에 가기엔 부족했던 것 같다. 고등학교 입시에 또 실패하고 말았다. 굳이 변명하자면, 경북중학교 학생들이 동일계 무시험 진학을 하는 바람에 경북고등학교 신입생 선발이 4학급으로 대폭 줄어든 것도 이유였다. 할 수 없이 후기 고등학교에 진학해야 했다. 고등학교 1학년 과정을 공부하다 보니 중학교 과정에 대한 안목이 트였다. 또 집에서 틈틈이 입시 준비를 해서 1학년 겨울방학 때 치러지는 고등학교 입시에 다시 응시했다. 이번에는 선행학습

나는 만 4세에 초등학교에 입학했다.
또래들보다 두 살이나 어리다 보니 호칭 때문에 시비가 분분했다.
하지만 덕분에 두 번의 재수를 하고도 또래들과 같이 대학에 다니는 행운을 누렸다.

이 아니라 복습 위주로 자발적인 공부를 했다. 시쳇말로 자기주도형 학습 능력을 키운 셈이다. 게다가 체력도 많이 좋아졌다. 이번에는 체육 실기시험에서 40점 만점을 받는 등 분전해서 아슬아슬하게 재수 입학생이 되었다. 내가 선행학습보다는 현행학습(?)이 더 필요하다고 느끼는 이유이다.

첫 도전, 경북고 학생회장

나는 후기 고등학교를 1년 다니다 다시 고입 시험을 치르고 경북고
등학교에 입학했다. 그래도 만 4세에 시작한 학창생활이라 또래 아
이들보다 1년 빠르게 고등학교 생활을 시작할 수 있었다. 고교 시절
에 나는 소심하다면 소심하다고 할 수 있는 순진한 학생이었다. 가까
운 친구들과는 활달하게 어울렸지만 본디 내성적인 성격이라 통솔력
이나 리더십과는 거리가 멀었다.

이런 소극적인 고등학생 김부겸을 유심히 관찰한 선생님이 계셨
다. 2학년 담임이신 성원모 선생님이었는데, 말수 적고 유순한 나를
귀여워하셨고 또 항상 눈여겨보셨다. 어느 날 성원모 선생님이 내게
학생회장 출마 의사를 물어보셨다. 적극성을 키우고 리더십을 발휘
할 수 있는 기회를 주기 위해 선생님이 나에게 학생회장 출마를 권하
시는 것이었다. 처음에는 망설였지만 '까짓 거, 한번 해보자!' 하는
마음으로 선거에 나섰다. 하지만 시간이 별로 없었다. 나를 포함해
모두 세 명이 입후보했는데, 다른 친구들은 모두 오래전부터 학생회
장 선거에 나설 뜻을 갖고 있었고, 따라서 선거 준비도 많이 한 상태
였다. 특히 지금 대구교육대학에서 교수를 하고 있는 양선규 군의 경
우에는 친형도 경북고 응원단장을 지낸 적이 있어서 모든 면에서 다
른 두 후보를 앞서갔다.

뒤늦게 선거에 나서니 정신이 없었다. 나는 우선 가까운 친구들의

학생회 간부들과 찍은 사진. 앞줄 맨 왼쪽이 학생회장 양선규 군(현 대구교육대학교 교수)이다. 나는 친구들과 잘 어울리긴 했지만 본디 내성적인 성격이라 리더십과는 거리가 멀었다. 하지만 담임선생님의 권유도 있고 해서 '까짓 거, 한번 해보자!' 하는 마음으로 경북고 학생회장 선거에 출마했다.

도움을 받아가며 선거를 준비했다. 최대한 많은 학생들을 직접 만나 그들의 의견과 학교생활의 문제점을 듣고 해결 방안을 강구하는 것으로 공약을 짜기로 했다. 이런 전략이 서자 소심했던 내게 나 스스로도 놀랄 만한 변화가 찾아왔다. 다소 의기소침하기까지 했던 내가 적극적인 사고로 변하고 있음을 느낄 수 있었다. 평소 거드름을 피워 일반 학생들이 다가가기도 꺼리던 학우들부터 껄렁껄렁한 친구들까지 스스럼없이 만났다. 심지어 패싸움을 자주 해서 학생주임 선생님 으로부터 요주의 인물로 낙인찍힌 친구들과도 거리낌 없이 대화했다. 이들과의 대화가 그다지 어렵지 않았다. 평소 이 친구들을 불량하다는 선입견으로 거리감을 뒀는데, 그럴 이유가 전혀 없음을 깨달

았다. 이런 것이 내게는 큰 소득이었고, 세상을 알아가는 과정이기도
했다.

유세 기간은 단 이틀이었는데 1, 2, 3학년 36개 반을 모두 돌아야
했다. 쉬는 시간을 이용해 각 반을 돌면서 유세를 하다 보니 정신이
없었다. 어떤 때는 다른 후보들과 같은 교실에서 마주칠 때도 있었
고, 박수부대들끼리 티격태격하는 경우도 생겼다. 또 선거를 돕는 친
구들이 미리 체크하지 않아 같은 교실을 두 번 들어가는 바람에 학생
들의 야유 소리를 듣기도 했다. 모두들 정신없이 벌인 이틀간의 유세
였다. 허둥지둥 유세를 마치고 선거가 시작됐다. 결과는 세 후보 가
운데 2등이었다.

짧은 선거가 끝나자 친구들이 찾아와 이런저런 이야기를 했다. 진
작 출마한다고 알리지 않았느냐는 친구에서부터 공약을 조언하는 친
구들도 있었다. 나 역시 좀더 시간이 있었다면 체계적인 준비를 해서
성공적인 선거를 치를 수 있었을 텐데 하는 아쉬움이 남았다. 선거에
서 2등은 없다고 하지만, 나는 차점으로 낙선했어도 많은 것을 배웠
다. 우선 적극적으로 생각하는 방법을 알았고, 많은 친구들과의 대
화, 그리고 선생님들의 조언도 청년기의 큰 자양분이 됐다. 무엇보다
선입견 없이 다가가면 누구든지 마음을 연다는 것을 배웠다.

혼란 속에 날아든 서울대 합격 소식

경북고 시절은 좋은 친구, 훌륭한 스승님을 많이 만난 시기였다. 1972년 고등학교 1학년 때, 10월유신이 났는데 그때 이미 "이는 박정희 대통령의 영구집권이다. 이 나라의 앞날이 불행해진다"고 예견한 성숙한 녀석도 있었고, 구내매점에서 일하는 연상의 누나에게 매달리던 조숙한 녀석에, 사나이 의리를 내세워 집단적으로 결투를 벌이던 간 큰 녀석도 있었다.

고등학교 친구들이야말로 평생의 반려라는 말처럼, 이때 친구들은 훗날 학생운동이나 재야활동, 정당생활, 국회의원 생활 등 어려운 시절이나 고비마다 정신적, 물질적 후원을 아끼지 않았다. 모두 다 잠재력이 있는 친구들이어서 그랬는지, 사회 각 분야에서 많은 성취를 이루고 있으면서도 어려운 친구 돕기에는 하나같이 앞장서는 모습을 보여줘서 늘 고개를 숙이게 만드는 친구들이다. 지금도 연말이면 '입양아 후원의 밤' 행사를 여는데, 그때마다 성황을 이뤄 옛 우정을 확인하기도 한다. 하지만 그때도 첫 대학입시는 실패했다.

서울대 사회계열에 응시했지만 쉽지 않았다. 할 수 없이 후기 대학에 진학했다. 중학교부터 고등학교, 대학교까지 이어진 후기 간판을 쉽사리 끊을 수 없었던 걸까? 대학에서 고시공부를 할 작정이었지만 1975년 대학의 캠퍼스는 나를 도서관으로 이끌지 않았다. 민청학련(전국민주청년학생총연맹) 사건으로 구속되었던 선배들이 석방되면서 대학은 달아오르고 있었다. 학생운동을 체계적으로 해보고자 했던 움직임을 독재정권이 반체제 국가전복 사건으로 규정해버린 민청학련 사건은 전형적인 박정희 정권의 과오 가운데 하나이다. 대학생들의 시위가 반독재, 반체제 움직임으로 성격이 바뀌면서 일부 지식인과 야당, 종교계 지도지에서 고등학생에까지 확산되자 박정희 정권은 내심 놀랐다.

그래서 나온 것이 긴급조치였다. 박정희 대통령은 1974년 1월 8일 긴급조치 1, 2호를 공포하면서 일체의 개헌 논의를 금지하였고 위반자를 심판하기 위한 목적으로 비상군법회의를 설치했다. 그리고 민청학련이라는 불법 단체가 불순세력의 조종을 받고 있다는 대통령 발표와 함께 긴급조치 4호를 발동해 학생들의 수업 거부와 집단 행동을 일체 금지시켰다. 중앙정보부는 긴급조치 4호가 공포된 후 1,024명의 위반자를 조사했고, 비상군법회의 검찰부는 180명을 구속 기소했다. 구속된 180명의 운명은 엇갈렸다. 비상군법회의에서 인혁당계 23명 중 8명이 사형을, 민청학련 주모자 급은 무기징역을, 그리고 나머지 피고인들은 최고 징역 20년에서 집행유예까지 선고받았다.

1975년 2월 15일이었다. 박 대통령은 1년도 채 되지 않아 지식인, 학생들을 석방할 수밖에 없었다. 1975년 대학의 봄이 더욱 잔인해질 것임을 예견하는 전조였다. 신입생인 나는 사법고시를 준비하겠다고 작심하고 있었다. 하지만 불가능한 상황이었다. 대학에 들어와서 읽은 책들은 신입생들의 시각을 바꿔놓았고, 특히 리영희 선생의 《전환시대의 논리》는 내게 적지 않은 충격을 가져다주었다. 저항하는 지성으로 리영희 선생이 있었다면, 살아 있는 문인으로는 오적 필화 사건으로 유명한 김지하 시인이 있었다. 그의 시 〈타는 목마름으로〉는 나중에 운동권의 저항가로도 불려 젊은 가슴을 뜨겁게 요동치게 했다.

1975년 월남전에서 북베트남(월맹)이 승리하자 박정희 정권은 연쇄적인 공산화 가능성을 제기하는 '도미노 이론'으로 국내 분위기를 반전시키려 했다. 그러나 김상진 열사 할복 사망 사건이 일어나면서 오히려 격렬한 반체제 운동으로 점화되었다. 1975년 4월 11일 서울대 농대 교정에서 열린 자유성토대회에서 단상에 오른 김상진 열사가 민주화를 요구하며 할복해 병원으로 이송되는 도중 운명했다. 학원 자율화와 동아일보의 언론 자유 문제로 야기됐던 자유성토대회는 이로 인해 전국 규모의 항의 시위로 일파만파 번져나갔고, 다급한 박 정권은 긴급조치 9호를 발동했다. 박 정권은 긴급조치 9호가 발령된 이후 1975년 5월 22일 서울대 시위가 발생했을 때부터 경찰을 동원하여 대학 캠퍼스에서 학생들을 이 잡듯 두드려 잡았다(그전에는 감히 할 수도 없던 일이다). 긴급조치 9호 발동 이후부터 대학뿐 아니라 사회 전반에 암울한 기운이 감돌았다.

무엇을 해도 신이 나지 않는 시대, 동물원 우리 안에서 순치되어가는 맹수들처럼 열정과 용기를 저당 잡힌 채 '박제된 천재들의 시대'는 그렇게 시작됐다. 나는 장기간 휴교를 하는 와중에 다시 재수를 하기로 결심하고 입시학원에 등록했다. 그해는 아버지께서 서울에서 근무하시는 바람에 온 가족이 서울로 이주하여 부모님과 함께 대방동 공군본부 앞에서 살았다. 맹부삼천지교의 '완성판'이라 할 수 있다. 1976년 1월 서울대 사회계열에 합격했다. 36세 나이에 서울대 학부모가 되신 부모님은 정말 뛸 듯이 기뻐하셨다.

국가 폭력에 맞서

나는 1976년 서울대 사회계열에 입학했다. 정치, 경제, 경영, 외교 등 사회계열의 여러 학생들이 반별로 나뉘어 수업을 듣는데, 1학년 과목은 대부분 교양 과목 위주여서 수업에 흥미를 느끼기 힘들었고, 고등학교 수업의 연장선이라는 생각도 들었다. 자연히 신입생들의 관심사는 학교 수업보다 시국 문제로 모아졌다. 당시 시국은 학생들을 강의실이 아닌 거리로 내몰던 시기였다.

나는 이 시기를 정리할 필요성을 느낀다. 단순한 내 개인사적인, 사변적인 대학생활을 정리하겠다는 것이 아니라, 우리 시대의 아픔이자 우리 현대사의 치부였던 시기를 거칠게나마 기록해야 할 책임감을 느낀다.

나는 이미 대학생활 이전에 1970년대라는 숨 막히는 시대를 호흡하고 있었다. 나뿐 아니라 그 시대를 산 사람들 대부분은 입과 코가 아닌 피부와 땀구멍으로 숨을 쉬고 있었다. 말과 생각이 막힌 채 본능적인 눈치로 대화를 나눴고 신문 행간에서 진실을 찾으려 했다.

나의 70년대는 1972년 10월 유신헌법 선포로부터 시작되었다. 처음엔 10월유신이 사회 시간에 배운 민주주의와 달리 헌법이 조금 이상해졌다는 정도의 인식만 있었다. 또 영어 선생님이 10월유신의 영어식 표현 'October Innovation'이란 단어는 시험에 꼭 나오니까 반드시 외우라고 하신 것밖에는 별 생각이 없었다.

그러다 고등학교 3학년생이 되니까 '긴급조치'라는 게 세인들 입에 오르내리더니 '민청학련'이라는 단체 이름이 신문에 오르고, 수많은 학생과 교수들이 잡혀 갔다는 소식을 들었다. 1974년 말이 되자 장준하, 백기완 선생 등이 '개헌 청원 1백만 서명 운동'을 시작했다는 뉴스를 접했고, 신민당 김영삼 총재가 전국을 다니면서 개헌 현판식을 하다가 대구에서 상이군경들에게 포위됐다는 사실도 들었다. 그때 동아일보에는 백지 광고가 등장했다. 이른바 '동아 광고 탄압 사태'는 입시를 앞둔 내게 너무나 큰 충격이었다.

이런 일들이 3년 개근과 우등상을 탄 모범생, 시쳇말로 '범생이'를 '얼치기 민주투사'로 조금씩 바꾸어가고 있었다. 대학입시를 치르기 위해 서울로 올라온 나는 친구 녀석들의 호주머니를 몽땅 털어 광화문에 있는 동아일보사 광고국을 찾아가 광고 면을 샀다. 언론 탄압을 당하는 동아일보를 돕겠다는 생각으로 광고 면에 "언론 자유를 향한 구국의 횃불이여"라는 문구를 싣고, 신동아 잡지를 샀다.

대학에 입학한 나는 '농업경제학회'에 가입했다. 수업이 끝난 후에 빈 강의실에서 선배들과 함께 신동엽의 시집, 《전환시대의 논리》《민족주의론》《노동운동사》《제3세계 민중운동》《민중과 지식인》 등의 책을 읽고 토론했다. 그러면 캄캄하고 암울하던 세상이 훤히 보이면서 용기와 투지로 가슴이 벅차오르곤 했다. 캠퍼스 곳곳에는 늘 사복 경찰과 머리가 짧은 청년들이 잠복해 있었고, 학생처 직원들의 감시 눈길도 날카로웠다. 물론 대부분의 학생들은 교정 잔디밭에 모여 '마이티'라는 카드놀이로 시간을 죽이곤 했다. 나도 미팅을 몇 번 나갔다가 예쁜 여학생을 앉혀놓고 투박한 사투리로 민중이 어떻고 역

나는 대학에서
'농업경제학회'에 가입했다.
수업이 끝난 후에는 빈
강의실에서 선배들과 함께
《전환시대의 논리》
《노동운동사》《제3세계
민중운동》 등을 읽고
토론했다.
그러면 캄캄하던 세상이
훤히 보이는 것 같아 가슴이
벅차오곤 했다.

사가 어떻고 떠들다가 퇴짜 맞기 일쑤였고, 수업 시간에는 엉뚱한 질문으로 교수님들에게 찍히기 시작했다.

그렇게 폭풍전야 같은 1학년이 지나가고 있었다. 누군가의 구호와 함께 시위가 터질 듯한 분위기는 팽배해 있었지만, 모두들 암중모색할 뿐이었다.

1975년 5월 13일 긴급조치 9호가 공포된 이후 대학가는 조용하다 못해 숨을 쉬지 못할 정도였다. 삼엄한 사복경찰들의 눈초리 속에 웃음소리, 말소리도 죽인 채 우울한 표정의 학생들이 오가기만 했다. 대학뿐 아니라 전 국토가 온통 회색빛으로 도색한 것 같은 시절이었다. 긴급조치 9호라는 게 스스로 존재하는 절대자와 같아서 유신헌법은 물론 긴급조치 자체를 직접 비판하거나 비판하는 말을 듣고 옮긴 행위조차 징역 1년 이상에 처하게 되어 있었다. 그렇게 사람들 숨통을 조이고 있었다. 지금처럼 인터넷 매체의 무한한 언론 자유 속에서 살고 있는 이들은 짐작조차 할 수 없는 적나라한 국가 폭력이었다.

한동안은 국가 폭력 앞에 학생운동이 수그러드는 듯 보였다. 긴급조치 9호 이후 1년 6개월가량 그 흔한 교내 시위 한번 없었다. 하지만 그것은 폭력에 짓눌린 용수철이었다. 짓눌린 용수철은 튀어오르기 마련이다. 1976년 대학 1학년 생활이 끝나가는 12월 초, 학기말고사 마지막 날이었다.

'동양사개론'을 끝으로 학기말고사를 마치고 나오는데 드디어 용수철이 튀어올랐다. 5동 강의동 앞에서 법대 4학년 박석운, 이범영, 백계문 선배들이 반정부 시위를 주도했다. 이 시위는 학생운동 전체에 큰 충격을 주었다. 졸업을 코앞에 둔 4학년이 자신의 안위安危는 생각지 않고 시위를 주도했다는 용기 때문이었다. 이때부터 학생운동에 발을 담근 사람들은 제때에 졸업하는 것을 부끄럽게 생각하게 되었다.

사복경찰 및 교수들과의 몸싸움, 전투경찰들의 기민한 출동이 되풀이되었다. 그렇게 1976년 한 해는 저물어갔다. 나는 그날 눈이 내리는 기숙사에서 치 떨리는 분노에 한없이 울었다. 그때 눈이 쏟아지는 기숙사를 배경으로 한 음대생이 프랑스 샹송 '눈이 내리네'를 불렀다.

내 마음속에서는 듣기 좋은 가곡이 구슬프게 흐르는 것 같았다. '일성호가一聲胡笳는 남의 애를 끊는다.' 나의 1976년은 겨울방학과 함께 그렇게 끝나고 있었다.

좌경 용공으로 낙인찍힌 청춘들

1977년 3월이 되니 학교 곳곳에 개나리와 진달래가 한껏 물이 올라 금세 꽃망울을 터뜨릴 것 같았다. 시나브로 만개를 준비하는 봄의 전령사처럼 캠퍼스는 무언가가 금방 터질 것 같은 팽팽한 긴장감이 감돌았다.

2학년에 올라가면서 나는 정치학과를 선택했다. 아버지는 법대에 가서 사법고시 공부를 하라고 하셨지만 나는 사회학을 공부하고 싶었다. 나는 행정고시를 공부하겠다고 아버지를 설득해 정치학과를 지원했다. 정치학과를 선택하고 나니 전공 공부가 시작됐다. 이홍구 교수의 서양정치사상사, 김학준 교수의 정치체제론, 최명 교수의 중국정치론 등의 강의를 통해 사회과학을 접하기 시작했다. 하지만 그저 맛보기에 그쳤다. 내가 강의실에 제대로 들어가지 못했기 때문이다.

교내 시위를 주동하다 김천우, 박찬우, 양춘승 선배가 잡혀 가고, 얼마 후엔 박종렬, 김재명, 오세범, 정의헌 선배가 뒤를 이었다. 나는 2학년 1학기를 문래동 남부지원 법정을 오가며 보냈다. 마치 순교자처럼 당당하게 법정으로 들어서는 선배들을 지켜보며 박수치고 격려하다가 학교로 돌아와서는 술 먹고 토론하면서 날을 지새웠다.

"민중이 고통받고 있는 현실에서 지식인은 무엇을 해야 하는가?"라는 화두는 우리의 머리를 잠시도 떠나지 않았다. 일영 장자원이나 양수리, 대성리에 학회 MT를 가거나 충북 중원, 충남 서산, 경남 거창

등지로 농촌 봉사활동을 가서도 늘 '도덕적 결단' '민중적 삶' '지식인의 허위의식' 같은 삶의 자세를 둘러싼 고민에서 헤어날 수 없었다.

나는 일요일마다 시내 을지로 입구에 있는 향린교회에 나갔다. 향린교회는 당시 기장基長으로 불리던 한국기독교장로회 교단 소속으로 안병무 선생이 계셨다. KNCC 등과 함께 개신교 민주화운동의 성지 같은 곳이었다. 나는 향린교회 대학부에서 김병곤, 장덕주, 박용훈, 성해용, 홍영진, 김창기, 안준섭, 박노해 같은 선배들을 만났고, 해방신학으로 유명한 안병무 선생, 조직신학의 대가 김경재 교수, 그리고 KBS 사장을 역임한 정연주 선생 등으로부터 지도를 받았다. 나는 마틴 부버의 《나와 너》, 라인홀드 니버의 《도덕적 인간과 비도덕적 사회》, 에리히 프롬의 《소유냐 존재냐》 등의 책을 읽고 도덕적 책임감에 대한 신학 강의를 열심히 들었다.

살얼음판을 걷는 듯 불안한 2학년 1학기가 지나고 2학기를 맞았다. 학기 초부터 술렁거리던 학교에 드디어 사건이 터졌다. 10월 초 우리 정치학과가 소속된 사회대 2학년 학생들을 중심으로 시위의 불씨를 당기는 일이 벌어졌다. 사회대의 정치학과, 외교학과, 사회학과, 사회복지학과, 신문학과의 교련 시간이었다. 수업에 앞서 몇몇 학생이 복장을 놓고 교관과 충돌했다. 교관이 복장이 미흡한 몇몇 학생에게 수업을 듣지 못하게 했다. 사소한 문제로 촉발됐지만 이것이 시위로 이어졌고, 그 불씨는 잘 마른 짚단으로 옮겨붙은 듯했다.

이 항의 시위가 며칠 후 10월 7일 26동에서 개최된 사회학과 주최 심포지엄 장에서 마침내 폭발하고 말았다. 이른바 '26동 심포지엄 사건'이었다. 사회학과에서 '1920년대의 민족운동'을 주제로 심포지엄을 개최하게 됐는데, 학교 측에서 행사 자체를 무산시킨 것이다. 경찰이 학교 측에 압력을 넣었다. 행사 무산으로 행사장을 찾은 학생들은 당황하지 않을 수 없었다. 데모를 하는 것도 아니고 현 정부를 반대하는 목소리를 내는 토론장도 아닌데, 아무 근거 없이 심포지엄을 막는다며 성토가 시작됐다.

학생들의 불만은 곧 시위로 번져나갔다. 행사장인 26동 강의실 안팎에 자연스럽게 모인 600여 명의 학생들이 행사를 무산시킨 데 반발하며 벌어진 시위는 말 그대로 전쟁이었다. 최루탄과 곤봉으로 무장한 전경을 앞세운 경찰은 무려 400여 명의 학생들을 강제 연행하고 10여 명의 학생을 구속했다.

26동 심포지엄 사건은 서울대 무기 휴업 사태로 이어졌다. 이때 주동자로 구속된 학생들 대부분이 훗날 대학교수가 된 것을 보면 이들이야말로 모범학생들이었다. 하지만 학교 당국의 옹졸하고 비열한 처사가 평범한 학생을 투사로 만들던 어처구니없는 시대였다. 그들은 결코 독재정권이 말하는 '일부 소수 극렬 좌경 용공 세력'이 아닌 우리들의 친구였고, 모두의 아들딸이었다.

어둠의 시대를 사는 학우여, 모입시다!

학교가 휴교에 들어가자 우리들은 학교에서 쫓겨나 하숙방과 등산로를 전전하면서 앞날을 의논했다. 10월 말 휴업이 풀리고 학교에 돌아오니 여기저기서 만나자는 연락이 왔다. "이대로 그냥 갈 수는 없지 않은가. 10월 7일 희생자들을 위해서도 투쟁의 불씨를 살려야 한다. 팀을 짜자"는 대화가 오갔다.

경찰의 연락을 받았던 아버지가 학교로 찾아와 내게 몇 차례 다짐을 받고 돌아가셨다. 아버지는 당시 공군 소령으로 공군대학에서 교육을 받고 계셨다. 나뿐만 아니라 경찰 요시찰 물망에 오른 대부분의 학생 부모들이 학교 곳곳에서 자기 자식들을 찾아 집으로 끌고 가는 진풍경이 벌어졌다. 하지만 민주화의 횃불을 높이 들겠다는 당찬 젊은 가슴들을 막지는 못했다.

11월 11일 3, 4학년인 김경택, 권형택, 장기영, 문성훈, 양기운, 연성만 선배들이 주동이 되고 우리 1, 2학년들이 중간 행동책을 맡아 소위 '도서관 점거 시위 사건'이 일어났다. 시위 직전 내게 주어진 임무는 경찰이나 교직원들과 몸싸움을 해서라도 도서관 통로를 확보하는 것이었다. 나는 도서관 주변을 어슬렁거리다 안내 팻말을 꽉 잡고 임무를 수행했다. 이로써 중앙도서관 점거 농성이 시작됐다.

도서관 4층 열람실에서 400여 명의 학생들이 농성을 시작했고, 도서관 앞 아크로폴리스 광장에는 수천여 명의 학생들이 집결했다. 경찰이 점거 농성장에 들이닥친 것은 저녁 7시가 다 되어서였다. 경찰은 도서관 앞 광장에 모인 수천 명의 학생을 해산시키고 나서 도서관으로 진입했는데, 열람실 철문을 열지 못했다. 그래서 택한 방법이 벽을 뚫는 것이었다. 벽을 뚫고는 경찰 두세 명이 학생 하나씩 붙잡고 계단을 내려와 호송차에 태웠다. 시간이 오래 걸릴 수밖에 없었다. 시위 소식은 학생의 입에서 입으로 전해져 각 대학교로 퍼져나갔고 연쇄적인 시위로 이어졌다.

그때 우리들이 뿌렸던 유인물의 첫 구절은 이렇게 시작했다.

"어둠의 시대를 사는 학우여, 모입시다!"

그때는 정말 함께 모여 민주주의 쟁취를 외치고 싶었고, 함께 모여 울분을 토하고 싶었다. 경찰의 진압 작전이 시작되기 직전, 선배들은 2학년인 나에게 피할 것을 권유했지만 그럴 마음도 그럴 시간도 없었다. 경찰에 잡혀 닭장차에 실렸다. 경찰이 욕설과 함께 고개를 무릎 밑에 묻으라며 마구 욕설을 퍼부었다. 나의 시야에 캠퍼스가 흐릿하게 들어왔다. 어둠이 내리고 최루가스와 돌멩이로 뒤덮인 관악 캠퍼스가 멀어지자 '내 인생이 결코 순탄하지는 않겠구나' 하는 예감이 엄습했다. 복학해서 학교를 다니면서도 중앙도서관으로는 발길을 옮기지 못했다. 도서관을 점거하는 학생이나 도서관에서 공부만 하는 학생이나 서로에게 미안한 감정, 부채감들을 안고 있던 시절이었다.

1977년 11월 11일은 전라북도 이리역에서 때 아닌 폭발 사건이 있었다. 화약 운반 열차가 폭발하는 참사가 일어나 많은 민간인이 희생되었다. 또 그날은 박정희 대통령 환갑날이라고 했다. 이래저래 경찰관들의 매질이 심해질 만한 일만 겹쳐 있었다.

며칠간 계속된 조사 끝에 주동자 외에 나와 이철국, 신희백, 여균동, 진재학이 극렬 가담자로 분류되어 함께 구속되었다. 내가 영등포 구치소로 송치되던 날, 어머니는 저 멀리서 한참을 물끄러미 바라만 보셨다. 직업군인인 아버지의 운명과 2대 독자인 철없는 아들의 장래가 영상처럼 교차했을 것이었다. 아무 말씀 없이 바라보고만 계셨다. 그 모습이 몹시 안타깝고 슬프게 다가왔다.

뺑끼통에서 얻은 깨달음

1977~78년에 수감생활을 했던 영등포 구치소와 서울 구치소는 내게 많은 것을 가르쳐준 곳이다. 학생운동 선배들 외에 종교인, 출판인 등 지식인과 정치인들을 접하게 되었고, 무엇보다 우리의 말 속에서만 떠돌던, 밑바닥 삶을 사는 사람들을 만나게 되었다. 그들은 세상살이에 찌들고 차이고 배신당하고 때론 배신하며 살아오다 결국은 생존경쟁에서 밀려난 사람들이었다. 그들과의 생활은 막연하게 민중이 주인 되는 세상을 만들겠다고 떠들고 다녔던 내게 어쭙잖은 관념으로는 아무것도 할 수 없다는 것을 깨닫게 했다. 밥 한 그릇, 담배 한 개비를 더 얻겠다고 온갖 교활한 짓을 하다가도 누가 아프거나, 재판에 져 형을 받게 되면 모두가 달려들어 위로하고 어루만져주는 인정과 의리가 있었다. 학생들의 주장을 철없는 녀석들의 구름 잡는 애기라고 콧방귀를 뀌면서도 교도소 내 투쟁이라도 벌일라 치면 음으로 양으로 우리를 돕고 보호해주기도 했다. 내가 학생운동, 재야활동을 하면서도 이론으로 빠지지 않고 현장에서 뛰어다니고, 또 현실 정치에 발을 들여놓게 된 것도 이때의 경험 때문이 아닌가 생각된다.

일반 재소자들은 대학생들을 건드리지 않았다. 아무리 험악한 폭력사범이라고 해도 대학생들에게는 예우를 갖춰 대했다. 구치소에서는 다양한 인간 군상을 볼 수 있다. 폭력, 상해, 사기, 간통에서부터 소소한 잡범에 이르기까지 죄명도 외우지 못할 정도였고, 그들은 한결같이 자신의 억울함을 토로했다. 목사님도 한 분 있었는데 설교 중 긴급조치 위반에 해당하는 발언으로 구속되었다. 그 목사님은 내게 성경의 깊은 뜻을 알려주신 분이기도 하다. 여기에 대학생인 나까지 재소자 구성이 참으로 다양했다. 엄격한 구치소 생활이었지만 비리는 늘 있었다. 소위 방장이라는 자가 수감자의 내의나 영치금을 갈취해 담배나 버터, 통조림 등으로 바꾸었다. 나도 종종 '뺑끼통'에 앉아 담배 몇 모금을 얻어 피우곤 했는데 "내가 지금 뭘 하는 건가?" 하는 생각에 모멸감이 들었다. 담배를 피우다 나 자신에 대한 모멸감을 느낀 것은 고등학교 이후 처음이었다.

고등학교 때 호기심으로 화장실에서 담배를 피우다 선생님에게 적발된 적이 있었다. 늘 피우는 악동들은 선생님의 순찰 시간을 잘도 피했지만 어쩌다 한번 담배를 문 나는 그런 걸 전혀 몰랐다. 교무실 옆에서 두 시간 동안 벌을 섰다. 손을 들거나 매를 맞은 것은 아니었다. 하지만 오가는 선생님들의 한마디 한마디가 나를 더 비참하게 만들었다. "부겸이 여기서 뭐 하노?" "수업 안 들어가노?" 하시던 선생님들의 말씀에 얼굴만 붉힌 채 대꾸도 못했던 내가 싫었다. 그때의 모멸감이 다시 떠오른 것이다.

방장은 계속해서 재소자를 괴롭혔다. 나는 몇 차례 재소자를 괴롭히지 말라고 방장에게 항의했지만 방장은 그럴 때마다 껄껄 웃으며 "세상은 다 그런 거야" 하며 넘어가려 했다. 나는 비상 수단을 쓰기로 했다. 감방 철문을 발로 꽝꽝 두들겼다. 교도관이 달려왔다. 나는 계장과의 면담을 요구했다. 그리고 방장을 다른 방으로 바꿔달라고 했다. 한 방의 방장은 방을 바꾸면 그 방에선 더 이상 방장이 아니다. 재소자, 특히 방장에게는 가장 괴로운 처분 중 하나였다. 방장이 떠나자 방에는 다시 평화가 찾아왔다.

빵끼통은 재소자들만이 쓰는 속어다. 구치소 안에서 대소변을 해결하기 위해 넣어둔 통을 말하는 것인데, 이 통이 없어진 뒤에도 재소자들 사이에선 화장실을 빵끼통이라 부른다. 나는 이 빵끼통에 앉아서 '민중이 주인' 되는 세상을 만들기 위해서는 나부터 도덕적 흠결이 없어야 한다는 것을 깨달았고, 또 실천하겠다는 결심을 했다. 그리고 모멸감을 안겨줬던 구차한 담배를 끊었다.

강철은 어떻게 단련되었는가

막심 고리키의 소설 《어머니》는 '무지無知와 인종忍從만으로 살아온 한 어머니가 러시아 혁명운동을 하는 아들의 영향으로 점차 의식화되어 가는 과정'을 보여주고 있다. '집단적인 혁명 투쟁 속에서 인간은 새롭게 태어난다는 것'을 그리고 있는 책이다. 추운 겨울, 단식 투쟁을 포함한 수감생활은 순진한 대학생들을 그렇게 투사로 단련시켜주었다.

단식 투쟁을 하는 과정의 고통과 개인적 갈등은 훌륭한 단련의 시간이었다. 모처럼 접한 문학, 역사, 성경, 철학 서적들은 적지 않은 독서의 기쁨을 주었다. 짧은 운동 시간, 간간이 하는 통방, 이부자리 일광 소독, 창밖 마당 가에 피는 작은 꽃, 사각 창틀에 갇혀서 보는 푸른 하늘, 가끔씩 비추는 고요한 달, 일주일에 한 번씩 뵙는 어머니…… 내겐 어느 하나 소중하지 않은 것이 없었다.

1심 최후 진술을 앞두고 선배들이 시위 때 작성해 뿌린 "어두운 시대를 사는 학우여, 모입시다!"로 시작되는 '민주 구국 투쟁 선언'을 다 외우고 프랑스 시인 폴 엘뤼아르의 시 〈자유〉를 몇 번이나 읽었다. 김지하 시인의 〈타는 목마름으로〉만큼이나 처절한 영감을 주었다.

감옥에서 처음으로 정치권 인사들도 만나게 되었다. 동교동계의 핵심 인사들이었던 권노갑, 한화갑, 김옥두 씨 등이 들어와서 함께 수감생활을 했다.

나는 서울고등법원에서 최종 선고를 받고 1978년 8월경부터 안양 교도소로 이감됐다. 김태경, 김영현, 문성훈, 유재현, 박홍렬 선배들과 동년배인 김거성, 오성광, 최상일, 여균동 등과 함께 운동도 하고 토론도 하면서 알차게 시간을 보냈다. 가끔씩 재소자 처우 개선 문제로 집단 행동을 해서 성과를 거두기도 하고, 먼저 와 계시던 이해학 목사님을 놀리기도 하면서.

교도소 내 투쟁을 하면서 나는 투쟁을 할 때는 명분뿐만 아니라 확실한 요구 조건이 있어야 한다는 것을 깨달았다. 첫 투쟁은 '유신 철폐'였다. 우리는 유신 철폐를 요구하며 단식에 들어갔다. 단식은 최후의 수단이다. 스스로 철회하지 않는 한 죽음으로 이어지는 것이 단식이다. 스스로 철회하는 것은 굴복이다. 그렇다면 누군가가 억지로 입을 벌려 음식을 밀어 넣기 전에는 퇴로가 없는 것이 단식 투쟁이다. 그렇다고 교도소장이 어떻게 유신 철폐라는 재소자들의 요구 조건을 들어줄 수 있겠는가. 교도소장을 상대로 투쟁을 할 때는 거기에 맞는 요구 조건이 필요했다. 첫 번째 성공한 소 내 투쟁은 불량 부식 문제 해결이었다. 학생들의 투쟁으로 불량 급식 문제가 해결되자 교도소 내 일반 사범들이 호응하기 시작했다.

다음으로 여름철 복사열 문제를 놓고 투쟁했다. 일반 사범들도 동참했다. 교도소장은 옥상에 방열막을 설치하겠다고 약속했다. 교도소의 이런저런 문제들이 학생들의 투쟁으로 하나씩 해결되자 일반 사범들도 지지를 보내기 시작했다. 이것이 바로 투쟁이다. 거대 담론을 포함한 투쟁을 해야 하지만 민중과 함께하려면 그들이 가장 필요로 하는 문제, 절실한 문제를 갖고 투쟁하지 않으면 안 된다.

경기도 군포에서 서울로 다니다 보면 일주일에 한두 번은 안양 교도소 앞을 지나간다. 30년 전 교도소 운동장에서 문틈 사이로 내다보곤 하던 넓은 들판은 아파트촌으로 변해버렸다. 그때마다 '주변 풍경이 변한 만큼이나 나 자신도 변했을까? 어느새 게을러지고 교만해진 건 아닐까?' 하는 생각이 들곤 한다. 석방된 뒤, 살아가면서 많은 어려움과 서러움을 당했을 때 수감생활의 기억이 되살아나면 다시 일어설 수 있었다. 긴급조치 시대의 꿈과 사랑은 아직도 그곳에 단단히 서 있다. 소리 없이, 결코 화려하지 않은 향기를 뿜으며.

막심 고리키의 또 다른 소설 《강철은 어떻게 단련되었는가》는 1988년경에 번역되어 나왔다. 내가 대학을 다닐 때만 해도 소위 사회주의 리얼리즘 문학이라는 걸 접하기가 어려웠다. 대부분 사회과학 서적을 읽으며 대학 시절을 보냈다. 강철은 두드려 맞으면서 단련된다. 나는 가끔씩 대학 시절엔 우리가 그렇게 '단련'되었다고 생각했다. 긴급조치 시대의 혹독한 경험들이 숱한 얼뜨기 시골 청년들을 민주투사로 단련시켜 준 것 같다. 많은 선배, 동료, 후배들이 이런 고뇌와 지독한 경험을 통해 강건해지고 넉넉해졌으리라고 생각한다.

1980년대 중반 이후 사회변혁론을 학습하고 직접 실천하려 했던 후배 세대들과 달리 우리 긴급조치 세대들은 그렇게 모두 어설프게 수공업적으로 시작했다. 그러나 인생 전체를 걸고 한 젊은 날의 고민들이었기에 그 뒤에 어느 분야로 가든지 그때의 올곧은 단심과 원초적인 정의감은 간직하고 있다고 믿는다. 이때부터 나는 초심을 마음속에 그리고 있었다.

우리는 동시대 대중들을 지도하는 영광을 맛보지도 못했고, 이름도 명예도 없이 그저 작은 개울로 시작하였으나 마침내 모여서 큰 강물을 이루었다는 자부심을 안고 살아가고 있다. 작은 물줄기가 장강을 이루었으니 이제 그 도도한 흐름을 누가 막을 것인가.

오늘도 여러 삶의 현장에서 분투하고 계실 긴급조치 시대의 선배님들께, 또한 이미 유명을 달리하신 제정구, 정문화, 김병곤, 이범영 선배님들과 전태일 열사를 비롯한 노동자, 농민, 빈민운동의 선구자들께도 다시 한 번 깊은 감사와 사랑의 뜻을 전하고 싶다.

피지 못한 '서울의 봄'

1979년 10월 26일 박정희 대통령의 죽음과 함께 유신시대는 막을 내렸다. 철저하게 국민과 유리된 채 고독한 권력으로 남아 있던 그의 죽음으로 온 나라는 일시에 거대한 소용돌이에 휘말렸다. 10월 26일 저녁 9시 뉴스 시간에 박정희 대통령의 삽교천 방조제 공사 현장 시찰 모습을 지켜봤던 국민들은 한동안 믿지 못하는 분위기였다. 그 철옹성이 그렇게 쉽게 무너지리라고는 생각지 못했다.

혼돈의 시간이 흐르고 다음 해 1980년 5월까지의 짧은 권력 공백기, 민주화를 향한 국민들의 염원과 행동이 폭발적으로 일어났던 이 시기를 '서울의 봄'이라고 부른다. 정확히 말하면 1979년 10월 26일부터 1980년 5월 17일까지를 일컫는다. 1979년 10월 26일 중앙정보부장이었던 김재규가 박정희 대통령을 시해한 10·26사건으로 유신체제가 막을 내린 시간부터, 1979년 12월 12일 쿠데타로 정권을 잡은 전두환의 신군부가 비상계엄 전국 확대를 단행한 1980년 5월 17일까지의 정치적 과도기를 말한다.

미완의 시간이었지만 '봄'이라는 희망적 단어를 쓴 이유는, 이때까지 한국은 긴급조치로 인한 정치적 암흑기였는데, 10·26사건을 계기로 유신체제의 끝 모를 터널을 빠져나와 새로운 민주사회로 갈 수 있을 것이라는 희망이 넘쳤기 때문이다. 전국 곳곳에서 민주화를 요구하는 시위가 벌어졌다. '서울의 봄'이라는 말은 구소련에 항거하

던 체코슬로바키아의 민주화운동 '프라하의 봄'에 우리의 상황을 유
비시킨 것이다. 그러나 서울의 봄은 5월 17일의 비상계엄, 고립된 광
주 시민들에 대한 무참한 학살로 비극적인 막을 내렸다. 그래서 더
안타깝고 분함을 느끼는 것이다. 더욱이 당시 시위 현장을 지켰던 내
게 광주는 부채감과 살아남은 자의 슬픔으로 복받쳤다. 이른바 '서
울역 회군'을 기점으로 시위 열기가 주춤하던 사이, 계엄군의 총부리
가 광주로 향했다는 결과론적 원인 때문이다.

계엄하에서도 활동가들이 자연스레 모일 수 있었던 대학가는 민주
화 투쟁을 조직적으로 펼칠 수 있는 유일한 공간이었다. 서울대의 경
우 이신범, 이해찬, 김병곤, 박석운으로 대표되던 복학생 그룹들은
이 공간의 활용 방안을 놓고 때로는 갈등, 논쟁하고 때로는 협력하면
서 투쟁을 이끌어가고 있었다. 재학생들은 총학생회를 부활시켜 심
재철을 총학생회장으로, 유시민을 대의원회 의장으로 선출하여 합법
적 지휘부를 만들었다. 정치권에서는 김영삼, 김대중 총재를 비롯한
야당 진영과 김종필로 대표되는 구 공화당 세력이 암중모색, 합종연
횡을 도모하고 있었다. 김문수, 방용석, 이태복 씨 등 반합법, 비합법
노동운동의 지도자들도 정세를 예의 주시하고 있었다. 이때 나는 선
배들과 함께 학내 시위를 주도하고 있었다.

각 대학의 사정은, 재학생들은 신중한 입장이었고 복학생들은 투
쟁을 강화하자는 입장이었다. 1980년 4월 30일부터 5월 1일, 이틀간
서울대 아크로폴리스 광장에서 복학생들이 중심이 되어 대중 집회를
열었다. 나는 단상에 올라가 "모두가 민주화라는 열매를 따길 원하지
만 누구 하나도 희생하여 투쟁하지 않으려 한다면 조국의 앞날이 어

떻게 되겠습니까?"라는 말로 연설을 이어갔다. 나로서는 난생 처음 대중 연설을 한 것인데, 복학생 중 제일 막내였기 때문에 복학생 대표로 나섰던 것이다. 이때 나 자신의 처지까지 곁들여 비교적 솔직하게 이야기한 것이 꽤 설득력이 있었던 것 같다. 호응이 컸다.

이 무렵 총학생회는 1학년 학생들의 병영 집체훈련 입소 문제를 놓고 격렬한 논쟁을 벌이고 있었다. 지금 생각하면 간단한 문제인 듯싶지만 오랜 군사문화와 통치에 주눅이 들어 있던 학생들 입장에서 결정은 간단하지 않았다.

총학생회는 심야토론 끝에 병영훈련 입소에 대한 입장을 정리했다. 다음 날 한국일보에는 "서울대 총학생회가, 1학년 학생들을 입소시킬 테니 계엄령을 해제하고 민주화 일정을 밝히라는 입장으로 정리했다"는 보도가 실렸다. 당시 나는 한국일보 기자가 공중전화를 통해 윤전기를 세울 것을 신문사에 요청하고, 기사를 불러주는 것을 직접 목격했다.

학교는 온통 벌집을 쑤신 듯했다. 오전 중에 각 단과대학별로 토론을 가진 학생들은 아크로폴리스 광장으로 모여들었다. 관악 캠퍼스뿐만 아니라 수원의 농대와 수의대, 연건동의 의대와 치대, 간호대 학생들까지 합류해 서울대 사상 최대의 학생 집회가 열렸다.

훗날 12,000명이 모인 집회라고 알려진 바로 그 집회였다. 처음부터 난상토론이었다. 학생회를 성토하는 발언이 줄을 이었다. "우리가 선출한 학생회가 왜 민주적 절차도 밟지 않고 1학년생들의 병영 입소 문제를 일방적으로 결정하는가? 권력으로부터 압력이나 무슨 다른 음모가 개입된 것 아닌가?"라는 주장이 요지였다. 복학생들은 학생회가 더 이상 몰려서는 안 되겠다고 판단했다. 김병곤, 이해찬 선배 등이 나더러 한 번 더 올라가 집회 방향을 잡아주되 민주화 열기는 살리는 쪽으로 마무리를 지으라고 요청했다.

전날 열린 집회에서 한 대중 연설을 보고 내게 또 한 번 '총대'를 메라는 것이다. 이렇게 되면 나 자신도 이제 경찰 등 정보기관에 노출되는 것을 피할 수 없고, 그러면 결국 민주화가 될 때까지 열심히 싸워야 한다는 것을 의미했다.

"이번에 복학하면 제발 착실히 공부해서 졸업장만큼은 따보라" 하셨던 아버지의 간절한 말씀이 떠올랐다. 아버지의 장문 편지를 돌려본 친구들도 아버지의 진심에 감동되어 "이 정도면 부겸이 넌 빠져야 하는 것 아니냐?"는 말까지 듣기도 했다. 그러나 자칫하면 모처럼 고조되기 시작한 민주화 열기가 사그라질 수도 있다는 절박감이 나로 하여금 다른 선택을 할 수 없도록 만들었다.

나는 연단으로 올라갔다. "민주화는 그저 주어지는 것이 아니다. 우리 학생들마저 눈치만 본다면 군부세력의 집권 연장 음모를 막을 수 없다. 조국과 민족의 앞날을 우리 각자가 결단해서 열어나가자. 우리들이 단결하면 군인들도 총부리를 겨누지는 못할 것이다. 그리고 다소 부족함이 있더라도 총학생회를 중심으로 싸워나가자"는 말로 15분가량 연설했다. 연설을 마치자 광장에 모인 학생들이 고무됐고, 모두 스크럼을 짜고 관악 캠퍼스 5킬로미터가량을 한 바퀴 돌았다. 그때 나의 연설에 '아크로폴리스의 사자후'라는 별칭이 붙었고, 많은 사람들의 뇌리에 내가 대중 선동가, 웅변가로 기억되는 계기가 되었다.

　병영 입소 문제를 놓고 시작된 학내 투쟁은 자연스럽게 군부 집권 저지라는 시국 문제로 넘어갔다. 5월 13일과 14일 광화문, 서울역 등지에서 대규모 시민, 학생 시위가 벌어졌고, 여기서 계엄 철폐와 민주화 일정 공표를 요구했다. 군인들이 서울 시내로 진주했다는 소문이 들리기 시작했고, 일촉즉발의 위기감이 하루하루 고조되고 있었다. 서울은 온통 군중들의 함성으로 전 도시가 웅웅거렸고, 거리는 자욱한 최루가스 연기가 봄날의 짙은 안개로 보일 정도로 희부연한, 말 그대로 회색 도시였다. 이 회색의 봄은 제동 장치가 고장 난 열차처럼 달려가고 있었다. 막바지에 이른 서울의 봄 뒤에는 그 봄을 다시 동토의 왕국으로 만들 신군부의 음모가 도사리고 있었다.

통한의 서울역 회군

1980년 4월부터 각 대학별로 벌어지던 시위는 5월 들어 민주화 요구가 거세지면서 연대 투쟁 가능성이 모색되기 시작했다. 시위는 들불처럼 번져갔다. 학내에 머물던 학생들은 5월 13일부터 가두로 진출해 시위를 벌였다. 13, 14일에 이어 15일에 벌어진 서울역 집회는 '서울의 봄' 시위의 정점을 이뤘다. 서울역 앞으로 10만 명의 학생과 시민이 모였다. 서울역 광장을 가득 메운 학생과 시민들이 '계엄 해제'를 외쳤다. 늦은 시간까지 시위가 계속됐다.

　시위가 가열되면서 이를 둘러싼 논쟁 역시 치열했다. 한쪽에서는 이미 충분한 의사표시를 전달한 만큼 시위가 지속될 경우 군이 개입할 명분을 준다며 중단하자고 주장했다. 다른 한쪽에서는 신군부가 전면에 등장할 시기를 호시탐탐 노리고 있는데 여기서 투쟁을 중단하면 아무것도 얻을 수 없다며 투쟁은 계속되어야 한다고 주장했다.

토론은 격렬했다. 일부 총학생회장들이 서울역 앞 버스에서 긴급회의를 열었다. 서울대 이수성 학생처장도 버스에 올라 학생회장단을 설득했다. 이 처장은 "잠실과 효창공원 일대에 공수부대들이 진을 치고 있다. 유혈 사태가 우려된다"며 시위 중단을 권유했다. 한강 주변에 수많은 군인들이 집결했다는 첩보도 수시로 들어왔다.

결국 총학생회장단은 시위를 중단하고 학교에 돌아가기로 결정했다. 대학생 지도부는 계속되는 시위가 군부 등장의 빌미를 제공할 수 있다고 판단하여 시위를 해산시켰다.

안타까운 결정이었다. 신군부의 등장은 필연적인 귀결이었다. 신군부의 등장을 저지할 수 있는 해법은 그들에게 명분을 주지 않는 것이 아니라, 그들의 집권을 반대한다는 우리들의 분명한 의사표시였다. 10만 명의 학생과 시민이 서울역에 모인 것은 그 분명한 의사표시였다. 그런데 회군을 선택함으로써 투쟁 열기에 찬물을 끼얹었고, 이로써 신군부는 유유하게 집권할 수 있었다. 이는 결국 광주의 피로 이어졌다.

서울역 회군 다음 날인 5월 16일, 전국총학생회 회장단은 정상 수업을 받으며 당분간 시국을 관망하기로 했다. 하지만 신군부는 때를 놓치지 않았다. 그날 밤 신군부는 5월 17일 0시를 기해 계엄령을 전국으로 확대하는 조치와 함께 쿠데타를 감행했다. 김대중 총재와 문익환 목사 등 수많은 민주인사를 구속하고 김영삼 씨를 가택연금에 처하는 등 온갖 반민주적 조치를 단행했다. 전국 각 대학의 총학생회 장들이 회의를 열고 있었던 이화여대에 군인들이 난입하여 학생들을 체포했다. 민주화 열기를 짓밟고 정권을 장악한 것이다.

'서울역 회군'은 두고두고 학생운동에 대한 반성과 비판의 상징적 사건이 됐다. 당시의 학생 지도부가 상황을 잘못 판단하는 과오를 범했다는 것이다. 이날 서울역 집회를 해산하지 않고 신군부의 계엄군에 맞서 싸워 민주화를 쟁취했어야 한다는 것이다. 나 또한 투쟁을 계속해야 한다는 입장이었다. "10만 명의 이 엄청난 에너지를 다시 결집시킬 수 없을 것인데, 이렇게 주저앉을 수 없다"고 주장했다. 모종의 음모를 꾸미고 있던 것으로 보이는 최규하, 신현확 씨로부터 향후 계엄령 해제 시기 등 민주화 일정에 대한 확약을 받았어야 했다. 아무리 군부와 학생 간의 무력 충돌이 불가피한 상황이라 해도, 군부가 수도 한복판에서 유혈 진압을 선택하기는 쉽지 않았다. 그렇게 되면 종국에는 경찰이 진압을 포기했을 테고 시위대는 꿈에 그리던 민주화를 성공시켰을 것이다.

서울역 회군 당시 상황을 돌이켜보면 두 가지 아쉬움이 남는다. 그중 하나가 준비된 지도부의 부재였다. 서울역 집회를 지속해나가려면 훈련된 지도부가 시위를 주도하면서 국민적 대표성을 획득하는 노력이 필요했다. 국민적 대표성을 가진 인사나 단체가 집회를 주최하고 주도했어야 하며, 학생들만이 아니라 다수 국민의 집회 참여를 유도했어야 했다.

하지만 그러지 못했다. 민주화 투쟁이 전 국민의 일치된 목소리로 나왔어야 했다. 사회 전반적으로 민주화에 대한 요구와 희망, 그리고 열정과 승리에 대한 확신이 팽배해 있어야 한다. 하지만 이 점에서도 많이 부족했다. 더욱이 민주화 열기를 이끌어야 할 지도자였던 DJ, YS 양 김씨는 민주화 자체가 위협받는 상황인데도 개인적인 정치 일정에 집착하는 모습이었디.

이런 일련의 상황에서 서울의 봄은 민주화 열기와 함께 꽃을 피우지도, 열매 맺지도 못한 채 죽음의 시대로 곤두박질쳤다. 이 과정에는 서울역 회군을 결정한 학생운동 지도부의 미숙함과 성숙한 역량을 발휘하지 못한 재야운동권, 그리고 권력에만 집착한 정치권의 과오가 있었다. 5·17쿠데타가 일어나고서 '올 것이 왔다'는 반응이 일부 운동권 인사들로부터 나왔다. 절대로 오지 말았어야 할 일이 왔는데도 '올 것이 왔다'고 생각한 것은 민주세력이 제 역할을 다하지 못했기 때문이었다.

정치 지도자들의 잘못된 대응은 앞에서 지적한 바 있거니와 사회 각 분야의 지식인들도 서울의 봄을 여름과 가을로 이끌 준비가 되어 있지 않았다. 신군부의 집권 준비가 착착 진행되던 3월과 4월을 그냥 보낸 것은 두고두고 곱씹어봐야 할 민주세력의 패착이었다. 이러한 패착은 '서울의 봄'이 '서울역 회군'으로 멈칫하는 사이 '광주의 봄'은 군부의 표적이 되어 '잔인한 5월'을 맞게 된 것이다. 우리는 아주 어렸고, 사회 분위기도 따뜻한 봄이 아니었던 것이다.

광주가 죽어가고 있습니다

1980년 5월 17일 밤 이화여대에서 회의를 하고 있던 총학생회장단이 계엄 당국의 급습을 받았다는 소식을 접하고 올 것이 오고야 말았다는 분노와 두려움이 함께 엄습했다. 짧지 않은 도피생활이 시작됐다. 학생들은 휴교령이 떨어지면 가두로 나가 투쟁하기로 미리 약속했고, 서울대생들 역시 사전에 약속한 영등포역 앞으로 모이기로 했다. 그런데 하루 이틀이 지나면서 공포에 질린 학생들이 점차 발을 빼면서 가두 투쟁은 실패로 끝났다.

몇몇 개별적인 소식을 통해 광주에서 엄청난 일이 벌어지고 있다는 사실을 알게 되었다. 며칠이 지나자 도저히 죄책감에서 벗어날 수 없을 정도로 참혹한 소식이 들려왔다. 나는 주로 향린교회 원금순 장로님으로부터 광주 소식을 들었다. 여신도회를 이끄시던 원 장로님은 울먹이며 군인들의 발포로 시민들이 수없이 죽었고, 임산부와 어린이들도 군인들 총칼에 쓰러졌다는 소식을 전했다. 도저히 참을 수 없는 상황이었다. 박용훈 선배, 고 조남일, 김준묵, 나 넷이서 구 반포에 있는 카페, 동작동 국립묘지 등에서 번갈아가면서 만나 광주 소식을 알리기로 하고 유인물을 제작하기 시작했다. 죽어가는 광주를 다시 살려내야 한다는 생각으로 행동을 개시했다.

오류동에서 작은 셋방을 구했다가 포기한 후 잠실의 한 아파트에서 신혼 살림을 하고 있던 선배의 집을 빌렸다. 대낮에 가서 등사를 한 다음 16절지 노트처럼 깔끔하게 포장해서 저녁 무렵에 주로 옥수동, 금호동 일대 산동네에서 유인물을 살포했다. 이른바 피 세일이다. 피 세일 시작과 종료 시점에는 유사시에 적어도 몇 시간을 버텨 동지들의 도피 시간과 등사기 등 증거물을 치우는 시간을 확보해주어야 한다는 행동 요령도 서로 약속했다.

피 세일을 나갔다가 다시 모이는 약속 장소에서 20분만 기다리고 다음 장소로 이동하게 되어 있었다. 혹시라도 체포됐을 경우에는 3~4시간을 버텨 다른 동지들의 도피 시간을 벌어주기로 했다. 그리고 '쑥 담배'를 이용해 유인물을 살포하기도 했다. 쑥 담배 제조법은 의외로 간단하다. 유인물 100여 장을 둘둘 만 상태에서 끈으로 묶고 건물 옥상 같은 데 걸어둔 다음 쑥 담배에다 불을 붙이면 된다. 그러면 쑥 담배는 도화선처럼 조금씩 타들어가다가 마침내 줄이 끊어지면서 유인물이 주변으로 흩어졌다. 이 쑥 담배는 원시적인 시한폭탄이라 할 수 있는데, 이렇게 4~5분을 타들어가는 동안 그 자리를 빠져나올 수 있었다. 이 방식은 훗날 재야단체에서 많이 활용되곤 했다. 우리는 그렇게 광주의 진실을 알리기 위해 필사적으로 노력했다.

광주 민주화 투쟁을 진압한 신군부는 5월 말이 되면서 본격적인 군사 통치를 시작했다. 소위 '국보위(국가보위비상대책위원회)'를 통해서 행정, 입법, 사법을 총괄하는 절대 강권 통치가 시작된 것이다. 곧 학생운동 지도부에 대한 대대적 검거가 시작됐다. 수백 명의 수배자 명단이 발표되었는데 나 역시 그 안에 들어 있었다. 나는 10대 현상 수배자로 지목되어 신문, 방송을 통해 공개 수배되었다. 김대중 내란 음모 사건을 조작한 신군부는 나를 대구지역 행동책으로 만들어 그

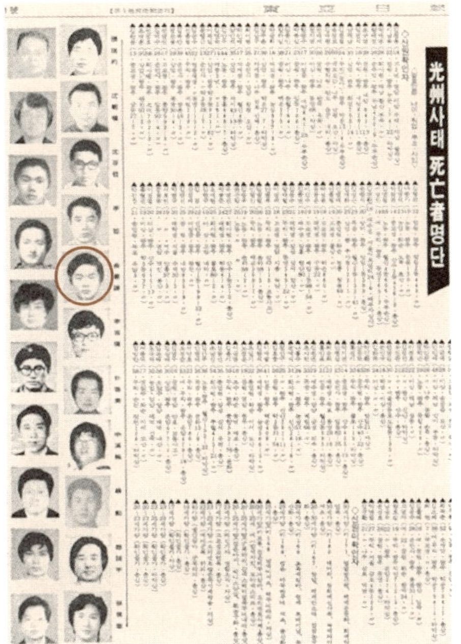

계엄당국의 10대 현상
수배자에 내 이름이 오르고
신문, 방송에서도 공개
수배되었다. 재미있게도
당시 수배 전단에는 나의
인상 특징을 '미남형'이라고
소개했다.

림을 완성시키려 했다. 지금은 살찌고 배도 나와 외모에 자신이 없어
졌지만, 당시 계엄당국의 수배 전단에는 나의 인상 특징을 '미남형'
이라고 소개했다.

피 말리는 도피생활이 시작됐다. 부모님을 비롯한 가족, 친척, 친
구들의 고통도 시작됐다. 부모님의 집이나 고향의 친척집은 물론이
고 나와 관계가 있다고 어림잡은 거의 모든 사람들의 집을 급습하고
미행했다. 몇 분 선배님들의 도움으로 은신해 있던 나는 사당동 어느
선배 집에서 경찰의 급습을 받았는데, 나를 보호해주고 있던 안준섭
선배의 기지로 간신히 속옷 바람으로 담을 넘어 도망치기도 했다. 그
러던 중 아버지가 대구지역 합수부(보안사령부)에 연행되셨다는 소식

을 건너 건너 전해 들었다. 열흘이 지나도 아버지가 석방되지 않는다는 소식도 들려왔다.

나는 두 가지 고민에 휩싸였다. '투사가 비겁하게 자수를 할 수는 없다'는 생각이 하나였고, 또 하나는 '자수를 안 하면 아버지는 어떻게 되나?' 하는 문제였다. 하루하루 피가 마르는 날들을 보내다가 아버지가 연행된 지 보름쯤 되던 날 자수를 결심하고 나를 보호해주시던 향린교회 원금순 장로님 댁을 나와 계엄사에 출두했다. 아버지는 다행스럽게도 강제 전역을 당하시지는 않고 지역 단위 부대로 좌천되셨다가 몇 년 뒤에는 예편하셨다.

그곳에서 당하셨던 수치와 모욕은 차치하더라도, 군인으로서 펼쳐보려던 필생의 꿈을 자식 때문에 접어야 했던 그 심정을 어찌 짐작이나 하겠는가? 군에서 예편하기 하루 전날 대전 유성에 있는 군인 휴양소에서 아버지와 함께 목욕을 했다. 등을 밀어드리다가 어린 시절 봐왔던 크고 든든했던 아버지의 등이 조그맣고 야윈 등으로 변했음을 보면서 속으로 참 많이 울었다.

신군부의 가혹한 조사 끝에 나는 불과 1년 전에 석방되었던 안양교도소에 다시 수감되었다. 그리고 그해 8월 말경 대통령 취임을 앞둔 전두환의 사면 조치로 석방되었다.

그해 겨울, 나는 광주를 찾았다. 금남로, 도청 앞 광장, 상무대까지 구석구석 살펴보면서 민주화운동으로 희생되신 분들께 마음속으로 빌었다. 우리가 제대로 싸우지 못해 여러분들이 이렇게 처참하게 당하신 것이라 생각하니 죄스러웠다. 경상도 출신 신군부가 전라도 광주를 희생물로 삼은 것이라는 항간의 소문에 경상도 출신인 나는 더

욱 아픈 가슴을 쓸어내리며 광주 거리를 헤매고 다녔다. 그후 80년대에는 매년 한 번씩, 지금도 2~3년에 한 번씩 망월동 묘역에 가서 마음 깊은 곳에서부터 먼저 가신 분들께 사죄를 드린다.

그때 뿌렸던 유인물의 제목이 "광주가 죽어가고 있습니다. 광주를 살려야 합니다"였다. 그 광주가 희생자들의 고귀한 피를 먹고 이제 다시 살아났다. '인권'과 '평화'라는 가치를 껴안고 전라남도 광주에서 세계의 광주로 자리매김하는 모습을 보고 있다.

더 이상의 내조는 없다

나는 1982년 대구에서 결혼식을 올렸다. 신부는 민주화운동 동지였던 친구 이영재 목사의 동생 이유미였다. 1979년 당시 감옥에서 출소한 나는 대구에 머무르고 있었다. 신군부는 학생운동권들을 군대에 보낼 음모를 꾸미고 있었다. 전과자는 원래 군에 보내지 않는 것이 원칙인데, 반정부 운동가들에겐 이중 처벌을 받게 하려는 것이었다. 한신대 학생이었던 이영재가 군입대거부대책위원회에서 활동하면서 영남지역을 담당했던 터라 대구에 내려와 나를 만났다. 나는 이영재의 집을 들락거리며 그에게 여동생이 있다는 것을 알게 되었다. 자연스럽게 한번 보자는 말이 나왔고, 이영재를 만나는 자리에 이유미가 합석하기도 했다. 그후 이유미와 나는 몇 번을 만났지만 당시에는 손도 잡아보지 못했다. 요즈음 젊은이들처럼 다정스러운 애정 표현은 커녕 사랑한다는 고백조차 쉽게 하지 못했다.

그녀는 당시 한국은행 대구지점에서 근무했는데, 결혼 전부터 나 때문에 많은 고초를 겪었다. 1980년 내가 수배 중일 때는 대구 대공분실로 연행되어 며칠간을 공포 속에서 보내기도 했다. 수배자의 애인이란 것이 이유였다. 지금은 있을 수 없는 인권 침해가 그때는 버젓이 벌어졌다. 내가 구속당한 이후에도 집사람의 마음고생은 무척 심했다. 하지만 집사람은 이런 얘기를 별로 하지 않는 편이다. 뿐만 아니라 평소에도 자기감정을 잘 드러내지 않는다. 전형적인 경상도

민주화운동 동지였던 친구 이영재의 동생 이유미와 나는 몇 번의 만남 끝에 연인이 되었다. 그리고 1982년 결혼했다. 결혼 전부터 아내는 나 때문에 고초를 많이 겪었다. 수배자의 애인이라는 이유로 대공분실로 연행되어 가혹한 심문을 받기도 했다.

'사나이'보다도 더 경상도 사람의 특성을 갖고 있다. 이런 과묵함이 오히려 나를 더 미안하게 만든다. 내가 지금도 집사람과 말다툼이 안 되고 거의 다 질 수밖에 없는 이유는 이런 마음의 빚 때문이다. 아내는 요즈음 가끔씩 너무 무심한 것 아니냐며 사랑의 마음을 제대로 표현하지 못하는 나를 야속해한다.

감옥에서 석방된 후 2년 정도 사귀다 우리는 결혼했다. 결혼 후 대구에서 뿌리를 내리고 살려 했지만 뜻하지 않은 사건이 발생했다. '대구 미 문화원 폭파 사건'이 그것이다. 1983년 가을이었다. 대구만 해도 이런 대형 공안 사건이 흔치 않아서 그랬는지 수사는 처음부터 무자비했다. 경찰의 수사 선상에 오른 나는 강제로 연행되었다. 그들은 공안 사건을 벌일 인물이 대구에 그다지 많지 않다고 생각하고 있었다. 처음에는 이틀, 그 다음에는 일주일가량 잡아두더니 세 번째 연행해서는 열흘가량을 강제로 억류하면서 강도 높은 수사를 했다.

수사기관은 "네가 서울에서 활동했고 연고가 있는 게 분명하다. 그 라인을 통해 폭발물을 대구로 반입하여 이 사건을 저질렀거나, 아니면 최소한 범인을 알고 있을 것이다"라면서 자백을 종용했다. 정말 억울하고 분했다. 이 와중에 우리 부부와 함께 살고 있던 처남이 구속됐다. 처남 이영우는 당시 경북대생이었는데 혹독한 고문 끝에 구속되고 말았다. 증거 조작과 고문으로 허위 자백을 받아낸 것이다. 공권력의 부당한 폭력이 난무했던 시절, 그때는 정말 온 세상이 암울했다.

1984년 초 더 이상 대구에 있을 수 없다고 판단했다. 아내와 함께 돌도 안 된 핏덩어리를 데리고 서울로 무작정 상경했다. 종로구 부암동에 있던 친구 집 문간방에서 첫 서울 살림을 시작했다. 부암동은 지금이야 감춰졌던 서울의 속살이라며 사랑을 받고 있지만, 당시만 해도 그렇지 않았다. 1960~70년대 개발독재에 몰려 청계천이며 종로, 밤섬 등지에서 쫓겨난 철거민들과 시골에서 이주한 사람들이 산으로 산으로 올라와 터전을 마련한 달동네였다. 이 부암동이 북한산과 북악산, 인왕산 사이에 가늘게 형성된 분지 특성을 살리며 아름다운 명소로 거듭난 것은 얼마 되지 않는다. 노무현 대통령이 청와대 주변을 개방하면서 주변 명소와 함께 시민에게 돌아온 것이다. 그러다 2005년 이후 백석동천이 국가 사적으로 지정되고 인터넷 언론과 네티즌을 통해 백석동천을 비롯한 여러 명소들이 세상에 조금씩 알

려졌다. 하지만 내 기억 속의 부암동은 그런 곳이 아니었다. 암울한 시국에 생계 유지도 빡빡했던 터라 부암동 주변 경관을 바라볼 여유조차 없었다. 그때의 이웃들도 그랬다.

자하문을 넘어 광화문 쪽으로 가는 길도, 그리고 홍은동과 홍제동을 건너 신촌 쪽으로 가는 길도, 북악터널을 지나 정릉과 종암동, 안암동으로 가는 길도 내겐 힘겨운 '깔딱고개'일 뿐이었다. 이 깔딱고개 시절부터 오늘까지 우리 가계를 꾸리는 것은 늘 집사람의 몫이었다. '오늘의 책'과 '백두서점'을 낼 때만 해도 집사람이 발로 뛰어다니며 대출을 받았기에 가능했다.

나는 그때 은행에서 대출을 해준다는 것도 잘 모르는 '생활 루저'였다. 많은 운동권 출신들이 생활력이 없었던 이유는 생활에 대한 지식도, 관심도 없었기 때문이다. 벌써 결혼 30년이 다 되어가지만 아직도 아내한테 꼼짝 못하는 이유가 여기에 있다. 가계를 위해 단 한 번도 큰소리칠 만한 일을 해보지 못한 탓이다.

그런데도 묵묵히 가정 경제를 도맡아준 집사람이 늘 고맙다. 내게 이 이상의 내조는 없다.

백두서점의 외상 손님, 이재호

작은 회사의 샐러리맨 생활을 잠시 하다가 신촌에서 선배들과 함께 '오늘의 책'이라는 서점을 열었다. 그후 따로 독립해서 신림동에서 백두서점을 경영하기도 했다. 시위 전과 경력이 있는 사람은 기업체나 사회기관 등 어디서도 발붙이지 못하도록 정부가 감시하던 시절이라 과거의 투사들은 늘 생활고에 시달려야만 했다.

이때 민주투사 전과자들이 뭉쳤다. 김근태, 최민화, 김병곤, 이범영, 박우섭, 설훈 선배가 중심이 된 '민주화운동청년연합(민청련)'이 발족했다. 나도 여기에 가입해 활동했다. 그럴 수밖에 없는 상황이었고 분위기였다. 1980년 이후 숨죽였던 민주화운동권은 민청련이 결성되면서 다시 기지개를 켜기 시작했다. 우리에겐 아직도 민주화의 꿈, 독재 타도의 역사적 과제가 남아 있었다.

나는 주로 집회에 참석하거나 유인물을 뿌리는 정도의 일을 했지만 직업운동가로서의 수련 과정으로 여기고 적응해나갔다. 그러나 1985년 2·12총선 과정에서 분출된 대중의 분노와 민심을 보고 합법적 공간, 합법적 대중운동의 가능성에 대해 관심을 갖게 되었다. 특히 성북구에서 출마한 이철李哲 선배의 선거운동을 도운 경험은 너무도 강렬했다. 선거운동 공간은 해방의 공간이었다. 불법 집회에서 경찰의 제지를 피하면서 구속을 각오하고 했던 말들을 거침없이 외칠 수 있었다. 왜 우리는 저 많은 대중과 함께할 수 있는 투쟁 목표와 프로그램을 제시하지 못하는가? 이런 안타까움을 느끼면서 정치 공간이 갖고 있는 역동성에 관심을 갖기 시작했다.

이런 경험과 고민이 훗날 몇몇 선배들과 함께 재야 출신으로서는 비교적 빨리 정당, 정치에 뛰어들게 된 계기가 된 것 같다. 그때는 정치를 하는 것은 곧 타락이라는 정서가 재야와 운동권의 지배적인 분위기였다.

1985년 복학해서 가끔씩 학교에 나갔다. 이때 경영하던 백두서점에서 깊이 있는 사회과학 서적을 읽거나 운동권 학생들의 사상 투쟁, 이론 투쟁을 지켜볼 수 있었다. 훗날 총리를 지낸 이해찬 선배가 서울대 앞에서 '광장서적'을, 경기도지사인 김문수 선배가 형수님을 시켜 봉천동 사거리 근처에서 '대학서점'을 운영했다. 세 서점의 주인은 수시로 경찰 단속을 받는 바람에 관악경찰서에 함께 연행되곤 했다.

반미 자주화 투쟁이 본격화되면서 김세진, 이재호 군의 분신 투쟁도 지켜보았다.

김세진은 1983년에 경복고를 졸업하고 서울대 미생물학과에 입학했다. 1986년에 자연대 학생회장이 되어 그해 4월 28일 동기생인 이재호와 신림동 네거리에서 "전방 입소 전면 거부 및 한반도 핵 기지화 결사 저지"를 외치며 분신했다. 병원으로 옮겨졌으나 5월 3일 끝내 숨을 거두고 말았다.

그들의 분신 장소가 내가 운영하고 있던 신림동 백두서점에서 멀지 않은 거리였다. 그래서 안타까움이 더 큰지도 모르겠다. 이때의 심정을 신경림 시인은 이렇게 썼다.

계명산에서 내려온 푸른 구렁이가

밤마다 품 안으로 기어드는

꿈을 꾸고서 김세진 군을 낳았대서일까

…

노루목이며 탄금대며 호암지에서

내가 본 것은 푸른 구렁이들뿐이다

온몸이 시커먼 독으로 덮여

새파란 불을 뿜는 푸른 구렁이들뿐이다

군사정권이라는 시커먼 독으로 덮인 세상을 향해 외치던 이들의 함성은 서슬 퍼런 불을 뿜는 푸른 젊은이였던 것이다. 용의 꿈보다는 세상의 어둠을 밝히려는 이무기였고 푸른 구렁이였다.

이재호 군은 나의 학과 후배였다. 그래서 슬픔이 더 컸다. 재호는 백두서점의 단골손님이었다. 물론 외상 손님이다. 그리고 종종 돈도 빌려 갔다. 그러면서도 늘 당당했다. 아니 당당한 척했다. 그들도 선배 사정이 어려운 줄 알았기 때문에 가능한 한 외상이나 돈 꾸는 일을 삼가려고 노력했다. 그래도 꼭 돈이 아쉬울 때는 술기운을 빌려 꾸기도 했다. 당시 선배들은 후배들에게 야멸치게 외상값 독촉을 못 했다. 그들의 주머니 사정을 뻔히 알았기 때문이다.

재호는 구수한 남도 특유의 사투리로 서가에서 책을 뽑고는 "형, 이거 달아둬. 금세 갚을게" 하면서 책을 가져갔다. 책을 많이 읽기 때문에 따로 외상 장부도 있었다. 그리고 분신 사건이 있기 얼마 전에 돈을 빌려 갔다. 돈이 필요한 이유는 결코 묻지 않았다. 필요한 일이 있었을 것이다.

정치학과 후배들과 함께 이재호 군의 시신을 안고 광주까지 안장을 하러 가서 그 지역 주민들의 피눈물을 보아야 했다. 그리고 재호의 외상 장부를 한 장씩 한 장씩 찢으면서 그가 읽었던 책들을 떠올리며 태웠다. 나는 한없는 분노와 갚기 힘든 부채감을 안고 서울로 올라왔다. 재호를 그렇게 눈물 속에 담았다.

민통련 간사생활

민주통일민중운동연합(민통련)은 민중민주운동협의회(민민협)를 계승하여 1985년 3월, 25개의 재야 민주운동 단체와 인사들을 총망라하여 발족한 단체이다.

1983년 9월에 출범한 민청련을 필두로 1984년 6월에 출범한 민민협, 1984년 10월에 출범한 민주통일국민회의가 모체였다. '민주화운동과 민족통일운동은 하나'라는 기본 인식 위에서 노동자, 농민, 청년, 언론 등 사회 각 분야의 민주화운동 단체들이 결집한 것이다. 그후 해산 명령, 사무실 폐쇄 등 여러 시련을 겪으면서도 꾸준히 활동을 이어나갔다.

나는 1986년 여름부터 민통련에서 간사로 일하게 되었다. 나름대로 취직인 셈인데 활동비라야 주당 2만 원, 근무처는 주로 종로나 장충동 근처 다방이었고, 하는 일은 유인물 등을 들고 투쟁 현장을 쫓아다니는 일이었다. 발이 부르트고 쉴 곳도 제대로 없었지만 신명이 났다. 곧 좋은 세상, 상식이 통하는 세상을 만들 수 있을 것만 같았다. 더 신나는 일은 재야의 지도자들과 일한다는 자부심이었다.

우선 동아일보 해직 기자 출신이자 고등학교와 대학의 과 선배인 성유보 사무처장을 비롯해 이해찬 정책실장, 박우섭 기획실장, 박용수 보도실장, 이명식 조직국장, 정선순 총무국장 같은 상근자들이 있었고, 의장단에 문익환, 계훈제, 백기완 선생 외에도 이부영, 장기표,

민통련 간사 시절, 문익환 목사님과 함께.
민통련은 민중민주운동협의회를 계승하여 25개의 재야운동 단체와
민주 인사들이 결집해 만든 단체였다.

이창복, 제정구, 정성헌, 김종철, 임채정, 방용석 선배 등 기라성 같은 재야의 어른들을 모시고 일한다는 게 더없이 자랑스러웠다. 특히 친구이자 형님 같던 이명식('참여시대고양포럼' 이사장)의 존재는 나에게 큰 의지가 되었다. 이명식과 나는 생긴 모습도 비슷해서 '뚱뚱이 브라더스'라고 불리기도 했다.

전두환 정권은 1986년에는 모든 재야세력을 소탕하겠다는 기세로 덤볐다. 그러나 민통련 사무실 강제 폐쇄 등으로 공안 정국을 강화하려던 군사정권의 발악도 오래가지는 못했다.

1987년 신년 벽두부터 정국뿐만 아니라 전국을 뒤흔드는 사건이 터졌다. 이른바 박종철 고문치사 사건이었다. 1987년 1월 14일 서울

대생 박종철 군이 치안본부 남영동 대공분실에서 조사를 받던 중 고문과 폭행으로 사망한 것이다. 경찰은 처음에는 단순 쇼크사로 발표하였으나 물고문과 전기고문의 심증을 굳히게 하는 부검의의 증언으로 전면 재조사에 들어갔다.

당시 책상을 '탁' 쳤더니 '억' 하면서 쓰러졌다는 강민창 치안본부장의 어이없는 발표가 국민을 공분케 했다. 사건 발생 5일 만인 1월 19일 물고문 사실을 공식 시인하고, 수사경관 조한경과 강진규를 특정범죄가중처벌법 위반 혐의로 구속했다. 사건 진상의 일부가 공개되자 신민당은 정부여당에 대대적인 공세를 가했으며, 재야단체들은 규탄 성명을 발표하고 진상 규명을 요구하며 농성에 들어가는 한편, 각계 인사 9천 명으로 구성된 '박종철 군 국민추도회'를 주도했다.

정국은 곧 고문 정권 규탄 및 민주화 투쟁의 소용돌이에 빠졌다. 정부는 내무부장관 김종호와 치안본부장 강민창을 전격 해임하고 고문 근절 대책을 수립하는 것으로 사태를 수습하려 했다. 그러나 5월 18일 천주교정의구현전국사제단의 성명을 통해 치안감 박처원과 경정 유정방, 박원택 등 대공 간부 세 명이 이 사건을 축소 조작했고, 고문 가담 경관이 다섯 명이었다는 사실이 새롭게 밝혀졌다. 이 폭로로 서울지검은 여섯 명을 추가 구속했다. 경찰과 검찰의 사건 은폐 조작 시도는 정권의 도덕성에 결정적인 타격을 입혔다.

박종철 군 고문치사 사건을 규탄하는 일련의 추모 집회와 규탄 대회는 개헌 논의와 연결되면서 6월 항쟁으로 이어져 1987년 민주화운동의 촉발제가 되었다. 고문 정권 규탄은 직선제 개헌 요구로 이어졌고 정권과 민주세력은 가파른 대치를 계속하게 되었다. 정치권의 개

수련회에 간 민통련 식구들.
오른쪽에서 다섯 번째가 이해찬 전 국무총리, 오른쪽에서 세 번째가
성유보 전 한겨레신문 편집위원장, 왼쪽에서 두 번째가 이십대의 나다.

헌 논의가 중단되고 당시 대통령이었던 전두환이 4·13호헌 조치를
내놓자 이에 분노한 모든 민주세력은 종교계, 제도정치권과 함께 범
국민 민주연합 전선인 '민주헌법쟁취국민운동본부'를 결성해 투쟁의
대오를 정비했다.

6월 항쟁의 불씨는 민주세력의 분열로 스러지고

나는 1987년 6월 민주화 대투쟁의 여러 현장, 특히 명동성당 농성 투쟁으로 뛰어다니며 그 현장을 눈과 가슴으로 기록했다. 당시 나는 민주헌법쟁취국민운동본부 집행위원으로 상근하면서 홍보를 담당하고 있었다. 명동성당 농성 투쟁 현장에 파견 나간 때가 6월 11일이었고, 이때 동행한 이가 뚱뚱이 브라더스 이명식이었다. 나는 국민운동본부의 지침과 전략을 명동성당 현장에 전달하는 역할을 했다. 때는 각 대학이 명동성당 구출 작전을 감행하던 중이었다. 경찰 병력에 포위된 외로운 성지를 지킬 필요가 있었기 때문이다.

당시 명동성당 농성장에서도 1980년 서울의 봄 시절에 제기되었던 유사한 논쟁이 벌어졌다. 농성을 지속해 민주화의 불씨를 이어가자는 측과 장기간 농성은 민주화운동 세력에 부담이 될 수 있으니 농성을 중단하고 국민운동본부라는 상징적인 지도부의 지휘에 따라야 한다는 주장이 대립되었다. 장기간 농성으로 인한 참여자들의 피로도 문제였다.

나는 당시 명동성당과 성모병원, 그리고 계성여고 주변의 비밀 통로를 이용해 봉쇄망을 피하고 신부님이나 수녀님들의 자가용으로 명동성당과 국민운동본부를 오갔다. 도청 우려가 있는 전화 사용은 당연히 금지되어 있었다. 이렇게 직접 농성 현장에 잠입할 수밖에 없었다.

투쟁 현장을 지켜보면서 지금도 잊을 수 없는 장면은 바로 '넥타이 부대'의 모습이다. 가톨릭회관에서 명동 한복판을 내다봤는데, 점심시간에 쏟아져 나온 평범한 직장인들이 넥타이 차림으로 거리를 가득 메우고 '호헌 철폐' '독재 타도'를 외치고 있었다. 흰 와이셔츠에 넥타이 차림, 이른바 넥타이 부대의 출현은 영원히 잊을 수 없는 장관이다. 지금도 가끔 민주화 투쟁의 상징적 장면으로 회자되곤 하는 피플 파워의 생생한 모습이다.

최루가스와 함께 아스팔트 위로 작열하는 6월의 폭염도 민주화의 뜨거운 열기를 가로막지는 못했다. 아니 오히려 하늘이 도왔다고 할 수 있다. 보통 6월 중순부터 시작되는 장맛비가 그해에는 신기하게도 내리지 않았다. 한창 시위가 전개되는 도중에 장마가 계속됐다면 가두 집회의 열기는 사라지고 투쟁의 불씨를 이어가기 힘들었을 것이다. 날씨까지도 민주화의 열기에 일조했다.

덕분에 6월 18일 최루탄 추방의 날 행사를 치렀고, 6월 24일에는 평화대행진도 성공리에 마칠 수 있었다. 전두환 정권은 계엄령 발동을 포기할 수밖에 없었고, 마침내 대국민 항복 선언인 6·29선언이 나왔다. 모두들 기뻐하고 감동에 들떠 있었다. 공짜 식사를 제공하겠다는 음식점 안내지가 곳곳에 붙었고, 국민들은 승리감에 환호했다.

민주세력은 직선제 개헌을 얻어냈다는 승리감에 젖어 있었고 대통령 직선을 하면 당연히 야당 후보가 대통령이 될 거라는 착각을 했다. 치밀한 계산을 끝낸 군사독재 정권이 집권을 연장할 수 있는 빌미를 준 것은 김대중, 김영삼 두 분을 비롯한 우리 모두의 책임이었고 뼈아픈 실책이었다.

1987년 대선에서 민주 진영은 양김과 함께 분열되었고 선거 결과는 노태우의 승리로 드러났다. 군부세력의 집권이 연장된 것이다. 나라의 근본이 무너지고 사회적인 아노미가 본격화된 것은 이때부터였던 것 같다. 가슴 아픈 지역 분열이 정치 사회적으로 고착화되기 시작한 것 또한 이때부터였다.

민주세력도 양김의 분열 속에 '비판적 지지론' '후보 단일화론' '독자 후보론'으로 입장이 나뉘었고, 그러면서 각기 다른 길을 걷기 시작했다. 민통련 안에서도 분열이 일어났다. 1989년 1월 전국민족민주운동연합(전민련)이 결성되면서 민통련은 발전적으로 해체되었다. 1980년 5월 서울역 회군으로 진정한 서울의 봄을 맞지 못한 것처럼, 1987년 6월 항쟁은 양김과 민주 진영의 분열로 인해 완전한 민주화로 이어지지 못했다.

직업 정치인의 길

나는 1989년과 1990년 재야운동 단체였던 진보정치연합과 민주연합추진위원회를 거쳐 1991년 '꼬마' 민주당에 입당했다. 이부영, 유인태, 원혜영, 고영하 등과 야권 통합 운동을 지속하기 위해서였다. 지방선거 패배 이후 3당 합당의 위력을 절감하고 이에 맞서 범야권 통합운동을 본격화했던 것인데, 1991년 9월 마침내 민주당, 평화민주당, 재야 일부가 결합해 통합된 민주당이 출범하게 된다.

통합된 민주당의 노무현 대변인 밑에서 나는 박우섭, 윤재걸 선배와 함께 부대변인을 맡았다. 이때는 김대중, 이기택 대표뿐 아니라 김원기 사무총장으로부터 현실 정치를 많이 배울 수 있었다.

1992년 4월 총선에선 서울 동작 갑 지역 공천을 신청했다. 공천 과정의 치열한 신경전과 소모전, 그리고 보스에게 보여야만 하는 무한 충성에 회의를 느끼던 시절이었다. 나는 9시 뉴스에서도 공천 유력자로 보도됐지만 결국 낙천하고 말았다. 공천제도 자체의 변화를 절실히 느낀 시기였다.

그후 나는 대통령 선거를 치르기까지 홍사덕 대변인 밑에서 박지원 수석 부대변인, 박우섭, 설훈 부대변인과 함께 일하다 대선 직전에 소위 '이선실 간첩단 사건'에 연루되었다.

낙천 후 오랫동안 내게는 실패한 정치인이라는 꼬리표가 붙었다. 직업 정치인으로서 필요한 세 가지 덕목이 내겐 없었던 것이다. 당시만 해도 제도정치권에서 살아남으려면 힘센 보스 밑에 줄을 서거나(눈치가 빠르거나) 집안의 재력이 튼튼하거나(돈이 많거나) 압도적인 명망이 있거나(지명도가 있거나), 그중 하나의 무기라도 가져야 하는데 나는 그런 조건들을 갖추지 못했다. 그럼에도 재야 출신들은 명분도 의리도 지켜야 했다. 외로운 길이었다. 하지만 그 외로운 길에서 제정구, 노무현, 유인태 등 선배들이 위로해주고 격려해줘서 묵묵히 갈 수 있었다.

가장 안타까운 일은 1995년 지방선거를 성공적으로 치러낸 민주당이 DJ의 정계 복귀를 놓고 결국 갈라서고 말았다는 것이다. 내가 김원기, 제정구, 이부영, 이철, 김정길, 노무현, 유인태, 원혜영 등의 선배들과 신당(새정치국민회의) 창당에 합류하지 않고 민주당 잔류를

1996년 15대 총선을 앞두고 통합민주당은 이부영, 이철, 노무현, 제정구, 박계동, 김부겸 등으로 '새물결유세단'을 꾸려 엄동설한을 뚫고 전국 각지를 돌며 시국 강연회를 했다. 청년 서갑원(전 국회의원)과 천호선(전 청와대 대변인)도 보인다.

선택하자 오랜 야당생활에서 정들었던 많은 정치 선배들과의 이별이 기다리고 있었다.

평소 존경했던 것과 상관없이 DJ의 독선적인 결정은 받아들일 수 없었다. 그때 일부 신문에서는 이렇게 표현했다.

"억세게도 운이 없다. 옛 선비들을 따르려고 하나"라고.

1996년의 민주당은 기존의 민주당과 홍성우, 장을병, 서경석, 성유보 등이 주도하던 개혁신당이 결합한 당이었다. 이 민주당은 지역정당인 3김 세력과 치열하게 싸웠다. 전국에서 무려 12%가 넘는 득표를 하고도 의석수는 겨우 15석이었다. 전국 지지도에 훨씬 못 미치는 5%의 의석수를 차지하는 데 그쳤다. 정말이지 안타깝고 분했다.

교섭단체를 구성하지 못하니 정당으로서의 독자 생존이 불가능했다. 그 좋은 명분과 훌륭한 인물들을 보유하고도 그처럼 허무하게 무너지다니……. 현실 정치의 높은 벽을 실감해야 했다. 지금도 교섭단체 의원 수를 10여 석으로 낮추자는 논리에 내가 동의하는 것은 이런 뼈아픈 경험 때문이다. 지역 구도하에서 치러지는 망국적 선거제도 역시 꼭 고쳐야 한다는 것이 그때 가졌던 생각이다.

1997년 대선을 앞두고 민주당에 속한 인사들은 또다시 큰 홍역을 치러야 했다. 당시 김원기 대표를 앞세워 국민통합추진회의(통추)를 구성하고 있던 우리들은 독자 후보 추대론, 민주 연합론, 3김 청산론 등으로 많은 시간을 고민했다.

조순 서울시장을 영입해서 민주당 독자 후보를 내세워 대선 국면을 돌파하자는 움직임과 비록 민주당 분당의 상처는 있지만 그래도 민주화운동 세력들은 DJ를 지지할 수밖에 없는 것 아니냐는 움직임으로 압축되다가, 대선을 50여 일 앞두고 김원기 대표, 김정길, 노무현, 유인태, 원혜영 선배들은 DJP 합류를 선언했고, 제정구, 이철, 김홍신, 이미경 등 선배들과 나는 조순 총재와 함께 이회창 후보의 신한국당과 합당하여 한나라당을 만드는 데 합류했다.

이 때문에 선후배들로부터 많은 비판을 받았다. 무엇 때문에 한나라당에 합류했느냐, 그렇게도 출세하고 싶냐 등등 많은 욕을 먹었다. 그러나 그때 내 가슴 한구석에는 이제 권위주의 정치문화를 청산하고 합리적, 상식적 지도자를 배출하여 제도적 민주화를 실현시켜야 한다는 생각이 있었다.

난마처럼 얽힌 이 나라가 DJP 연합 형태의 어설픈 권력 분점, 내각

민주당에 입당한 후
부대변인을 맡아 일하던 시절,
김대중 총재를 수행하여
상가를 방문 중이다.

제 개헌으로 수습이 되겠는가 하는 강한 의문 때문에 그런 선택을 한
것이다. 지금도 당 내외에서는 이런 내 정치 이력 때문에 많은 논란
이 있다. 하지만 당시 제정구 선배와 우리는 대의명분과 정당 정치의
미래를 놓고 많은 가슴앓이를 했다는 사실을 말해두고 싶다.

1998년 4월 신한국당과 민주당의 통합이 법적으로 완료되는 과정
에서 나는 민주당 과천·의왕지구당 위원장 직위를 잃고 한나라당 군
포시 지구당 조직책으로 임명되었다. 낯선 사람들, 낯선 고장을 직업
정치인의 숙명으로 받아들이고 새로이 시작했다.

그러나 군포는 새로운 생명이 싹트고 있는 젊은 도시였다. 부지런
히 뛰는 젊은 정치인을 냉대하지 않았다. 당원들도 자신들과 전혀 다

른 과거를 가진 위원장을 믿고 따라주었다. 2년 동안 혼신의 힘을 다해 사람들을 만나고, 인사하고, 때로 노래 부르고, 춤추고, 술잔을 기울이며 보냈다. 2년 동안 약 8만 장의 명함을 뿌렸다.

2000년 4월 선거전 초기에는 상대 당 현역의원과 무려 20%의 지지율 격차가 났었다. 그러나 당원, 지지자, 아버지와 아내를 비롯한 모든 식구들의 신들린 듯한 선거운동은 상황을 반전시키는 기적 같은 결과를 낳았다. 근소한 표차로 당선이 확정된 4월 14일 새벽, 나는 아내와 나란히 부모님께 큰절을 올렸다. 부모님은 감격의 눈물을 펑펑 쏟으셨다.

그후로도 두 번이나 더 군포시민들은 나를 신임해줬다. 탈당의 회오리 속에서도 당선을 시켰고 민주당이 존립마저 위태로웠던 18대 국회의원 선거에서도 살려주셨다. 이제는 내가 그분들의 기대에 응답해야 될 때다. 제 몫을 다하는 정치인, 제 역할을 다하는 정당, 믿음과 희망을 만드는 정치를 기대하는 그분들의 바람을 결코 저버리지 않을 것이다.

나는 아침에 일어나면 하루를 기도로 시작한다.

"제가 강하고 힘센 자들 앞에서 비굴하지 않고, 가난하고 약한 자들한테 교만하지 않고 늘 감사한 마음을 지니도록 인도하소서."

이선실 사건과 김대중 총재

1992년 10월, 정국은 얼마 남지 않은 대통령 선거를 향해 가파르게 내닫고 있었다. 어느 날 아침 신문을 펼쳐든 나는 깜짝 놀랐다. 그날 신문 1면에 '조선노동당 중부지역당'이란 이름의 간첩단 기사가 대문짝만 하게 실려 있었다.

얼마 전부터 공안 당국은 북의 거물 간첩이 국내에 잠입하여 운동권, 특히 정계에 진출한 운동권을 포섭했다는 사실을 언론에 흘리고 있었다. 정치권 특히 야권은 긴장했다. 선거 때만 되면 나타나는 북풍이 시작된 것 아닌가 하는 의구심으로 공안 당국을 예의 주시하고 있었다. 그런 상황에서 당시 안기부 대공수사국장이었던 정형근이 기자회견에서 북한의 거물 공작원 이선실과 남한 내의 핵심 공작원 황인오가 관련된 중부지역당 사건을 발표한 것이다. 정형근은 일문일답을 통해 북한 공작원들이 정치권에도 깊숙이 침투했다고 밝혔다.

대선을 코앞에 둔 민주당은 김대중 총재를 겨냥한 용공 조작이 또다시 시작되는 것이 아닌가 해서 극도로 긴장했다. 그러나 내가 그날 대경실색한 것은 정작 대규모 간첩단 사건이 터진 것 때문이 아니었다. 사건의 핵심으로 지목된 북한 공작원 이선실이란 인물 때문이었다. 아무도 이선실이 누구인지 몰랐다. 그러나 나는 또렷이 기억하고 있었다. 그는 바로 몇 년 전까지 나의 대방동 집을 드나들던 이웃집 신씨 할머니였다. "아, 이 할머니가!"

1988년으로 기억된다. 당시 진보정치연합 대변인으로 활동하고 있던 나는 퇴근하여 장모님과 알고 지낸다는 할머니 한 분을 만났다. 그분은 내가 정치적으로 성공할 수 있도록 돕고 싶다고 했다. 나는 고마운 마음으로 별 생각 없이 한두 차례 만났다. 어느 날 집에 돌아왔더니 그 할머니가 수표로 500만 원을 두고 갔다고 했다. 마땅한 수입도 없이 살던 시절이었다. 아쉬운 돈이었다. 일단 은행에 예금했다.

그후 할머니는 가끔 우리 집을 찾아왔다. 낮에는 내가 집에 없다 보니 아침에 나를 만나러 오곤 했다. 그런데 이야기를 나눌수록 황당하다는 생각이 들었다. 할머니가 혁명에 대한 이야기를 꺼냈다. 재야의 명망가도 아니고 오랜 운동을 해온 분도 아닌 할머니의 입에서 혁명이나 통일운동에 대해 이야기가 나오는 것이 좀 어색하기도 하고 당황스러웠다.

당시는 학생운동을 비롯한 재야운동권에서 통일운동을 추진하던 시절이었다. 해방과 6·25전쟁 전후 시기에 빨갱이로 몰렸던 이들이 독재 시절에 닫았던 입을 열며 억울함을 호소하던 시절이었다. 나는 그런 서러운 경험을 갖고 있는 미망인 정도로 할머니를 생각했다. 나이 칠십의 할머니 간첩이 세상에 있으리라곤 상상도 못 했다.

할머니는 나한테 지금 운동 노선이 잘못됐다는 이야기를 했고, ‘혁명 대오’니 하는 단어를 사용했다. 할머니가 그런 이야기를 꺼내는 것도 어색했지만 운동권에서조차 잘 쓰지 않는 용어를 사용하는 것도 이상했다. 아마 할머니가 젊은 시절엔 저런 단어를 지식인들 사이에서 일상적으로 사용했나 보다, 생각했다. 그러나 무엇보다 혁명 이야기에 대해서는 일정한 선을 긋지 않을 수 없었다.

김대중 총재와 함께 농촌 현장을 순방할 당시. 가운데에 제정구 의원이 보인다.

1992년 대선을 앞두고 벌어진 공안 조작 음모였던
'이선실 간첩단 사건'에 연루되어 또다시 구속되었다.

　"할머니, 앞으로 저희 집에 오지 마세요. 저에 대해서 뭔가 오해하시는 것 같은데 저는 합법적인 정치운동을 하기로 마음먹은 사람이지 혁명을 꿈꾸는 사람이 아닙니다. 진보 정당을 통해 내가 생각하는 세상을 만들려고 하는 사람이니까 그런 이야기 하지 마시고 앞으로 저를 찾지도 마세요"라며 야멸칠 정도로 축객逐客을 선언했다. 그 전에 돈도 얼마 정도는 갚아나가고 있는 상태였다.

그후 나는 할머니를 만나지 않았다. 할머니는 1990년쯤 몸이 안 좋아 강원도로 요양 간다며 사라졌고, 그 뒤로는 우리 가족들도 만날 일이 없었다.

그리고 3년이 흐른 뒤에 간첩단 사건이 터졌고 핵심 인물로 발표된 북한 공작원이 바로 이선실, 내가 아는 신씨 할머니였던 것이다. 모골이 송연했다.

공안 당국이 간첩 사건 수사의 연기를 피우기 시작하면서 당 안팎에서는 여러 소문이 난무했다. 하지만 나는 거기에 이름이 올라본 적도 없었고 스스로도 그런 일에 연루될 줄은 꿈에도 생각 못 했다. 그런데 그 간첩이 내가 오래전에 만났던 할머니로 밝혀지자 어찌 해야 할 바를 몰랐다. 일단 당시 김대중 총재의 비서실장을 맡고 있던 조승형 변호사에게 이 사실을 보고했다.

피가 마르는 시간이 흘렀다. 2주쯤 지났을까. 이기택 총재와 함께 대구 출장을 다녀와 밤늦게 퇴근했는데 새벽에 기관원 예닐곱 명이 들이닥쳤다. 그들은 내게 이선실을 알고 있느냐고 물었다. 그렇다고 대답했다. 그러곤 조 실장에게 전화로 상황을 보고하고 연행에 응했다. 처음 당하는 연행도 아니고 처음 조사를 받는 것도 아니지만 내 머릿속은 아득했다.

민주화운동을 하다 끌려가는 것과는 다른 상황이다. 간첩 사건이다. 간첩 사건이 얼마나 무서운 것인가. 잘못하면 집안 모두가 빨갱이로 몰릴 수도 있고 이 나라에 발이나 붙이고 살 수 있을지도 모르는 것이 간첩 사건이다. 혼란스러운 머릿속이 정리되기도 전에 차는 남산 안기부에 도착했다.

연행되자마자 무지막지한 구타와 고문이 시작됐다. 공안기관의 수사는 일단 조사 대상자를 폭력으로 완전히 무너뜨린 후에 시작한다. 실낱같은 희망을 포기한 상태로 만들어놓고 자백을 강요한다. 그들은 나한테 이선실과 어떤 내용을 공모했는지, 공작을 위해 어떤 역할을 했는지 추궁했다. 또 자금을 받아 당의 어디에 전달했는지 캐물었다. 수표로 받은 500만 원을 은행에 예금해둔 것은 수사기관의 증거 자료가 되기도 했지만 반대로 나의 반론 자료도 되었다.

장모님부터 아이들까지 서로 집을 오가며 지냈던 외로운 할머니였다. 할머니가 돈은 좀 있는 것 같고, 그동안 쌓인 정에 그냥 준 건지, 빌려준 건지 애매한 채로 생활비에 보태라며 주었다기에 일단 은행에 넣고 개인적으로 썼지, 무슨 당에 갖다줬다는 것이냐며 당당히 설명할 수 있었다. 그 사이 장모와 아내도 연행되었다. 가족이 안기부 조사실에서 겪을 고초를 생각하니 이루 말할 수 없이 괴로웠다.

4일쯤 지났을까. 수사를 지휘하던 정형근 대공수사국장이 나타났다. “아시겠지만 정치적인 사건입니다. 있는 그대로 모두 진술하세요.” 정형근은 한편으로 나를 회유하며 한편으론 협박했다. 그는 말미에 불편한 것은 없느냐고 물었다. 나 하나 족치면 됐지 장모와 아내까지 조사해야 하느냐고 따졌다. 정형근은 “아, 그래요?” 하더니 주위를 돌아보며 “즉각 귀가 조치시켜” 하고 지시했다. 서슬 퍼런 권력이란 게 이런 것이구나 싶었다. 두 시간도 안 돼 아내와 장모가 집에 돌아갔다는 사실을 확인했다.

수사는 계속됐다. “서울대를 나올 정도면 똑똑한 놈인데, 뭔가 의심스러운 사람이란 걸 알았으면 신고했어야 하지 않느냐? 그런데 안

한 걸 보면 뭔가 있는 것 아니냐?"며 집요하게 추궁했다. 안기부 수사관들은 두툼한 서류 뭉치를 내놓고 "이 안에 너와 이선실이 나눈 대화 내용이 모두 기록돼 있다"며 협박했다.

나는 모든 사건이 종결된 뒤 요약한 사건 기록을 볼 기회가 있었다. 나와 이선실이 나누었다고 되어 있는 대회 기록은 주로 황인오가 이선실로부터 들은 진술이었다. 이선실이 황인오에게 "부겸이 이놈, 키워서 혁명전사를 만들려고 했더니 도무지 협조를 안 해. 돈도 좀 주려 했더니 받지도 않고……" 하고 말했다 한다. 이 진술이 역설적이게도 나의 무죄와 결백을 입증해주고 있었다.

검찰은 나를 국가보안법상의 회합, 금품수수, 불고지죄로 기소했다. 재판 과정에서 회합과 금품수수에 대해서는 무죄를 인정받았지만 불고지죄에 해당한다는 죄목으로 징역 1년에 집행유예 2년을 선고받았다. 그때가 1993년 2월이었다. 석 달 만에 풀려난 사이, 대선은 이미 끝나 있었고 김영삼 후보에게 패배한 김대중 총재는 영국으로 떠난 뒤였다. 억장이 무너졌다.

나라를 떠들썩하게 한 간첩단 사건이었지만 결과는 태산명동泰山鳴動에 서일필鼠一匹이었다. 나와 김 총재의 비서 한 사람이 구속됐지만 그 역시 곧 풀려났다. 이선실이 과연 거물 간첩이 맞나 하는 의구심이 들 정도로 이선실에 대한 내용도 허술했고 조사 결과도 별것이 없었다. 그렇지만 1992년 겨울의 긴박한 대선 정국을 달구기에는 충분한 사건이었다. 정권은 그렇게 정체도 모호한 할머니 한 사람의 '마실 나들이'를 남한 적화를 위한 간첩의 정치권 포섭 공작으로 덧칠했고 대선이 끝나자마자 흐지부지 날려버렸다.

대통령 선거의 판도를 바꿔놓은 간첩단 사건은 내게 적지 않은 상처를 주었다. 정치권에 들어와 나름대로 길을 찾던 나에게 간첩단 사건은 엄청난 좌절로 다가왔다. 제대로 시작도 해보기 전에 가혹한 운명의 올가미가 씌워지는구나 하는 생각이 들었다. 그 뒤로도 내가 출마한 선거에서 상대 당의 선거 운동원들이 나를 간첩에게 돈 받은 사람이라고 공격하기도 했지만, 간첩 사건의 특성상 적극적으로 항변하기가 쉽지 않았다.

무엇보다 3당 합당 이후 절치부심하면서 민주당 합당을 이뤄내고 대선을 준비하던 김대중 총재에 대한 죄송스러운 마음은 오랫동안 짐으로 남았다. 정권 교체의 중요한 길목에서 내 작은 실수가 커다란 상처를 남긴 것 같았다. 내가 석방됐을 때 김대중 총재는 이미 영국으로 떠나고 없었다. 김대중 총재는 당시 영국으로 찾아온 측근에게 민주당이 키워야 할 재목 여섯 사람 중 한 명으로 나를 꼽았다는 이야기를 했다고 한다. 더욱이 내가 감옥에서 나왔을 때는 부대변인직을 수행하지도 못했는데 급여를 따로 모아두었다가 보내주기도 했다.

그렇지만 영국에서 돌아온 김 총재가 1995년 새정치국민회의를 만들면서 민주당이 분당되는 바람에 나의 미안함과 고마움을 표할 기회는 더 지체되었다. 마침내 언젠가 김대중 총재를 찾아뵙고 대화할 시간이 있었다. 김 총재는 웃으면서 말했다. "미안하게 생각할 거 없습니다. 그저 좋은 약이라고 생각하세요. 앞으로 매사에 신중하고 늘 꾸준히 공부하세요. 내 지켜보겠습니다"라며 격려했다. 인간적으로는 아버님 같은 분인데 정치적으로는 끝까지 따를 수 없었던, 그래서 김대중 총재만 생각하면 늘 회한에 젖는다.

하룻밤 사이에 놓쳐버린 홍준표

1995년 새정치국민회의의 분당으로 민주당은 다시 '꼬마' 민주당으로 돌아갔다. 그 충격은 적지 않았다. 허탈할 뿐이었다. 그렇지만 그대로 주저앉아 있을 수만은 없었다. 총선이 다가오자 민주당은 다시 활기를 띠기 시작했다. 무엇보다 국민의 공감을 얻을 수 있는 신진 인사들을 영입하는 것이 시급했다. 당시 수세에 몰린 신한국당은 신한국당대로, 신당을 창당한 새정치국민회의는 국민회의대로 새 인물 영입을 위해 맹렬히 뛰고 있었다. 민주당도 영입 대상을 물색하고 접촉하기 시작했다.

민주당의 영입 대상에는 감사원장과 총리를 지내다 김영삼 대통령에게서 돌아선 이회창 씨도 있었고 홍준표 변호사도 있었다. 또 경제정의실천시민연합(경실련)을 창립한 서경석 목사와 숭실대 이삼열 교수, 소설가 김홍신 씨 등의 영입에도 공을 들였다.

이회창 씨는 민주당의 뜻과 용기에 동의한다며 호의적인 반응을 보이면서도 입당은 망설였다. 이회창 전 총리보다 공을 더 들인 대상은 홍준표 변호사였다. 홍 변호사는 슬롯머신의 대부 정덕진을 수사하면서 노태우 정권의 실세였던 박철언 의원, 이건개 대전 고검장을 구속하는 등 정국을 떠들썩하게 했다. 당시 공전의 시청률을 올리며 국민을 브라운관 앞으로 끌어모은 드라마 〈모래시계〉에 빗대어 '모래시계 검사'란 별칭을 얻고 있었다.

그렇지만 수사가 끝나자 한직으로 전보됐다. 그나마 독어를 공부한 자신을 불어 번역과 관련된 부서로 보내자 보복 인사에 항의하여 사표를 냈다. 민주당 처지에서는 홍준표 씨의 영입이 절실했다. 오랫동안 민주화운동에 헌신한 인물을 영입하는 것도 중요하지만 검사로서 이름을 날린 홍 변호사를 영입하면 민주당의 외연도 넓힐 수 있었기 때문이다. 여러 사람이 홍준표 씨의 영입에 공을 들였고 홍 변호사도 긍정적인 반응을 보냈다.

분위기가 무르익어 가던 어느 날 저녁 이부영, 노무현, 제정구 의원, 박인제 변호사 등과 나는 잠실 선수촌 아파트에 사는 홍준표 변호사의 집으로 쳐들어갔다. 홍 변호사는 편한 복장으로 우리를 반갑게 맞았다. "질질 끌 거 뭐 있습니까? 고민은 그만하고 우리와 같이 합시다." 우리는 최종 결심을 받으려 했다.

홍 변호사도 화답했다. 우리는 같이 맥주를 마셔가며 화기애애하게 대화를 나누었고, 결론은 이미 난 분위기였다. 홍 변호사를 확실히 잡았다고 생각한 우리는 새벽 1~2시경 홍 변호사의 집을 나왔다. 다음 날 민주당사를 찾아 홍준표가 입당 선언을 하면 마무리되는 상황이었다. 그러나 양 김씨가 벌이던 영입 경쟁은 그 짧은 밤을 내버려두지 않았다.

나중에 취재한 상황을 종합하면 홍 변호사 집에 새벽 5시쯤 전화벨이 울렸다. 홍 변호사는 잠결에 전화를 받았다. 청와대였다. 대통령의 호출을 받은 홍 변호사는 급히 청와대로 달려갔다. "아무 소리 말고 신한국당 들어오거래이." 결국 홍 변호사는 신한국당을 찾아가 입당을 선언했다. 불과 몇 시간 만에 상황이 180도 바뀐 것이다.

홍 변호사의 신한국당 입당 발표를 들은 우리는 어안이 벙벙했다. 그리고 허탈했다. 뒤통수를 맞은 느낌이었다. 본능적인 분노도 일었다. 양당의 영입 경쟁 속에서 3김 정치 청산과 지역 정당 해소라는 기치를 들고 그나마 세를 규합해가던 우리에겐 또 한 번 좌절의 순간이었다.

물론 이회창 전 총리야 당시로서도 워낙 거물이었으니 영입 노력을 하면서도 반신반의했지만 홍 변호사는 그렇지 않았다. 우리가 걷는 길이나 그가 걸어온 길에는, 거대하나 옳지 못한 힘에 대해 소수지만 정의롭게 맞선다는 점에서 어떤 동질성이 있다고 보았고, 그래서 본인도 긍정적인 답변을 한 것이다. 그런 노력이 수포로 돌아간 것이다. 양김 정치 구도 아래에서 제3당의 길을 걷는 것이 어려울 줄은 알았지만 대의도, 명분도 다 버려지고 오직 지역과 양김만이 정치를 쥐락펴락하는 듯했다.

홍준표 변호사는 15대에 국회의원 배지를 달았고 나는 16대에 등원해 다시 그를 만났다. 나는 홍 의원한테 농을 건넸다. "아이고, 우째 사내가 그 잠깐을 못 참고 말을 바꿔 탔노?" 하자 홍 의원은 "니는 공무원 안 해봤제? 우리 공무원 출신이 대통령 전화를 안 받을 수가 있겠나?" 하면서 능친다. 지금이야 같이 웃어넘기지만 그 시절 민주당은 그런 비애를 곱씹어가며 3김 정치와 지역 정당을 청산하기 위해 안간힘을 쓰고 있었다.

'통추' 와 노무현 최고

1995년 김대중 총재가 새정치국민회의를 창당하고 나가자 민주당은 썰렁하기 그지없었다. 그러나 마냥 주저앉아 있을 수만은 없었다. 그래도 대의명분을 지키기 위해 남은 현역 의원이 서른 명을 넘는 작지 않은 정당이었다. 우리는 밖으로는 새정치국민회의와 경쟁하면서 안으로는 당을 쇄신하기 위해 노력했다. 밖에 분당의 주역인 DJ가 있다면 안에는 당의 쇄신을 가로막는 이기택 총재가 있었다. 뜻있는 인사들이 모여 당의 쇄신을 고민하기 시작했다. 그리고 그 고민은 민주당의 쇄신을 넘어 어떻게 하면 국민 통합을 이룰 것인가로 이어졌다.

김원기, 박석무, 제정구, 노무현, 김정길, 이철, 유인태, 원혜영, 홍기훈 그리고 나는 분열된 정국에서 어떻게 하면 야권을 살리고 지역정치 청산과 정권 교체를 이룰 수 있을 것인가 고민했다. 거기에 정치권이 아닌 인사로 성유보 한겨레신문 초대 편집위원장, 이삼열 교수, 박찬석 경북대 총장, 류창우 영남대 총장 등이 합류하여 만든 것이 '국민통합추진회의(통추)'였다.

그렇지만 당장 뭔가를 할 수 있는 상황은 아니었다. 그냥 세월만 보낼 수는 없지 않느냐는 고민에 빠져 있을 때 누군가가 식당을 열자는 아이디어를 냈다. 민의도 수렴하고 부족한 정치자금도 조달하자는 것이었다. 모두들 동의해 강남에 고깃집을 열기로 하고 식당 이름을 '하로동선夏爐冬扇'이라고 지었다. 여름의 화로와 겨울의 부채, 당장은 쓸모없지만 때가 되면 다 쓰임새가 있다는 뜻인데, 지금도 많은 사람들이 그 이름을 기억할 정도로 인구에 회자되었다.

하로동선을 열기 위해 전·현직 의원들이 3천만 원씩을 각출하기로 했다. 낙선한 데다 돈이 없는 의원은 은행 대출을 받기도 했다.

처음에는 장사가 잘됐다. 언론에 보도되자 호기심을 느낀 사람들이 식당을 찾았다. 말로만 듣던 정치인을 직접 만날 수 있었기 때문이다. 전·현직 의원들은 주 2회 식당에 나와 이른바 '술 상무'를 했다. 바쁜 의원들에겐 쉽지 않은 일이었다. 그런 가운데 빠지지 않고 자기 몫을 한 이가 있었다. 노무현 최고(당시 노무현을 부르는 호칭은 두 가지였다. 기자들이나 친한 이들은 '노무'라고 불렀고, 공식적으로는 '노 최고'라고 불렀다. 마포 민주당 당시, 전당대회에서 당 부총재에 해당하는 최고위원으로 당선됐기 때문이다. 국회의원으로 지낸 기간이 짧았기 때문에 '노 의원'이란 호칭은 어색했다)였다. 노 최고는 당번 때 한 번도 빠지지 않고 출석했을 뿐만 아니라 술자리에 앉아 스스럼없이 대화를 나누었고, 그리 못 먹는 술도 주거니 받거니 하며 술 상무 노릇을 톡톡히 해냈다. 인간 노무현의 진지함을 읽을 수 있었다.

노 최고와 나는 격의 없이 대화하며 지냈다. '통추의 막내'이다 보니 모든 선배들로부터 귀여움을 받았지만 노 최고는 그런 가운데서도 좀 달랐다. 때로는 거칠다는 느낌이 들기도 했지만 거칠다는 느낌은 꾸밈없는 소탈함으로 이어졌고, 거기에 인간적인 매력과 특유의 친화력이 있었다. 확실히 노무현에게는 인간에 대한 열정이 있었다. 상황을 돌파해나가는 저돌성 또한 무서울 정도였다.

노무현 최고는 나한테도 그렇게 다가왔다. "서울대학이나 나온 놈

이 무슨 정치를 그래 하노?" 하는 그의 말에는 애정이 담겨 있었다. 그때 나는 선거에서 두 번 떨어졌고 국회의원도 아니었다. 게다가 이선실 사건까지 겪은 뒤라 정치권에서도 조심조심하면서 지냈다. 노무현은 그런 나에게 더 적극적인 정치를 주문했다. 통합민주당 최고위원에 당선된 뒤에는 나에게 자기 몫의 당무기획실 부실장직을 맡겨주기도 했다.

통추가 해체된 후에도 통추 멤버들은 계모임을 하듯 주기적으로 만나 소주잔을 기울이면서 이런저런 정치적 유대를 나누었다. 1997년 대선은 물론 2000년 총선까지 끝나, 내가 의원이 됐던 그해 가을쯤이었다. 어느 날 통추 모임에서 노 최고가 불쑥 대선에 나설 뜻을 비쳤다.

"제가 한번 큰 뜻을 펴보려는데 어떻게 생각하십니까? 마, 좀 도와주이소."

멤버들은 반신반의했다. 모두 노무현보다 경력으로야 못할 것 없는 명망가들이었다. 그에 비해 당시 노무현은 부산에서 낙선한 형국이었고 해양수산부 장관을 지내기도 전이었다. 그런 불확실한 상황을 확신 있게 돌파하는 저돌성이 노무현에게는 있었다. 나 역시 반신반의했던 마음을 점차 기대감으로 바꿔가고 있었다.

2004년 탄핵 역풍 속에 총선이 끝나고 원내 과반수를 획득한 열린우리당 의원들은 임기가 시작되기 전인 5월 29일 청와대에서 합동 만찬을 가졌다. 내가 그 만찬장에서 사회를 봤는데 즉석에서 노무현 대통령에게 노래 한 곡을 부탁했다. 대통령은 '부산 갈매기'를 불렀다. 소탈하면서도 뚝심 있고, 아무리 어려운 상황도 오직 진정성 하나로 돌파해나가는 '부산 사나이' 노무현은 제정구 선배와 함께 정치가 무엇이어야 하는지 가르쳐준 또 다른 스승이었다.

세비 기부로 시작한 의정활동

2000년 5월, 나는 유효 투표의 0.1%에 해당하는 260표의 근소한 차이로 국회의원에 당선됐다. 그만큼 신중하고 겸손하라는 시민들의 충고가 표차에 담겨 있다고 생각한다. 첫 임기 시작 무렵, 작은 문제가 제기됐다. 의원들 임기가 5월 30일부터 시작되기 때문에 의원세비는 월별로 계산한다는 관례에 따라 5월 30일, 31일 이틀 치 세비가 거의 1개월분으로 계산되어 지급된 것이다.

언론과 여론에서 문제제기가 있기도 했지만 도저히 그렇게 해서는 안 될 것 같아 몇몇 소장파, 초선 의원들을 중심으로 세비를 반납하기로 결의했다. 다만 국고로 반납할 수 있는 방법이 없다는 국회사무처의 통보를 받고 이 돈을 모아 당시 산불 피해를 입었던 강원도에 기부하였고, 김홍신 의원의 대표 발의로 관계법을 고쳐 의원 세비를 일당으로 계산, 지급할 수 있도록 했다.

정무위원회에 배정을 받아 처음으로 금융 업무, 공정거래 업무 등에 대해 공부할 기회를 가졌다. IMF 직후이기도 하고 은행 부실과 공적 자금 투입 문제가 국가적 관심사이기도 해서 초선으로서는 과분할 정도로 언론의 조명을 받기도 했다. 각종 정책 질의를 하면서도 왜 그렇게 예견된 금융위기에 속수무책으로 당했나 하는 의문을 지울 길이 없어 많은 전문가들을 찾아다녔다.

뛰어난 경제 관료들이 있다 해도 국가라는 큰 배의 키를 움직일 정치적 리더십이 부족하면 공동체의 위기는 알고도 못 막는 게 아닐까 하는 의구심이 들었다. 대통령과 고위 관료들이 조금만 더 정신 차리고 엄연한 현실 앞에 솔직했더라면 많은 국민들에게 그런 고통을 안겨주지 않았을 텐데, 하는 아쉬움에 정치하는 자로서 어깨가 무거웠다.

정무위 산하 소관 기관이던 한국자산관리공사에서 있을 수 없는 사건이 일어났다. 한국자산관리공사는 외환위기 이후 국내 금융기관이나 기업들이 안고 있던 부실 채권을 인수해서 털어내는 작업을 맡고 있었다. 이 작업을 위해 공적 자금 수십조 원이 들어간 담보물들이 공사에 유입되어 있었다. 당시 공사는 담보물로 넘어온 국내 부동산을 국제 입찰, 즉 해외 금융시장에 내다 팔아 채권을 회수하고 있었다.

국제 입찰에 응한 회사는 론스타나 리먼브라더스, 모건스탠리 등 외국의 투자기관 몇 곳밖에 없었다. 입찰에서 몇 차례 유찰되더니 가격은 뚝뚝 떨어졌다. 이런 식으로 제법 괜찮은 물건들이 이른바 '떨이 세일'을 하는 바람에 헐값에 팔려나가고 있었다. 당연히 국부 유출 의혹이 불거졌다. 이 문제를 파헤치다 보니 그렇게 될 수밖에 없었던 이유가 나왔다. 한국자산관리공사에서 국제입찰 업무를 담당하던 임직원들이 입찰에 응한 외국 투자기관으로 빠져나가고 있었다. 심지어 공사 부사장과 이사가 론스타의 한국 지사 회장과 부회장으로 옮겨 간 사례도 있었다. 이것은 배임이거나 심지어 사기 행위에 해당한다고 신랄하게 따졌더니 공사 측은 국가적으로 인재를 키우는 과정이라며 억지를 부렸다.

물론 당시 국내 업체들은 형편상 입찰에 들어갈 수 없는 구조였지만, IMF라는 국가적 위기 앞에서 전 국민이 금반지를 모으던 시국이었음을 감안한다면 비난받아 마땅한 일이었다. 더 심각한 문제는 그런 도덕적 해이에도 아무런 처벌이나 징계, 원상회복이 불가능하다는 사실이었다. 직업 선택의 자유가 있다며 헌법적 권리 운운하는 그들 앞에서 나는 할 말을 잃었다.

열린우리당 창당과 대통령 탄핵

2002년 대선에서 한나라당이 패배했다. 당내 개혁파 의원들은 2003년 초부터 당의 기풍과 노선 쇄신을 주장했다. 나를 포함해 이부영, 이우재, 김홍신, 원희룡, 이성헌, 심재철, 김영춘, 안영근 의원 등이었다. 예상대로 당내에서 반격이 거셌다. 2003년 2월 갓 출범한 노무현 정부를 시험이나 하듯이 국회 다수당이었던 한나라당은 '대북송금특별검사법안'을 국회에서 통과시키려 했다. 의총에서 몇몇 의원이 남북관계의 장래를 볼 때 특검은 옳지 않다고 주장했지만 당 지도부는 요지부동이었다. 본회의장에선 수적으로 소수 여당이었던 민주당 의원들이 퇴장한 가운데 표결이 진행되었다.

전광판 투표가 도입된 지 얼마 되지 않았을 때인데, 평소의 소신대로 반대 버튼을 눌렀더니 웅성거리는 소리가 들렸다. 평소 반대 주장을 가지고 있던 의원들마저 기권을 하는 바람에 나 혼자만 유일하게 반대하는 의원이 되고 만 것이다.

그 직후 본회의장에 들어서는데 누군가가 "어이, 김부 '결' 의원!" 하는 고함과 함께 "평양에서 감사 전화 안 왔어?"라고 대놓고 야유하는 소리가 들려왔다. 돌아보았더니 김용갑 의원이었다. 내가 한나라당에서 소위 '왕따'를 당하기 시작한 것이 대충 이때부터였다.

갓 출범한 노무현 정부는 강한 의욕에도 불구하고 곳곳에서 발목이 잡혔다. 동시에 대선 패배 직후에는 뭔가 획기적인 쇄신이 이뤄질

2003년 11월 11일 민주당 탈당파 40명, 한나라당 탈당파 5명,
개혁당 2명 등이 합쳐 처음이자 마지막 전국 정당이 되길 바라며
열린우리당을 창당했다.

것 같던 한나라당의 분위기도 그냥 엉거주춤 주저앉는 형국으로 바뀌어갔다. 나는 계기가 있을 때마다 쇄신의 목소리를 높였지만 점점 소수파로 고립되어 갔다. 또 한 번의 결단과 선택이 필요한 순간이 다가오고 있었다.

2003년 7월, 오랫동안 당내 개혁 그룹으로 활동해왔던 미래연대(남경필, 오세훈, 이성헌, 정병국, 권영진 등) 멤버들과 송별 만찬을 끝낸 나는 이부영, 이우재, 안영근, 김영춘 의원과 함께 탈당 기자회견장에 섰다.

한나라당을 탈당한 다섯 의원은 '국민 통합'과 '정치 개혁'을 내걸고 유랑극단처럼 전국을 순회하며 공청회나 세미나를 열어 국민 앞에 직접 호소했다. 언제부턴가 언론에서는 우리를 '독수리 5형제'라고 부르기 시작했다.

독수리 5형제가 결국 여당인 민주당으로 갈 것이라는 관측이 많았다. 실제로 민주당 당대표를 비롯한 몇몇 분들로부터 입당 의사를 타진받기도 했다. 그러나 국민 통합과 정치 개혁을 명분으로 내걸고 탈당한 우리가 지역주의 정당체제의 한 축을 이루고 있던 당시 민주당으로 들어갈 수는 없었다. 민주당 역시 정치 개혁과 지역주의 청산 문제로 한참 내홍에 휩싸여 있었다. 그러나 무엇도 쉽지는 않은 상황이었다.

그러던 중 마침내 민주당 내 역학관계가 흔들리면서 지역 정당체제 타파를 주창하던 개혁파들이 탈당을 감행하는 상황이 왔다. 훗날 김근태 선배로부터 "내가 너희 독수리 5형제만 없었으면 분당까진 안 갔을 텐데"라는 농담 섞인 핀잔(?)도 들었다.

이로써 마침내 2003년 11월 11일 우리 한나라당 탈당파(5명)와 민주당 탈당파(40명), 그리고 개혁당(2명)과 일부 시민사회 인사들이 힘을 합쳐 '열린우리당'을 창당했다. 창당대회의 사회를 보면서 다시는 새로운 당을 만들지 않아도 되게끔 정치사상 최초의 전국 정당, 개혁 정당으로 성공하자고 뇌이고 뇌었다. 비록 열린우리당은 원내의석 47석뿐인 조그만 여당에 지나지 않았지만 그 꿈은 창대했다.

우리는 망국적 지역 구도를 깨고 전국 정당을 건설해야 한다는 일념으로 뛰었다. 당시 노무현 대통령은 선거 개입 발언으로 선거관리위원회의 공개 경고를 받았다. 노 대통령은, 대개 대통령이 공공연히 정치활동에 개입하는 상황이 쉽게 벌어지므로 이참에 대통령의 선거 개입을 현실화시켜야 한다고 주장하며 한 치도 물러서지 않았다. 야당은 대통령을 탄핵하겠다고 나섰다. 나는 사실상 원내수석부대표로 활동하고 있었는데, 탄핵 정국은 정치를 공멸시키는 것으로 어느 당에도 도움이 되지 않는다고 보고 정동영 당의장과 최병렬 대표를 한 방에 밀어 넣기도 하고 정동영 의장 등을 떠밀다시피 해서 청와대로 가시라고 하면서 타협책을 찾고 있었다. 그러나 잔류하던 민주당이 탄핵에 가세하자 원내 제1당이었던 한나라당은 대통령 탄핵이라는 사상 초유의 사태를 밀어붙여 본회의에서 강행 처리했다.

그때의 분하고 처절했던 상황, 국회 경위와 야당 의원들에 의해 사지를 잡힌 채 들려 나오던 아비규환의 모습은 방송을 통해 전 국민에게 전해졌다.

정국을 파행으로 몰고 간 한나라당에 대한 국민의 분노는 거셌다. 그 분노의 힘이 2004년 총선에서 돌풍으로 이어져 열린우리당은 국회 과반이 넘는 여당으로 재탄생하게 되었다.

열린우리당 원내수석부대표를 맡고

돌이켜보건대 열린우리당 4년은 나에게 아쉬움 그 자체였다. 노무현 정권에 대한 평가와 무관하게 열린우리당과 참여정부를 돌아볼 때마다 나는 왜 그렇게밖에 못 했던가 하는 미련이 남는다. 정권을 잡고 나니 무엇부터 해야 할지, 어떤 인물들을 전면에 배치해야 할지, 국민들을 어떻게 설득해야 하는지 등 준비가 부족했다. 역사에 자신을 던지겠다는 노무현 대통령의 열정과 의지는 고귀했으나, 국가를 운영하고 책임진다는 것은 또 다른 문제였다.

탄핵 역풍으로 과반수 의석을 획득한 열린우리당은 4대 개혁입법을 들고 나왔다. 그 법안 하나하나가 중대하고 소중했지만 민생과는 거리가 먼 것들이었다. 개혁입법과 함께 민생을 위한 개혁도 추진했다면 국민의 지지를 얻을 수 있었고 개혁입법도 더 잘됐을 것이다. 당시 열린우리당의 개혁입법은 민생과 거리가 먼 정치 과잉의 상황을 야기했고, 결국 제대로 된 성과도 내지 못한 채 국민의 신뢰를 잃었다.

참여정부 역시 싸움과 타협을 유연하게 이끌지 못하고 좌우로 흔들린 것이 내가 생각하는 가장 큰 패착이었다. 당시 대통령을 만났던 이들의 얘기를 종합해보면 그래도 집권 1, 2년 차에는 가끔씩 몇몇 의원들을 청와대로 불러 대화를 나누곤 했다. 의원들도 나름대로 국민 여론이나 주변의 평가를 알렸고, 대통령도 듣고 나서 일부 수긍도 하고 반박도 하면서 유연함을 잃지 않았다. 그러나 탄핵 사태가 마무리되고 정치적 승부에서 이겼다는 자신감에 분위기는 180도 달라졌다. 대통령은 의원들의 말에도 크게 귀 기울이지 않았다. 한편으론 조선, 동아, 중앙 등 보수 언론과의 싸움은 지칠 줄 모르고 밀어붙였다.

집권 3년 차였던 2005년 6월, 노무현 대통령은 갑자기 "열린우리당과 한나라당이 각각 영남과 호남에서 당선자를 낼 수 있는 선거구제를 만들자, 권역별 비례대표제를 도입하자, 요컨대 지역주의를 타파할 수 있는 선거제도 개혁에 한나라당이 동의한다면 조각권을 양

탄핵 당시, 단상 왼쪽부터 이강래, 임종석, 정세균, 김영춘 의원과
등지고 있는 정동영 전 의장 등이 보인다.

도할 수 있다"라는 청천벽력 같은 발표를 했다. 이른바 '대연정' 제
안이었다.

이 제안으로 모든 야당들에게 비난과 냉소를 받은 것은 물론, 열린
우리당 내부에서도 반발에 부딪쳤고 노 대통령의 지지도는 끝없이
추락했다. 전통적으로 강고한 지역 기반이었던 호남에서 치러진 각
종 재보궐 선거에서도 연전연패했다. 의원들끼리 삼삼오오 모여 고
민하고 토론하고 해법을 모색해 청와대에 전달도 해보았지만 어떤
변화의 계기도 마련되지 않았다.

나는 2005년 가을 정기국회 대정부질문에서 '각자다운 정치'라는
제하의 연설을 했다. 대통령은 대통령답게, 총리는 총리답게, 여야는

2005년 가을 정기국회
대정부질문에서 '각자다운
정치'라는 제하의 연설을
했다.
대통령은 대통령답게, 총리는
총리답게, 여야는 각각
여당과 야당답게
제 역할을 하자는 호소였다.

각각 여당과 야당답게 제 역할을 하자는 취지였다. 대통령이 좀더 국민 통합적 리더십을 발휘해주어야 한다는 것이 나의 진단이고 호소였다. 그러나 훗날 들으니 노 대통령과 청와대 참모들은 섭섭해했다고 한다. 그후 노무현 대통령은 어느 한 자리에서 내게 "다 잊어버렸어" 하며 툭툭 털어주셨고, 나 역시 손가락보다 달을 쳐다봐달라는 심정을 말씀드렸다.

2005년 정세균 원내대표 밑에서 일하는 원내수석부대표로 임명되어 대야 협상과 원내 야전 지휘를 맡았다. 여야의 대립이 첨예한 분위기 속에서 가능한 한 물리적 충돌을 줄이기 위해 백방으로 노력한 덕분에 그나마 사립학교법과 과거사법을 통과시킬 수 있었다. 물론 사립학교법은 몸싸움을, 그것도 격렬하게 치렀다. 한나라당이 영남대학교와 관련된 박근혜 대표 때문에, 속으론 통과가 불가피하다는 걸 알면서도 겉으론 강력 저지로 나왔기 때문이었다.

수석부대표로 진두지휘하고 있던 중 문희상 전 당대표도 조장을 맡아서는 땀을 뻘뻘 흘리며 앞장서고 있는 모습을 보았다. 강행 처리 이후에는 열린우리당의 정당 지지율이 총선 후 처음으로 상승세로 반등했다. 그때 '아, 이기는 싸움은 싸우기 전에 이미 이기고 들어가는구나' 하는 확신을 다시 배웠다. 사립학교법 같은 일반 국민들의 생활과 직결된 사안에 대해 집권여당이 개혁을 밀어붙일 땐 소속 의원들도 힘이 나고, 국민들도 지지한다는 것을 다시 절감했다.

2007년 대선 국면이 다가오자 범여권은 기가 막힌 상황이 되었다. 일부 의원들이 '열린우리당=노무현당'으로는 희망이 없다며 탈당을 감행한 것이다. 대선 1년도 채 남지 않은 상황에서 대선 후보를 확정 짓기는커녕 이합집산이 일어나는 형국이었다. 한나라당은 이명박, 박근혜 후보의 각축을 통해서 흥행몰이를 하고 있는데 범여권은 지리멸렬하고 있었다. 범여권 세력들은 결국 대통합민주신당으로 다시 모였다.

이때 한나라당 경선에 뛰어들 것으로 예상했던 손학규 경기도지사가 한나라당을 탈당했다. 경기도지사로서 탁월한 업적을 남기고 '100일 대장정'이라는 대중적 정치 이벤트로 나름대로 경쟁력을 갖추고 있었는데 완고한 한나라당 분위기를 돌파하기에는 버거웠던 것 같았다.

손학규 후보가 탈당 후 여권의 경선에 참여할 의사를 보이자 나는

2005년 원내수석부대표 시절, 대야 협상과 원내 야전 지휘를 맡아
사립학교법과 과거사법을 통과시켰다.
사립학교법 강행 처리 이후 열린우리당의 정당 지지율은 총선 후 처음으로 반등했다.

제일 먼저 손학규 후보 지지를 선언했다. 같은 한나라당 출신이라 그러려니 하는 소리도 많이 들었다. 그러나 나는 손학규 후보가 범여권의 후보 경선에 뛰어들어야 국민적 관심도 끌고 새로운 가능성도 열린다고 보았기 때문에 그랬던 것이다.

실제로 당시 내가 평소 정치 선배로 모셨던 분들은 손 후보 영입을 일종의 임무처럼 내게 맡겼다. 심지어 어떤 분은 "데리고만 와라. 그럼 그 뒤부터 내가 아예 업고 다니겠다"고도 했고, 어떤 분은 "내가 경선대책 본부장을 맡을 테니 넌 데려만 오라"고도 했다. 그러나 막상 오고 나니 일이 그렇게 되지는 않았다. 이른바 정체성 시비가 끊임없이 이어졌고, 손 후보가 오는 것 자체가 싫었던 이들은 한나라당 전력을 끝까지 물고 늘어졌다. 당시엔 손 후보뿐 아니라 서울대 총장을 지낸 정운찬 씨도 영입 대상이었다. 당내 의원들 중 누군가가 정운찬 총장 영입에도 공을 들였으나 정 총장은 스스로 의지를 꺾은 것으로 들었다. 이때 범여권은 열린우리당의 선도 탈당파와 그때까지 남아 있던 민주당의 탈당파, 한나라당에서 탈당한 손학규 전 지사 및 시민사회 세력이 합쳐 84석의 대통합민주신당을 2007년 8월 초에 창당하기에 이른다.

손 후보를 대통합민주신당으로 이끈 당사자로서 내가 뒷일을 모른 체한다는 건 의리가 아니었다. 8월 말부터 치러진 대선 후보 경선에서 나는 선거대책본부 부본부장을 맡아 가진 모든 걸 쏟아 부었지만 우리는 패했고, 후보는 정동영 전 당의장으로 결정됐다.

대선에선 정 후보와 당원, 지지자들의 헌신적인 선거운동에도 불구하고 결과는 참패로 드러났다.

2008년 봄에는 숨 고를 겨를도 없이 18대 총선을 치러야 했다. 대선 참패로 존립이 어려울 것이라는 주변의 우려에도 불구하고 새천년민주당과 통합한 손학규 대표 임시 체제의 '통합민주당'은 81석을 얻어 그나마 연명을 하고 훗날을 도모할 수 있게 되었다.

이때 나는 박재승 공천심사위원장 휘하의 공심위원으로 일했다. 많은 동료 의원들이 개혁 공천이라는 명분에 밀려 눈물을 삼키는 것을 지켜보아야만 했다. 그러나 당의 사활이 걸린 상황에서 '박재승'이라는 엄혹한 기준이 그나마 폐가廢家되기 직전의 당을 살린 것은 틀림없었다.

18대 국회는 여야의 균형이 현격히 무너진 국회, 민주적 절차를 별로 중시하지 않는 기업가 출신의 대통령이 지휘하는 여당 등 모든 것이 악조건인 채로 출발했다. 하루도 편안할 날이 없는 국회가 흘러갔다.

손학규를 데려와라

2007년 대선을 앞둔 열린우리당은 우왕좌왕하고 있었다. 노무현 정부에 대한 국민의 반감이 극에 이른 상황에서 당내에는 승산 있는 인물이 없었다. 자연히 밖으로 눈을 돌렸다. 고건 전 총리가 뛰어들 듯하더니 스스로 포기해버렸고 그 외에 물망에 오른 인물이 정운찬 서울대 총장과 문국현 유한킴벌리 사장, 그리고 한나라당의 손학규 전 경기도지사였다.

정운찬 총장이나 문국현 사장이야 그렇다 하더라도 손학규 지사는 엄연히 한나라당 대통령 후보로 나선 인물이었다. 그런데도 우리가 손 지사의 영입을 고민할 수 있었던 것은 그만큼 그의 컬러가 한나라당과 맞지 않았고 실제로 한나라당 안에서 손 지사 역시 곤궁한 처지였기 때문이다.

심지어 당시 한 언론에서는 야당인 한나라당 후보로 뛰고 있는 손 지사가 범여권 후보로 나온다면 어느 정도 지지를 받을 수 있을지를 묻는 희한한 여론조사를 하기도 했고, 거기서 늘 1위를 달리고 있었다.

그렇게 정동영, 이해찬, 한명숙 등 당내 인사는 물론 당외 인사들까지 한 링에서 뛰게 함으로써 대선 후보 경선판을 국민 참여 경선으로 만들어보자, 그래야 대선에서 이명박 후보를 꺾을 수 있는 후보가 나오지 않겠느냐는 게 당시의 폭넓은 합의점이었다.

그리하여 자연스럽게 암묵적 역할 분담이 이뤄졌는데 이강래 의원 등이 정운찬 총장을 맡고, 원혜영 의원과 몇몇이 문국현 사장을 접촉했다. 나는 손학규 지사를 맡았다.

나의 학창 시절 손 지사는 정치학과 선배였지만 YS를 거친 손 지사와는 정치 입문 과정 자체가 달랐기 때문에 정치권에서는 물론 사석에서도 좀체 만날 기회가 없었다.

그러다 한나라당에서 손학규 의원을 다시 만나게 됐다. 당시 손 의원은 우리 민주당 출신인 조순 총재의 비서실장을 맡고 있었다. 그러다 1998년 손 의원이 경기도지사에 출마하면서 당시 원외 위원장이었던 내게 선거대책위원회 대변인이 되어줄 것을 부탁했다. 한때 같이 빈민운동을 했던 제정구 의원의 권유도 있고 해서 흔쾌히 수락했다. 그러나 그때는 낙선했고 다시 2002년 경기도지사에 재도전했을 때에도 선대위 대변인을 또 내게 맡겼다. 그런 인연 때문에 손 지사 담당이 내가 된 것이다.

그러나 손 지사는 결론을 쉽게 내리지 못했다. 그저 고민할 뿐이었다. 선문답 같은 대화가 오갈 수밖에 없는 상황이었다. 2007년 3월 당 주변의 전문가 조직인 '전진 코리아'를 만들면서 창립총회에 손 지사를 초청했다. 그 자리에서 손 지사는 '나는 지금 백척간두에서 한 걸음 더 나아가는 심정'이라는 인사말을 했다. 백척간두에서 한 발 더 나가면 기다리는 것은 죽음뿐이다. 나는 그때 손 지사의 고민이 생각보다 깊다는 느낌을 받았다.

손학규 대표의 단식 농성장에 지원 나가서.
한나라당의 예산안 날치기 처리에 항의하는 단식이었다.

3월 19일 손 지사가 드디어 한나라당을 탈당했다. 이명박 후보는
"밖은 시베리아처럼 춥다"며 비아냥댔다. 손 지사는 삭풍이 부는 거
리로 나선 것이다. 당시 나는 미국에서 그 소식을 들었다. 휴대전화
로 MBC 라디오 '손석희의 시선집중'과 인터뷰를 했다. 방송에서 나
는 손 지사의 결단을 높이 평가하고 그를 도울 각오임을 밝혔다. 귀
국하던 날 새벽에 공항에 도착하자마자 곧바로 마포에 있던 손 지사
의 집으로 갔다. 그만큼 고마웠다.

손 지사의 탈당에 공을 들인 만큼 그에게 뭔가 판을 만들어주지 않
으면 안 되겠다고 생각했다. 한나라당에서 견디지 못하고 탈당했지
만 민주당은 그에게 낯설고 물선 곳 아니겠는가. 게다가 민주당 안에

조직이나 인맥이 있을 리 만무한 상황이었다. 그런 손 지사가 민주당에서 경선을 하려면 기본적인 배려가 있지 않으면 안 되었다.

나 역시 손 지사에게 탈당을 권유한 만큼 그에 상응하는 책임을 져야 했다. 김동철, 신학용, 이호웅, 오제세, 안영근, 정봉주, 김영주, 한광원, 조정식, 우상호 의원 등이 모여 지원 방안을 논의했다. 그리고 6월에는 정동영, 김근태, 정세균 등 열린우리당의 전·현직 의장 외 50여 명의 국회의원들이 참석하여 축하하는 가운데 손 지사를 대통령 후보로 지원하기 위한 조직으로 '선진평화연대'를 출범시켰다. 우리는 사력을 다해 선진평화연대 조직화에 힘을 보탰다. 당시 창립대회에 1만 5천 명이 전국에서 모였다. 이제는 해볼 만하다는 생각이 들었다. 그러나 거기까지였다.

정운찬 총장이 우려했던 대로 민주당은 손 지사를 불쏘시개로 쓰려 할 뿐이었다. 그에게 마음의 문을 열어주는 사람은 많지 않았다. 한나라당 출신이라는 꼬리표를 들춰 보일 뿐이었다. 거기에 기형적인 경선 규칙까지 더해 상황이 더 불리해졌다. 인구수와 당원의 비율이 맞지 않는 민주당 구조에서 대선 후보를 뽑을 때는 반드시 당원이 상대적으로 많은 호남지역에 비해 당원이 적지만 인구수는 많은 비호남지역에 가중치를 둬야 한다. 하지만 룰 미팅에서 그런 요구가 받아들여지지 않았다. 경선 규칙이 그렇게 통과되자 선거는 당원 동원 선거로 흘렀고 결국 경선에서도 패할 수밖에 없었다.

2007년 대선에서 내가 손학규 후보를 도운 이유는 두 가지 책임감 때문이었다. 하나는 그를 한나라당으로부터 끌어냈다는 책임감, 또 하나는 민주당의 대선 후보 경선을 국민이 공감하고 호응하는 축제로 만들어야 한다는 책임감이었다. 그렇지만 실패하고 말았다. 단지 손 지사가 후보가 되지 않아서 실패한 것이 아니다. 민주당 경선은 국민의 공감을 얻어내지도 관심을 불러일으키지도 못했기 때문이다. 결국 그해 겨울에 벌어진 대통령 선거에서 민주당은 역대 최대 표차로 참패하고 야당으로 전락하고 말았다.

내 정치인생의 기준이 된 제정구

정치를 하면서 가장 어려운 일은 늘 선택의 기로에 놓인다는 점이다. 이것이 정치에 발을 들여놓은 이후 지금까지 나를 괴롭히는 문제다. 나의 결정이 옳은지 그른지가 늘 모호하기 때문이다. 정치권의 선택이란 늘 실리와 대의명분이 대척점에 있고, 내용과 형식이 맞지 않는 경우가 허다하다. 정치적 정당성과 법적 합법성을 구분 지을 때도 간단치만은 않다. 이럴 때마다 나는 고 제정구諸廷垢 의원을 생각한다. 매 순간 어려운 선택 앞에 있을 때마다 떠오르는 사람이다. 그가 내게 들려준 '선택의 기준'은 내 인생의 기준이 되었고, 이에 따른 결정은 지금도 내 정치적 운명으로 남아 있다.

　내가 처음으로 제정구 선배를 만난 때는 1980년 서울의 봄 무렵, 둘 다 서울대 복학생 시절이다. 당시 그는 두 눈이 호랑이처럼 불타는 투사였다. 늘 말이 별로 없는 가운데 어눌한 듯 내놓은 한마디 한마디가 확신에 차 있었고, 행동이 가볍지 않은 믿음직한 선배였다.

제정구 선배는 서울대 정치학과 66학번으로 내게는 학과 10년 선배인 셈인데, 1971년 교련 반대 시위를 주도하다 제적되었다. 1971년이면 박정희 정권이 영구 집권을 위해 유신헌법을 구상하고 있을 엄혹한 시절이었는데, 교련 수업을 반대한다는 건 상상조차 하기 힘든 일이었다. 제적당하는 게 당연하다는 말도 나옴 직했다. 그후 제정구 선배는 빈민운동에 뛰어들었고 1972년 청계천 판자촌에서 야학교사로 활동했다. 지금의 경기도 시흥시 신천동과 은행동 일대에 자리 잡은 복음자리마을이 바로 제정구 선배가 서울 양평동 판자촌 철거민들과 함께 건설한 빈민 자활 공동체이다.

이 즈음에 제정구 선배는 별을 하나 더 달게 된다. 1974년 민청학련 사건으로 15년형을 언도받는 등 두 차례나 실형을 받고 투옥된다. 이렇게 수배와 구속, 그리고 이에 따른 제적과 복학을 반복하면서 10년이나 후배인 나와 함께 복학생 신분으로 대학생활을 하게 된 것이다. 그때부터 재야운동과 정치 투신, 그리고 숱한 선거에서 승리와 패배를 함께 맛보았던 20년 동안, 제정구 선배가 내게 끼친 영향은 실로 지대했다.

현실 정치에 뛰어든 후 가장 고통스러웠던 선택의 순간은 1995년의 민주당 분당이었다. 6·27지방선거에서 거둔 승리(조순 서울시장 당선)의 환희가 채 가시기도 전에 김대중 총재의 정계 복귀와 함께 닥친 분당의 움직임은 우리를 난항에 빠뜨렸다. 개혁을 내걸고 투신했던 20여 명의 재야 출신들은 현실과 명분 사이의 갈등 속에 밤을 새워 토론과 설전을 거듭할 수밖에 없었다. 민주당이 김대중 총재 주도로 새정치국민회의로 분당되자 우리는 이를 강하게 비판하고 노무현

1987년 11월 대선 당시 여의도광장에서 개최된 김대중 후보 유세장에서
민통련 대표 자격으로 지원 연설을 했다.

등과 함께 통추를 구성했다.

그후 제정구 선배는 1996년 15대 총선에서 재선되었고 1997년 민
주당 부총재가 되었으나, 그해 말 대선을 앞두고 김대중 후보를 지지
한 김원기, 노무현 등의 통추 주류와 노선을 달리하게 된다. 나는 양
김 정치 청산의 취지로 민주당 조순 총재가 결정한 신한국당과의 합
당에 참여했다. 이후 제정구 선배는 한나라당 의원을 지내면서도 소
장파 의원들로 이루어진 '희망연대'를 조직하는 등 정치 개혁을 위해
노력하면서 자신의 소신을 버리지 않고 나아갔다.

1995년 민주당 분당 당시 김대중 총재와 제정구 선배의 독대는 유
명하다. 독대를 마친 제정구 선배가 기자들에게 밝힌 심경은 지금도

정가에서 회자되곤 한다.

"한 번 하든지 두 번 하든지 국회의원 했다는 소리는 똑같다. 부끄럽게 의미 없이 재선, 삼선이 되기보다 초선으로 장렬히 전사하겠다. 그것이 정치 발전에 기여하는 길이라면……."

독대를 마친 그날 밤에 던진 화두 역시 그런 것이었다. 제정구, 김근태, 유인태, 박우섭, 원혜영, 고영하, 김영환, 김민석 등 20여 명이 서울시청 뒤에 있는 어느 호텔 방에서 밤늦도록 끙끙대며 얘기를 나누고 있을 때 제정구 선배가 목청을 높이며 이렇게 일갈했다.

"인생을 살다 보면 선택은 숱하게 있게 마련이다. 모든 사람이 그 하나하나의 선택을 어렵게 내린다. 그러나 어렵게 내린 선택이라도 나중에 가서 반드시 옳은 것도 아니고, 옳은 선택이었을지라도 그 결과가 다 좋은 것도 아니다. 하지만 우리는 선택을 해야 한다. 문제는 선택의 기준이다. 적어도 나이 사십까지는 대의명분을 따라야 한다는 것이 내 경험이다. 그 이후에 현실을 따른다 하더라도 굳이 탓할 생각은 없다."

그의 말에 둔기로 머리를 맞은 느낌이었다. 그때 나이 사십이 채 안 된 나는 내심 현실적 대가가 보장된다면 대세에 편승할 용의를 충분히 갖고 있었다. 하지만 그날 밤 제정구 선배의 사십대 대의명분론에 나는 무너졌다. 감동으로 무너진 결단이었다. 그때부터 지금까지 나는 그때 내린 선택의 연장선상에 서 있다.

2003년에도 탈당이라는 또 한 번의 중요한 선택을 해야만 했다. 그럴 때마다 선택의 기준을 지키려 항상 애쓴다. 물론 몹시 힘겹고 고통스러운 문제였다. 명분을 지키며 산다는 것이 단지 세상 물정 모르

"살다 보면 늘 선택 앞에 놓인다. 하지만 그 선택이 반드시 옳은 것도 아니며,
설상 옳은 선택이었을지라도 그 결과가 다 좋은 것도 아니다.
하지만 우리는 선택을 해야 한다. 문제는 선택의 기준이다."
제정구 선배의 이 말은 내 정치인생의 명분이자 선택 기준이 되었다.

는 객기라고 생각지 않는다. 그렇게 살았던 제정구 선배가 있었고 또
살아가는 누군가가 있다면, 그것이 한 인간이 소중히 보듬고 살아갈
만한 가치 있는 원칙과 신념의 편린이 아니겠는가. 돌이켜보면 제정

구 선배는 내게 엄한 스승이었고, 큰형님이자 사령관이었고, 머물고
싶은 하나의 세계였다.

통합과 상생을 정치적 화두로

정의감과 열정만으로 세상을 살았던 대학 시절, 나는 강경파였다. 그
시기에 많은 지식인, 청년, 학생들이 그랬듯이 우리들은 무엇을 기획
하거나 꿈을 가지고 세상을 살아갈 만한 여유가 없었다. 절대 권력의
강권 통치와 반민주적 악법에 오로지 부딪히며 맞서 싸우는 길 외에
다른 삶의 방법은 없었다. 실정법상은 불법이지만 정당함을 추구해
야 하는 것이 정치학도의 길이기도 했다. 그래서 늘 합법성과 정당성
은 논거의 중심에 있다.

유신헌법, 긴급조치 시대의 혹독한 탄압은 많은 얼뜨기 시골 청년
들을 민주화 투사로 단련시켜 주었다. 우리 세대는 제대로 된 사회
변혁론이나 사회과학 이론으로 무장하지 못했고, 합법적인 공간에서
대중 앞에 나서 운동을 이끄는 경험도 갖지 못했다. 그저 그렇게 작
은 개울물로 흐르다가 마침내 모여 민주주의라는 큰 강물을 이뤄냈
다. 지금은 유명을 달리했거나 아직도 그때의 혹독한 상처 때문에 정
상적인 사회생활을 못하고 있는 많은 선후배들을 생각하면 무거운
책임감에 착잡하다. 살아남은 자의 의무를 다해야 한다는 중압감이
양 어깨를 누른다.

모든 국회의원에게 가장 중요한 일은 자신의 선거운동이다.
2008년 제18대 총선 당시 마지막 거리 유세를 마치고 선거 운동원들과
기념사진을 찍었다.

강경파였던 나는 정치권에 들어와서는 온건파로 분류된다. 정치는
통합과 상생을 목표로 해야만 국민들에게 도움이 되는 결과를 가져
온다고 굳게 믿기 때문이다. 이 믿음은 정치 스승이었던 제정구 의원
에게서 배운 것이다. 죽음을 얼마 앞둔 1998년 가을, 암 투병 중에도
서면 질의로 국정을 살피는 모습은 몹시도 눈물겨웠다. 제정구 선배
는 귀중한 말을 남겼다. 아직도 그의 말은 내 마음 깊은 곳에 새겨져
있다.

"모순과 대립을 통한 세계의 발전이라는 명제는 이제 불가능하다.
상대방을 죽여야 내가 산다는 식의 정치 행태도 이제 더 이상 통하지
않을 것이다. 21세기는 상극이 아니라 상생의 시대가 될 것이다. 화

해와 상생, 통합의 정치만이 의미 있는 결과를 낼 수 있다. 모든 사물, 모든 인간과의 관계를 늘 새롭게 깨닫고 발전시켜 나가도록 해야 한다.”

적을 만들고 대립각을 세워야 지도적 인물이 되고 확실한 지지층이 생기는 오늘날의 징치 풍도에서 나 같은 온건파들은 늘 손해를 보기 마련이다. 이른바 존재감이 없다고 비판을 받는다.

그러나 나는 오늘 우리 사회의 거대한 균열—계층, 세대, 지역 간의—을 보면서 이를 극복할 수 있는 길이 있다면 그것은 공존과 화해, 상생의 길밖에 없다고 확신한다. 1987년 제도적 민주화, 절차적 민주화가 정착되기 시작한 이후, 얼마나 많은 시행착오와 모순들이 쏟아져 나오고 있는가! 이는 제도적, 절차적 민주화는 성공했지만 실질적 민주화, 민주주의의 생활화가 부족한 탓이다.

단선적 투쟁과 대립에서는 해법을 찾을 수 없다. 공동체 전체의 이익이나 비전에는 관심이 없고 오로지 지역 패권만 찾아 몰려다니는 지역주의 정치 구도에서는 희망이 없다. 영·호남 대립에서 이젠 충청지역까지 가세하고, 각 지역별로 소지역주의 대결 구도까지 창궐하는 이런 정치 현실에서 언제 어떻게 공존, 상생하는 나라를 만들 수 있을 것인가! 부자와 가난한 사람들이 서로 증오하는 가운데 무슨 사회적 에너지와 활력이 살아나겠는가!

나는 이런 문제들이 해결될 때까지, 올바른 정치 풍토가 만들어질 때까지 혼자 싸울 용의가 있다. 모두가 싸우다가 지쳐서 물러선다면 나 혼자만이라도 끝까지 싸울 각오가 되어 있다. 내가 무대에 있는 동안 그런 역할이 주어지지 않을지도 모르겠다. 그러나 내 목소리가 사라지고 내 시대가 지나가더라도 이런 과제는 언젠가 해결될 것이다. 그때는 제정구의 '상생의 정치'도 제 빛을 발할 것이다. 꽁꽁 언대지를 뚫고 힘차게 솟아나는 4월의 생명력처럼.

허약한 민주주의와 비열한 자본주의

민주 진보세력의
통합을 꿈꾸며

약속의 감옥에 스스로를 가두며

얼마 전 벚꽃이 만발하고 햇살이 눈부시게 아름다운 날, 나는 두 그룹의 손님을 국회에서 맞은 적이 있다. 한 팀은 유치원 어린이 150명이었고, 다른 한 팀은 비슷한 인원의 정신지체 아동들이었다. 의사당에 들어가 참관도 하고 잔디밭에서 도시락도 먹는 일정이었다. 나는 어린 손님들을 치르는 내내 진땀을 흘려야만 했다. 산만한 어린이들의 주의를 끌 재주가 없었기에 애를 먹었다.

어린이들은 도대체 국회가 뭐 하는 곳인지 도통 관심이 없었다. 성인 관람객들은 국회 본회의장에서부터 그 으리으리한 규모에 압도당하기 마련이다. 그래서 보통 첫 관람을 본회의장으로 안내하는 게 순서였다. 나 역시 처음 국회의원 배지를 달고 본회의장에 들어갔을 때 그 위용에 압도당했었다. 하지만 어린이들에게는 턱도 없는 기대였다. 빈 관람석을 이리저리 뛰어다니며 쿠션을 확인하는 아이부터 위험스럽게 관람석 난간에 머리를 내미는 아이들까지 통제가 불가능했다.

나는 아이들에게 국회의 기능과 국회의원의 역할에 대해 어떻게 설명할까 한참을 고민하다 포기하고 말았다. 우선은 아이들 시선을 사로잡아야 하는데, 거기서부터 한계가 보이니 별다른 방법이 없었다. 이때 국회 경위실 소속 안내원 아가씨가 손뼉을 치며 아이들 시선을 모으고 국회와 국회의원의 역할을 아주 간단하게 설명했다. 안내원의 명쾌한 설명에 나 또한 무릎을 쳤다.

"여러분, 길을 건널 때 신호등을 보고 건너야죠. 빨간불이 있고 파

란불이 있는데 어떨 때 건너가야 하죠?" 하자 아이들은 "파란불이
요" 하고 합창하듯 말했다. 안내원이 "그렇죠. 빨간불에 건너가면 큰
일 나죠? 우리가 다 파란불에만 건너가기로 약속을 했기 때문이에
요. 자, 따라 해보세요. 약! 속!" 하자 아이들은 큰 소리로 '약속'이라
고 외쳤다.

"그래요. 바로 그런 약속을 정하는 곳이 이 국회예요." 그리고 안
내원은 나를 가리키면서 "이 아저씨가 바로 그 약속을 정하는 사람이
에요. 자, 우리를 위해 약속을 정해주는 아저씨께 박수."

어린이들의 우레 같은 박수소리가 터져나왔다.

짝! 짝! 짝!

얼결에 박수를 받았지만 망치로 머리를 맞는 기분이었다.

"아, 이렇게 간단한 것을……."

나는 뒤통수를 긁적였다.

'약속, 그래 맞아. 그런데 지금 내가 이렇게 간단한 일조차 제대로 하고 박수를 받는 건가?' 이렇게 자신을 돌아보게 됐다.

정치는 안내원 아가씨의 표현처럼 한마디로 '약속'이었다. 국민을 위해 꼭 필요한 약속을 만드는 것이 국회의원의 직분이고, 그 직분을 성실히 수행하겠다는 것을 국민들에게 약속하고 당선된 것이다. 이중의 약속이다. 정치의 처음과 끝이 모두 약속인 것이다.

약속을 지키기 위해서 꼭 필요한 것이 바로 도덕성이다. 하지만 지금은 도덕성이 사라졌다. 언제부터인가 목적을 위해서 수단과 방법을 가리지 않는 풍조가 퍼졌다. 과거 군부독재 정권 시절에는 군인들이니까 그러려니 했고 그들이 물러가면 달라지겠거니 했다. 그런데 그 군사정권에 맞서 싸웠다는 민주세력마저 이상해지더니 이제는 아주 더 엉망이라는 소리를 듣는다.

나는 방법이 올바르지 않으면 목적을 성취해도 올바로 되지 않는다는 걸 배웠다. 정치는 약속을 정하는 일이다. 약속은 서로 믿음이 있을 때 지켜지고 믿을 만한 정직한 사람과의 약속일 때 모든 사람이 따르는 것이다.

어린이들과 약속 이야기를 하다가 나는 문득 조정래 작가의 말이 떠올랐다. 《태백산맥》을 쓰면서 자신을 '글의 감옥'에 가뒀다고 했다. 독자에 대한 약속을 지키기 위해서였을 것이다.

나는 이제 '약속의 감옥'에 나를 가둘 것이다. 어린이들과의 약속을 지키기 위해 나를 구속하고 감시할 것이다. 이 어린이들이 10년 후쯤 국회를 다시 찾아왔을 때 한 점 부끄럼 없이 약속에 대해 설명해줄 수 있는 정치인으로 남을 것이다.

2001. 5. 12.

'김미'에서 해방시켰던 나의 첫 월급

큰딸이 직장을 갖고 첫 월급을 탔다. 제 엄마한테는 월급의 반을 바치고(?) 나머지로는 할아버지, 할머니, 외할머니, 고모, 이모들 선물을 사서 쫙 돌린 모양이다. 온 집안에서 대견스럽다는 말들이 오갔고 집사람의 감격에 들뜬 목소리가 며칠을 갔다. 월급에 대한 과거사가 있는 나 자신도 약간은 흥분될 수밖에 없었다.

2000년 4월 제16대 국회의원 선거 당시 내가 출마했던 군포시의 승부는 치열했다. 보름간의 선거운동 과정에서 나는 여당 후보의 일방적 우세가 점쳐지는 가운데 조금씩 추격해가던 중이었다. 그러던 차에 시민운동 단체의 낙천낙선운동이 펼쳐지면서 언론에 각 후보들의 납세 내역과 병역, 전과 등 이력이 공개되기 시작했다.

"경기도 군포시의 김부겸 후보, 재산세+소득세: 0원, 병역: 미필, 전과: 국가보안법 위반 외 수건……. 그래서 소위 3무無 또는 3관왕 후보"라는 식의 기사가 나갔다. 선거 사무실로, 인터넷 홈페이지로 항의와 비난이 빗발쳤다. 국민의 4대 의무 가운데 납세의 의무와 병역의 의무를 하지 않았으니 항의할 만도 했다. 외견상으로는 재산세, 소득세, 병역 미필, 3무이니 어쩔 수 없는 노릇이었다.

재산세와 소득세=0인 이유는 오랫동안 재야운동과 정당활동을 해왔기 때문에 정규 수입이 없어서 내 이름으로는 세금을 낸 사실이 없기 때문이다. 오랫동안 자영업을 해서 가계를 책임져온 집사람이 꼬박꼬박 세금을 내왔다. 과거에는 우리 같은 소위 운동권 출신들은 취직을 하려야 할 수도 없었다. 병역이야 신체검사까지 받았지만 2대 독자라는 이유로 보충역 판정을 받았다가 그나마 학생운동 전과 때문에 소집 대상에서 제외되었다. 이런 해명을 하면서 분위기를 바꿔나갔지만 정말이지 어이없고 억울했다.

불과 260여 표차로 당선이 결정되고 난 후 나와 아내는 부모님께 큰절을 올렸다. 부모님은 물론이고 아내도 참 많이 울었다. 기쁨에 울고 서러움에 울었다. 이때 심정을 잊지 말자고 의원회관 사무실에 아직도 '復初心(복초심)'이라는 현액을 걸어놓고 자가 운전, 대중교통 이용, 고급 차 안타기 등을 내 나름대로 실천해왔다. 물론 최근에는 바쁘다는 핑계로 조금씩 나태해지고 있기는 하지만.

내 나이 쉰을 넘긴 인생사에서 첫 월급은 2000년 6월에 받았다. 옛날 우리 부모님 때처럼 월급봉투가 아니어서 감격스러움은 덜했지만 결혼 후 20여 년간 혼자서 가계를 도맡아 책임져온 집사람은 너무나 대견해했다(?). "평생 백수로 보낼 것 같던 사람이 나라 일을 보고 이렇게 월급을 타오다니……."

물론 그동안 가계를 꾸리기 위해 우리 부부는 독서실, 서점, 경양식점, 인쇄업 등을 거쳐 컴퓨터 유지 보수 회사까지 숱한 업종을 경

가족사진. 왼쪽부터 막내딸 현수, 둘째 딸 지수와 아내, 사위와 맏딸 연수이다.

험했다.

재야운동을 하던 시절에는 활동비만 약간씩 받았다. 1980년대 엄혹했던 시절, 재야단체의 대표 격인 민통련의 상근자들은 주당 2~3만 원의 식대와 10개 정도의 버스 토큰을 활동비로 받았다. 임채정, 김종철, 성유보 사무처장 등은 늘 구속 중이거나 수배 중이어서 이해찬 정책실장, 정선순 총무국장(전 서울시의원) 등이 알뜰하게 살림을 살았다. 나와 이명식 등을 비롯한 6~7명의 실무자들은 정신없이 뛰었고 마침내 1987년 6월 민주화 대투쟁의 현장에서 승리의 기쁨을 맛볼 수 있었다. 그렇게 야생마처럼 뛰어다니기를 10여 년, 나는 주변을 돌아볼 여유도 없이 바쁘게 살아왔으나, 자식들이 커가고 주변

에 친구들이 자리 잡는 모습을 본 아내의 심정은 그게 아니었던 것
같다. 뻔히 보이는 앞날에 대해 아무런 대비도 없는 내 모습이 야속
했는지 가끔 짜증도 내고 술 한잔 하고 늦게 들어가면 큰 목소리로
정신 좀 차리라고 꾸짖기도 했다.

"인간은 노동을 통하여 자아를 실현하고 자신과 세계를 확대, 변화
시킨다"는 철학적 명제를 나는 입으로만 떠들었지, 몸으로는 이해
하지도 못한 채 살아온 것이다. 열심히 일해 그 대가로 급여를 받아
가족을 먹여 살리고 미래를 준비하는 보통 사람들의 기쁨을 알지
못한 채.

1990년대 들어서는 정당의 당직자로 일하면서 월 100만 원 정도
활동비를 받았다. 그러나 그 돈은 보름도 안 돼 동료 당직자들이나
출입기자들과의 밥값, 술값 따위로 다 나가고 말았다.

나에게 정치적 자부심이었던 정통 야당 민주당의 분당, 그후 국민
통합추진회의 활동, 민주당과 신한국당의 합당에 따른 한나라당의
창당 등 제도정치권 10여 년의 경험은 실로 소용돌이 그 자체였다.

그런 와중에 1998년 4월부터는 경기도 군포시의 지구당 위원장으
로서 본격적인 선거 출마 준비를 시작했다. 아무리 적게 잡아도 월
600~700만 원의 경비가 소요되는 지구당 운영은 매우 힘들었다. 1
년에 한 번 후원회를 열었지만 경비를 제하고 나면 월 300만 원 정도
의 정치자금을 지원받을 수 있었다. 집사람은 이를 악물고 사업을 꾸
려가면서 나를 지원했다. 정치한답시고 어디 가서 기죽거나 구차한
인상을 주지 말라며 적지 않은 용돈을 보태주곤 했던 아내였다. 마침
내 2000년 선거가 다가오자 전세를 줄여서 마련한 목돈, 부모님들이

평생을 부은 적금, 친구들의 지원, 후원회비 등을 모아서 근근이 선거를 치를 수 있었다.

악전고투 끝에 당선이 되고 첫 임기는 5월 30일에 시작되었다. 그런데 30, 31일 이틀을 일했는데 몇백만 원의 세비 한 달 치가 고스란히 나오자 나는 미래연대 동료 의원들과 당시 산불 피해로 고통을 받고 있던 강원도에 기부하였다. 굳이 따지자면 그것이 첫 월급인 셈인데 일은 하지 않고 받은 공돈 같아서 그렇게 처리할 수밖에 없었다. 따라서 명실상부한 첫 월급은 그해 6월에 받은 것이나 다름없다.

어찌 보면 한 인간의 생애에서 가장 상징적 사건은 첫 월급이 아닌가 싶다. 양육 과정을 마치고 한 경제인으로 어엿하게 독립하여 출발하는 첫걸음이 아닌가! 그런데 나는 결혼 후에도 18년이나 그런 귀중한 경험이랄까 통과의례를 갖지 못했다. 그러다 보니 가장으로서의 책임감조차 제대로 느끼지 못한 경제적 지진아였던 것이다. 그런 내가 마침내 첫 월급을 탔다. 소득세도 당당히 냈다.

당직자 시절에 밀렸던 각종 외상으로부터 해방되기 시작했다. 으레 '김부겸은 미결제 상태'라는 뜻의 '김미金未'라는 별명도 사라졌다. 그후로도 지구당 운영비 등으로 적지 않은 돈이 지출되어야 했기 때문에 집에는 매월 200만 원 정도밖에 전해주지 못했지만 집사람이 나를 대하는 모습은 한결 부드러워진(?) 것도 사실이다.

지난 참여정부 시절 당정협의회 회의석상에서 소득 양극화와 청년 실업 해소 문제를 논의한 적이 있었다. 당대표는 경제 활성화와 일자리 창출을 위해 대기업들과의 빅딜을 제안했다. 새로운 직업 전선에 뛰어들어야 할 젊은이들에게 일할 기회조차 만들어주지 못하는 것은 우리 기성세대들의 무능이고 나태이다. 내가 겪었던 늦깎이의 경험만은 어떡하든 그들에게 되풀이하게 할 수 없다는 각오를 했다.

그들에게도 첫 월급의 기쁨을 만들어주자! 우리 부모님과 내 아내가 느꼈던 감격을 만들어주자. 김미의 별명을 깨끗이 씻어주자. 이런 결심을 했다.

2006. 8. 4.

새들도 세상을 뜨는구나
- 허약한 민주주의와 비열한 자본주의

나는 황지우 시인의 시를 좋아하는데, 어느 날 〈새들도 세상을 뜨는구나〉라는 그의 시가 떠올랐다.

> 영화가 시작하기 전에 우리는
> 일제히 일어나 애국가를 경청한다
> 삼천리 화려 강산의
> 을숙도에서 일정한 군(群)을 이루며
> 갈대 숲을 이룩하는 흰 새떼들이
> 자기들끼리 끼룩거리면서
> 자기들끼리 낄낄대면서
> 일렬 이열 삼렬 횡대로 자기들의 세상을

이 세상에서 떼어 메고

이 세상 밖 어디론가 날아간다

이 시가 다시 생각난 것은 한 여배우의 죽음 때문이다. 그녀가 세상을 뜬 지 스무 날이 지나고 1년, 2년이 지나도록 아무것도 밝혀진 게 없다. 짐작은 뻔하고 소문은 무성하지만 진실은 '유력'한 자들의 손바닥에 가려져 있다. 그녀를 착취했던 유력자들은 돈과 권력을 가진 자들이다. 가진 자들이 사회적 약자를 착취하고, 착취한 사실마저 쉬쉬하는 짓들이 우리 사회 도처에서 벌어지고 있다.

500만 명이 넘는 비정규직 노동자들, 졸업해도 일자리를 얻을 수 없는 청년 대학생들, 꿈을 빼앗긴 지 오래이나 스스로 조직화할 엄두조차 낼 수 없게 목에 올가미가 채워진 88만 원 세대들, 숱한 취업 준비생들, 연습생들, 인턴들. 여배우는 벼랑 끝에 내몰린 이 모든 사회적 약자들 중의 하나였다. 그래서 새들은 뜬다. 자기들의 세상을 이 세상에서 떼어 메고 이 세상 밖으로 뜨고 있다.

나는 우리 사회를 작동시키는 두 가지 원리가 민주주의와 자본주의라고 본다. 하지만 지금 한국의 민주주의와 자본주의는 위기에 처해 있다. 우선, 한국의 민주주의는 약자를 전혀 보호하지 못하고 있다. 민주주의는 보통선거권이 도입되면서 확립된 것이다. 어떤 역사, 어떤 사회에서건 사회 경제적 강자는 소수이고 약자는 다수이기 마련이다. 그런데 보통선거권은 이들 모두에게 똑같이 한 표씩을 부여한다. 그 표로 정부를 선택하도록 한다. 그래서 다수의 약자가 보통선거권을 무기로 소수의 강자로부터 스스로를 방어하고 맞설 수 있는 것이다. 이렇게 민주주의는 사회 경제적 약자를 보호하기 위해 오랜 고투 끝에 인류가 고안한 제도이다. 그렇지만 과연 그 민주주의가 오늘날 한국사회에서 약자를 보호하고 있는지는 의심스럽다.

그녀는 자신을 '힘없는 신인 배우'라고 했다. '고통에서 벗어나고 싶다'고 했다. 그러나 우리는 힘없는 약자를 고통으로부터 보호해주지 못했다. 다시 말해 아직 우리의 민주주의가 온전하지 못하다는 소리다.

한국의 자본주의 역시 대단히 잘못되어 있음이 분명하다. 자본주의의 동력은 경쟁에서 나온다. 이 경쟁에는 정해진 규칙이 지켜져야 한다. 게임에서는 룰을 지켜야 한다. 규칙이 지켜지지 않을 때 게임은 전쟁으로 돌변한다. 게임의 룰이 무너지면 사회가 무너진다.

복싱은 두 손만 사용하기로 했고, 축구는 두 손을 사용하지 않기로 정해두었기 때문에 게임이 성립한다. 이 규칙을 어기면 반칙으로 퇴장당하거나 심지어 패한다. 그런데 한국의 자본주의는 언젠가부터 경쟁의 규칙을 무시하고 있다. 수단과 방법을 가리지 않고 이기기만 하면 된다는 생각이 팽배해 있다. 입에 올리기 민망스럽지만 성 상납에 술시중에, 그렇게 받아먹고서야 '키워주는' 식의 게임은 결코 정정당당한 게임이 아니다. 한국의 자본주의가 그렇다. 가진 자들이 이런 식의 게임을 해왔기 때문에 불공정 경쟁이 자본주의의 당연한 모습이라고 생각하게 된다. 모든 인간관계를 갑에 대한 을, 을에 대한 갑의 자세로 치환해서 생각한다. 그래서 사람들의 얼굴에서는 군림과 속박이 야누스의 두 얼굴처럼 교차한다.

힘없는 여배우의 죽음은 한국사회의 허약한 민주주의와 비열한 자본주의, 이 두 가지의 결합이 초래한 죽음이며, 이런 죽음은 앞으로도 계속될 것이다. 암울하지만 부정할 수 없는 사실이다. 가해자이자 착취자였던 유력 언론들은 오늘도 침묵하고 있다. 유력 언론들은 명예훼손죄와 피의사실 공표죄의 방패 뒤에 숨어 미처 닦지 못한 침을 훔치고 핏발 선 눈을 사방으로 굴리며 더 깊은 굴속으로 숨어 들어가는 육식 공룡들이다. 그들은 민주주의와 자본주의의 핵심 가치를 닥치는 대로 잡아먹고 비대해진 권력 언론들이다.

옆자리에서 발을 동동 구르고 고함만 치면서 치기 어린 호기심으로 하루하루를 보내는 우리 정치인들, 그리고 지식인들 역시 또 다른 가해자일지도 모른다.

황지우의 시 후반부는 이렇게 마무리된다.

우리도 우리들끼리

(중략)

한 세상 떼어 메고

이 세상 밖 어디론가 날아갔으면

하는데 대한 사람 대한으로

길이 보전하세로

각각 자기 자리에 앉는다

주저앉는다

시는 1980년대 초 암울한 시대에 씌어졌다. 지금은 그 시대가 아니다. 다만 그때처럼 돌리고자 하는 권력집단이 있을 뿐이다. 힘 있는 그들이 바라는 세상, 그들 마음대로 되는 세상은 결코 안 된다. 되지 않을 것이다. 세상의 밑바닥엔 지금 불만의 진지가 쌓아지고 있다. 야당 정치인의 한 사람으로서 안타깝지만, 한국사회는 제도화된 정치가 하지 못할 땐 운동화된 정치가 늘 그 역할을 대신해왔다. 우리가 원하든, 원하지 않든 그것이 역사였고 국민들의 저력이었다. 지금이라도 철저한 수사를 통해 권력자가 아닌 사회적 약자를 보호하기 위해 법의 냉철함을 보여줘야 한다. 더 많은 새들이 세상을 뜨기 전에 말이다.

2009. 3. 29.

휴머니즘, 대장정의 출발점
– 손호철 교수의 《레드 로드》를 읽고

얼마 전에 손호철 교수가 보내준 《레드 로드》를 읽었다. 손 교수는 2008년 초에 중국 공산당 홍군의 대장정 루트를 자동차와 도보로 답사했다고 한다. 《레드 로드》는 그 답사기였다.

내가 대학에서 제적당하고 신촌에서 사회과학 서점을 할 때 에드거 스노의 《중국의 붉은 별Red Star over China》이 출간되었다. 아마 '레드 로드'는 이 '레드 스타'에서 연상해온 것이 아닌가 싶다. 《중국의 붉은 별》을 처음 읽었을 때 정말 대단했다. 온몸에 전기가 흐르는 것 같았다. 대도하大渡河를 하다가 빠져 죽고, 대설산大雪山을 넘다 얼어

죽더라도 총을 들고 적과 싸울 수 있는 홍군 소년병이 차라리 나보다 더 혁명에 가까이 갔으리라 싶은 마음이 들었다.

2008년 9월에는 국회에서 일을 하나 더 맡은 것에 불과한데 정신 없이 바빴다. 국정감사가 가까워져서 그랬던 것 같다. 그 와중에 《레드 로드》를 잡은 지 이틀 만에 다 읽어낸 것도 그 옛날 스노의 '붉은 별'에 대한 기억이 각별했기 때문이다. 손 교수가 왜 이 답사기의 제목을 '레드 로드'라고 이름 붙였는지 알 것 같은 기분이 든 건 책의 마지막 페이지를 넘겼을 때였다.

순전히 내 생각이지만, 레드 스타는 그야말로 '스타'와의 인터뷰였다. 스타는 모택동이나 홍군(고위 간부들)이었다. 그런데 손 교수는 '스타'가 아닌 '로드', 즉 '길'이라고 했다. 스타와 로드의 차이는 영웅과 길의 차이다. 손 교수는 그 길을 참으로 어렵게 지났다. 대장정 코스란 홍군의 탈출 코스였다. 1980년대 운동권 학생들이 썼던 '도바리'란 은어가 이에 해당할 것이다.

이 코스는 당연히 오지奧地와 험지險地였다. 게다가 손 교수가 답사할 당시 중국 정부는 북경 올림픽을 앞두고 도로란 도로는 죄다 파헤쳐 공사 중이었다. 그러니 대장정 1만 킬로미터를, 돌 수 있는 최대한을 돌고, 헤맬 수 있는 최대한을 헤매고 다닌 셈이었다. 손 교수를 고생시킨 건 이 험난한 길만이 아니었다. 대한민국에서 몇 손가락 안에 꼽히는 이 좌파 교수의 마음이 아렸던 것은 그 로드 위에서 만났던 중국 인민의 고단한 삶 때문이었다. 에드거 스노가 대장정에서 영웅들을 봤다면 그로부터 70여 년 후 손호철이 본 것은 혁명 이후의 사회주의의 길이었고, 그 길 위의 인민들이었다.

거기에는 대장정이 끝난 뒤 권력을 획득한 공산당 지도부 내의 가혹한 숙청과 파벌 투쟁이 있었고, 또 중국식 사회주의라는 미명하에 치달은 성장 지상주의가 낳은 전대미문의 빈부 격차가 동전의 양면처럼 붙어 있었다.

그 때문에, 또는 그럼에도 불구하고 살아가야 하는 대중에게 여전히 따뜻한 시선을 보내는 지식인 손호철의 인간에 대한 애정이 담겨 있다. 손호철의 미덕이 여기에 있다. 중국 공산당조차도 잊은 지 오래일 것이고, 중국학자도 아닌 한국의 멀쩡한 대학교수가 무슨 '체험 삶의 현장'도 아니고 그 생고생을 사서 하다니…….

사실 나는 손호철 교수의 과 후배이다. 손 교수는 1970년대 중반 복학생 신분으로 후배들을 가르치고 꾸짖고 감싸 안았던 큰 형이었다. 후리후리한 키에 말솜씨가 좋을 뿐만 아니라 그림쟁이 기질이 있어서 은근 멋깨나 부렸었다. 늘 골목대장이라 후배들 끌고 다니며 마신 술만 해도 엄청났다. 그 술깨나 얻어 마셨던 나로선 또 오랜만에 저서를 일독했으니 후감後感 한마디가 없을 수 없어 전화를 했다.

입 발린 칭찬 몇 마디 해주곤 이죽거리기로 작심하고 말했다.

"아니 좌파가 이제 휴머니티까지 갖추는 걸 보니 세상 참 많이 변했어, 형" 했더니 "야 인마, 원래 좌파가 휴머니스틱한 데서 출발한 건데 뭘 알고나 그러냐?" 하고 한방에 날 보내버린다.

그동안 참 욕도 많이 먹었다. 글이나 말로 참여정부나 당시 열린우리당에 쏘아붙인 화살은 공명이 적벽대전 초반에 거두어온 위나라 화살만큼은 될 것이다. 정말 따가웠다. 속으론 억울하기도 했다. 하고 싶어 하는 신자유주의가 아니라 안 할 수 없게 떠밀려서 억지로 하는 신자유주의인데, 그걸 갖고 '죽일 놈 살릴 놈' 하는 것 같아 정말 억울했다.

그래도 그 욕먹는 일을 기피하면 아예 정치를 못 한다. 정치인은 욕먹으면서, 욕에 들어 있는 양분을 잘 빨아들이는 게 정치 잘하는 비결이다. 그 많은 욕을 먹으면서 나는 그렇게 터득했다. 하지만 비판적 지식인, 특히 진보를 내세워 현실 정치를 지나치게 폄훼하려 드는 이들은 경계한다. 욕을 먹어줄 비판과 욕먹을 필요 없는 비판의 구분을 나는 몇 가지로 하는데, 그중 하나가 논자의 의식적 뿌리이다.

예를 들면 이런 것이다. 2008년 당시 한나라당 홍준표 원내대표는 온 화살을 다 맞았다. 그는 "국민 정서를 고려하지 않을 수 없는바, 종합부동산세 감경 반대, 역사 교과서 개정 신중론"을 펼치고 있었다. 그러자 뉴라이트라는 데서 "홍준표 너, 지난 10년 동안 딴 나라 갔다 왔냐?"라며 낙선운동 운운했다고 한다. 여기서 드러나는 홍준표와 뉴라이트의 차이점이 바로 이런 것이다. 적어도 홍 의원은 있는 사람보다 없는 사람, 일부 강경론자들보다 다수 국민을 의식하고 있는 반면, 뉴라이트는 국민에 대한 의식이 전혀 없다. 즉 의식의 뿌리로서의 국민, 특히 다수 대중이나 약자들에 대한 고민이 전무하다.

억강부약抑强扶弱의 자세는 진보 진영을 들여다보아도 마찬가지이다. 진보의 가치가 무슨 전가傳家의 보도寶刀인 양 휘두르면서 실제로는 다수 국민이 무엇을 어떻게 생각하는지, 가난하고 힘없는 사회적 약자 입장에선 어떤지, 그런 고려가 전혀 보이지 않는 진보주의자들이 많다. 그냥 제 생각만 옳다고 언성을 높인다면 진보든 보수든 똑같은 꼴통에 불과하다.

　　손호철 교수의 '휴머니즘 진보 뿌리론'을 듣고 전화를 끊고 나니, 우린 참 긴 시간을 홍군의 대장정처럼 돌고 돌아 마침내 원래 자리로 돌아왔구나 하는 생각이 들었다. 어쩌면 나 자신이 변해버린 것도 같고, 아니면 세상 모두가 언제부터인가 다 묻어버리기로 한 것도 같은, 그런데 살고 봤더니 결국 그것, 휴머니즘 때문에 시작했고 그리 발버둥 쳐온 이유가 결국 인간에 대한 애정과 신뢰의 문제였기 때문이었다.

　　그렇게 《레드 로드》가 내게 깨닫게 해준 것은 우리가 출발했던 곳, 그리고 돌아가야 할 곳 모두가 '인간'이라는 뒤늦은 깨달음이었다.

2008. 9. 26.

지역 구도에서 벗어나 이념 구도의 정당이 바람직하다

1997년 대통령 선거를 앞두고 새정치국민회의는 DJP 연합을 들고 나왔다. DJ 지지자들도 쉽게 받아들이기 어려운 전략이었다. 처음 DJ도 노발대발했다고 한다. 하지만 이 방식을 채택하는 바람에 영남과 비영남이라는 지역 구도가 공고해졌다. 이 전략이 DJ 승리 요인의 하나라는 게 정치 이론가들의 분석이다. 맞는 이야기일 것이다. 한때는 호남과 비호남의 대결 구도였다. 이렇게 우리는 지역 정당의 뿌리가 깊다.

정당 정치를 채택한 민주주의 국가는 두 개 이상의 정당을 갖는다. 즉 여러 기준에 의해서 필연적으로 정파가 나뉜다. 정당은 "정치적인 주의나 주장이 같은 사람들이 정권을 잡고 정치적 이상을 실현하기 위하여 조직한 단체"라는 사전적 의미를 갖고 있다. 우리나라의 경우 헌법에서 '언론 출판을 통한 표현의 자유'와 아울러 '집회·결사의 자유'를 보장하고 있기 때문에 정당은 무수히 설립되고 사라진다. 한국처럼 정당 창당과 해체가 잦은 나라도 드물 것이다. 창당의 기준도 독특하다. 대부분의 민주주의 국가에서는 이념이나 종교, 인종 기반의 창당을 하기 때문에 그 뿌리가 깊다. 우리나라처럼 유독 지역이 창당 기준이 되는 나라는 흔치 않다.

여기서 이승만의 자유당이나 박정희의 공화당은 논외로 두자. 이들 정당은 앞서 말한 사전적 의미나 헌법적 의미의 정당과는 거리가 멀기 때문이다. 야당을 부당하게 탄압하거나 쿠데타로 집권한 정당은 역사의 과오를 기록하는 한국 현대사에서만 거론하면 될 것이다.

불과 약 15년 전의 얘기지만 YS의 통일민주당과 DJ의 평화민주당은 전형적인 영남 야당과 호남 야당이었다. 사실 둘 사이에 이념이나 노선 차이는 그리 크지 않았다. 둘 다 보수적이기는 마찬가지이고, 그저 여당의 국가 안보와 안정 우선론에 맞서 민주화를 부르짖고 인권과 자유를 중시하는 정도였다.

그러던 것이 1990년 3당 합당이 되면서 당시 집권당이던 민정당과 영남 야당이 합당했다. 그 바람에 고립된 평민당과 DJ는 재야세력과 연대하게 되면서 지역적으로는 호남을 대변하고, 정치적으로는 개혁성을 띠게 된다. 그 결과로 탄생한 통합민주당은 처음으로 지역성에

2003년 김영춘, 안영근, 이우재, 이부영 의원과 함께 한나라당을 탈당했다.
당시 언론은 우리를 '독수리 5형제' 라고 불렀다.

이념성을 추가한 야당이 된 것이다. 그러나 1992년 선거에서 패배한
후 DJ가 정계 은퇴 → 복귀 → 민주당 분당 → DJP 연합을 거치면서
이념성은 퇴조해갔고, 영남과 비영남이라는 지역 구도만 깊어졌다.
이런 과정을 거치면서 한국 정치판이 시쳇말로 온통 짬뽕이 되어버
렸다. 맨 먼저 YS가 노태우-JP와 손잡으면서 1차 짬뽕이 되었고, 다
음엔 DJ가 JP와 손잡으면서 2차 짬뽕이 되었다. 물론 여기서 나는 YS
나 DJ의 공과를 논하고 싶지는 않다. 다 지난 과거일 뿐이다. 과거는
과거대로 교훈으로 삼으면 그뿐이다. 오히려 앞으로가 문제다.

2003년에 정계 개편과 신당 창당 논의가 활발했다. 만약 2002년
대선에서 이인제 씨나 한화갑 씨가 민주당 후보가 되어 이겼더라도

신당 논의가 나왔을까? 그럴 가능성은 거의 없었을 것이다. 즉 민주당의 소수파였던 노무현 후보가 대통령이 되는 순간, 신당 논의는 이미 어쩌면 불가피해진 것이다. 그리고 그 성격은 3김 시대 동안 지역주의와 이념이 혼재되어 있던 정당 구조를 탈지역주의와 이념 중심으로 다시 짜는 것이 될 수밖에 없었다. 이 논의는 아직도 유효하다고 생각한다. 지역 구도에서 벗어나 이념과 정책으로 만들어지는 정당이 태어나야 한다는 게 나의 일관된 주장이다.

2003. 5. 12.

대연정과 지역주의

당대의 최고 이론가들이라 할 수 있는 최장집, 박세일, 이정우 교수가 양극화 해법에 관한 토론회에서 만났다. 최장집 교수는 신자유주의적 세계화에 대한 대응을, 이정우 교수는 성장과 분배의 동시 추구를, 박세일 교수는 국가 능력을 화두로 삼아 논쟁을 벌였다. 이정우 교수를 가운데에 두고 최장집 교수는 좌측에, 박세일 교수가 우측에 섰다고 볼 수 있는 상황이었다. 보기에 따라서는 아름다울 수 있는 장면이기도 했다. 실제로 세상은 이 세 측면이 다 존재하고 있기 때문이다.

2005년 당시 보는 이에 따라서는 정부여당의 일솜씨(국가 능력)가 형편없다고 하는 사람도 있었고, 또 어떤 사람들은 도대체 참여정부의 철학이 그것밖에 안 되느냐고 분통을 터뜨리기도 했다. 모두 충분히 근거가 있는 말이었다. 그렇다고 이정우 교수의 입장이 양자 사이에서 절충주의에 빠져 이러지도 저러지도 못하는 상황은 아니라고 봤다. 좌파가 보면 우파 같고, 우파가 보면 좌파 같은 게 어디 한국정치뿐이겠는가.

문제는 어느 것이 가장 중요하냐는 것이다. 우리 시대가 처한 최대의 난제는 사회적 양극화였고, 지금도 유효한 문제의식이다. 당시 박세일 교수는 우리 사회의 양극화의 가장 큰 원인을 국가 능력(국가 경영 능력이 맞는 표현일 것 같다) 부족에서 찾았고, 최장집 교수는 신자유주의에 대응하는 참여정부의 전략 부재라고 했다.

국가 능력의 문제라면 능력 없는 정권이 하루빨리 물러나 능력 있는 새 정권이 들어서야 하는 것이 해법이고, 전략 부재의 문제라면 정권이 사회 경제적 정책 과제에 집중하면서 노동계의 목소리에 귀 기울여야 하는 것이다.

그때 의구심이 들었다. 능력 좋은 새 정권이 들어선다면 그 정권은 야당의 무차별 정치 공세 속에서도 능력을 십분 발휘해 자신의 정책을 마음껏 펼칠 수 있을까? 또한 정부여당이 친노동정책을 펼치는 것이 의지만으로 되는 일이 아니라 국민적 지지와 경제적 자원이 있어야 하는 법인데 그 당시의 정치 지형에서 그런 동력이 만들어질 수 있었을까?

바로 이런 고민 때문에 노무현 대통령이 연정론을 제기했던 게 아닌가 짐작된다. 지역주의가 또다시 거론되는 것도, 선거제도 개편을 당시 여당이 호소한 것도 그 고민의 뿌리가 바로 그 부분에 있기 때문이었다. 집권해서 일을 막상 해보니까 완강한 지역주의 정당 구도 하에서는 죽도 밥도 안 되더라는 것이다.

당대 논객들의 토론은 한국사회의 이념적 스펙트럼을 아름다울 정도로 논리 정연하게 풀어주었다. 하지만 그것은 어디까지나 세미나장 안에서만 그랬을 뿐 여의도에만 들어오면 사정은 완전히 달라진다. 박세일 교수는 2005년 4월만 해도 한나라당 정책위원장이었다. 창당 이래 최초로 당의 이념적 노선을 '공동체 자유주의'로 정식화하고 이에 따른 정책적 각론을 성실히 준비했다. 당 해체를 통한 재창당을 구상할 정도로 당 내부 혁신을 주창했던 박세일 교수였지만 결국 배지를 놓고 당을 떠났다. 당의 정강정책 어디에도 그의 흔적은 남아 있지 않다. 당 쇄신 방안을 모색하기 위해 만든 '혁신위원회'조차 불임증을 보였다.

대신 한나라당은 2005년 4·30재보선 대승 이후 완전히 구시대로 돌아가버렸다. 이념은 전통적 반공주의와 보수주의로 후퇴했고, 정책은 정부여당에 무조건 반대하는 방향으로만 키를 잡았으며, 협상 테이블에서는 도무지 양보와 타협을 몰랐다. 이것이 정치 현실이었다. 노선과 정책 중심의 정당? 극한 투쟁이 아니라 상호 인정하에 경쟁하는 국회? 아직 먼 얘기다.

당시 강준만 교수는 지역주의 걱정을 또다시 들먹이는 정부여당이 "국민의 이성을 모독한다"고 비판했다. 최장집 교수는 "일종의 알리바이일 가능성"이라고 했다. 그러나 강준만 교수나 최장집 교수가 원하는, 진정으로 한국사회의 갈등 및 균열 요인과 정면 대결하는 정치가 되려면 당시 한나라당과의 사이에 놓인 협곡을 먼저 건너지 않으면 안 된다.

한나라당이야말로 한국사회를 가로지르는 지역주의적 균열의 양
대 아성이기 때문이다. 그래서 당시 노무현 대통령이 권력 분점까지
도 제안했던 것이라고 나는 이해한다.

2005. 10. 5.

블라인드 테스트

예전에는 콜라 시음대회가 거리 곳곳에서 벌어지곤 했었다. 눈을 안
대로 가린 후 더 맛있는 콜라를 가려내는 이벤트다. 이벤트 반응이
커지자 TV 광고에도 등장한 적이 있었는데, 아무튼 그 콜라 회사 입
장에선 획기적인 마케팅 효과를 거뒀다고 한다.

나는 정치에서도 눈을 가리고 좋은 걸 가려내는 블라인드 테스트
가 필요하다고 종종 생각한다. 어떤 정책이 여당 것인지, 야당 것인
지 밝히지 않은 채 국회의원들에게 찬반을 묻는 것이다. 이 생각은
예전에도 했었는데, 노무현 대통령의 대연정 제안 때였다. 당시 열린
우리당과 한나라당 의원들에게 누구 제안인지를 알리지 않고 찬반을
묻고 싶었다. 제안자가 노무현인지, 박근혜인지 모르는 상태에서 투
표를 했다면 과연 어떤 결과가 나왔을까? 나아가 국민들, 지식인들
에게 블라인드 테스트를 했다면 어떤 결과가 나왔을지도 궁금했다.

2004년 한·칠레 FTA를 국회에서 통과시킬 때 우리 국회에는 새

로운 정당이 하나 생겼다. 우스갯소리였지만 농민당이었다. 농촌에 지역구를 둔 거의 모든 의원들이 격렬하게 반대했다. 이때만큼은 어느 당 소속이냐가 전혀 중요하지 않았다. 이것이 우리나라 정치의 현주소이다. 선거 때마다 속된 말로 '머리통 터지게' 싸우고 정치적 공방을 할 때는 살벌하다가도 정작 사회 경제적 의제로 논란이 벌어질 때면 대개 당론이 없어진다. 민노당을 제외하면 여야를 막론하고 어느 정당도 계급 계층적 관심이 높은 사안에 대해서는 능동적으로 입장을 정리하고 대안을 내놓는 당이 없다는 얘기다. 최소한 나는 그렇게 보고 있다.

그런 입장과 대안의 천명이 의석 확보에 별 도움이 안 되는 데다, 지역주의가 시퍼렇게 살아 있다는 것도 문제다. 선거에도 지장이 없는데, 굳이 FTA 같은 예민한 사안에 입장을 밝혔다가 농민에게 표적이 되거나 노동자에게 눈총받을 필요가 없단 얘기다. 심한 말로 그냥 가만있다가 문제가 되면 그제야 단상에서 삭발하고 머리띠 두르는 모습만 보이면 된다는 생각을 하고 있다.

어차피 정치는 균열을 먹고사는 일이다. 누가 뭐래도 우리 정치의 제1차적 균열은 여전히 지역 균열이다. 그렇기에 우리 정당의 당파성은 계급적 당파성이 아니라 지역주의적 당파성에 머무르고 만다. 계급적 당파성은 이제 겨우 대중적 수준에서 조금씩 생겨나고 있을 뿐이다. 물론 진보 지식인들 사이에선 상당한 발언권을 획득하고 있지만 그게 현실 정치판이나 대중적 수준에서는 아직 지역주의적 당파성보다는 미약하다.

나는 지역주의 타파를 위해서는 다시 노 대통령의 대연정 제안에

깔린 진정한 동기를 무겁게 생각해야 한다고 본다. 그것은 한나라당과의 공존을 주장하는 게 아니라, 지역주의 타파를 위한 제도적 틀의 구축이 목적이고 그러기 위해 전술적 연대가 불가피하다는 데 핵심이 있다. 그것이 내가 받아들인 대연정의 진정한 묘미다.

한나라당에게 실질적 권력 행사를 통한 이점을 취하게 하는 대신, 상생의 정치문화를 확보하고 거기서 다시 정당 득표율 중심의 의석 배분이라는 제도적 결실을 맺음으로써 차기 선거부터는 정책 경쟁이 가능한 정치 지형을 창출하는 데 궁극적 목적이 있다고 하는 사실 역시 진보 진영이 짚어주었으면 한다.

진정 나라와 국민을 위하는 길이 무엇인지, 편견과 사심 없는 선택을 위해 우리 모두 블라인드 테스트를 해볼 수는 없는 걸까?

2005. 10. 5.

'실질적 민주주의'로 나아가기 위하여

절차적 민주주의의 성취

숱한 우여곡절을 겪으면서도 한국은 민주화 이행을 거의 마무리하고 절차적 민주주의를 정착시키는 단계에 이르렀다. 1960~70년대 압축적인 경제 성장기에 노동자, 농민들의 피땀으로 이룩한 산업화와 함께 1980년대 학생과 시민들의 헌신과 참여로 이룩한 민주화는 분명 우리 국민이 내세울 만한 자랑스러운 성과이다. 이제는 이런 성취를

열린우리당 원내수석부대표를 맡았을 당시.
한나라당 의원들의 본회의장 발언대 점거 시도를 저지하고 있다.

바탕으로 선진화를 이루어야 할 때다.

민주화의 성취는 정부와 정당, 의회 등 제도정치권 내의 긍정적 변화로 이어졌다. 권위주의의 탈피, 보스 정치·금권 정치의 청산, 당정 분리, 국회의 위상 및 역할 강화 등이 그 성과인데 이는 상당 부분 참여정부의 등장과 함께 가능해진 것들이다.

왜 실질적 민주주의로 나아가지 못하는가?

한국정치는 이런 눈부신 성장과 발전에도 불구하고 여전히 많은 한계와 문제점을 드러내고 있다. 예컨대 선거 때마다 여전히 위력을 떨치고 있는 지역주의 문제, 탈권위주의의 후유증이기도 한 리더십의 실종, 극심한 정쟁과 이념 및 세대 갈등, 시민들 사이에 만연한 정치 불신과 정치 혐오증 등이 그것이다.

지금 한국정치의 가장 핵심적이고 본질적인 문제는 실질적 민주주의로의 진전이 느려지고 있다는 데 있다. 국민소득 1만 달러를 넘어 2만 달러 문턱에서 멈칫거리고 있듯이, 정치도 절차적 민주주의를 넘어 실질적 민주주의로 가는 어귀에서 머뭇거리고 있다. 제도정치권의 변화와 개혁으로 대변되는 절차적 민주화는 꾸준히 발전해서 이미 상당한 수준에 올랐으나, 사회 경제적 민주화와 서민 대중들의 삶의 질 향상을 의미하는 실질적 민주화가 취약한 현실은 지금 한국정치가 풀어야 할 제1의 과제이다.

민주화 주체세력의 무능과 실책

실질적 민주주의가 진전되지 않는 이유는 크게 두 가지다.

첫째, 신자유주의라는 전 세계적 흐름과 함께 1997년 환란의 여파로 경제를 살려야 한다는 의식이 팽배해졌고, 또한 성장 담론의 완강한 영향력이 지배하고 있기 때문이다. 1997년 IMF 사태는 국가적 위기였지만, 다른 한편으론 실질적 민주화를 진전시킬 수 있는 중요한 계기였다. 그러나 정권 교체에 성공한 국민의 정부조차도 국내외 신자유주의 세력의 공세에 밀려 사회 경제적 개혁을 단행하기에는 역부족이었다. 오히려 카드 남발 등 응급 처방에 치중한 결과 그 부작용으로 이후 참여정부에서도 여전히 사회 경제 개혁보다 경제 성장과 안정 문제에 매달리게 만들었다.

정치 환경 역시 순조롭지 않았다. 대외적으로 미국 부시 정권의 일방주의 정책과 북핵문제로 한미관계나 외교 안보 사안이 부각되었다. 대내적으로는 노무현 정권 초기에 정치 개혁 및 부패 척결 드라이브가 걸리면서 여야 정치권이나 사회세력들 간에 극심한 정쟁과 이념 대립이 발생했다.

이런 정치 경제 분야의 비우호적 환경 속에서 실질적 민주주의의 진전이나 사회 경제적 개혁 문제는 주요한 국가적, 정치적 아젠다로 미처 제기되지 못한 채 시간만 흘러갔다.

실질적 민주주의가 뒷전으로 밀린 이유는 두 번째 요인도 크다. 정부 차원에서 볼 때, 노무현 대통령은 탈권위주의를 선언하고 과감한 실천을 단행하긴 했지만 새로운 국민 통합적 리더십을 구사하지는 못했다. 대통령의 잦은 설화와 불필요한 정쟁 유발, 국정 수행의 미숙함, 조급함, 정책적 무능에 따른 국민의 실망과 불신은 실제 또는 실제 이상으로 부각되기도 했다.

정당 차원에서는 사회에 깊이 뿌리내리지 못한 정당체계의 한계가 드러났다. 탄핵 역풍 등 한나라당의 무리수에 따른 반사이익으로 과분한 국민의 지지를 받은 만큼, 집권당으로서의 책임과 역량을 보여줬어야 했다. 동시에 중산층과 서민을 대변하는 개혁 정당답게 사회 경제적 개혁 프로그램을 실천적으로 추진했어야 했다. 그러나 정치적 조급함과 무능으로 인해 4대 개혁법안 등의 처리를 둘러싸고 야당과 지루한 정치 공방을 계속하는 한편, 당내에서도 무익한 개혁 · 실용(빽바지 · 난닝구) 논쟁으로 내부 권력투쟁에 매몰되는 한계점을 드러냈다. 반부패와 도덕성을 명분으로 내세웠지만 야당과 보수 언론의 집요한 시비 걸기로 각종 비리에 연루된 듯한 의혹을 받아야 했고, 그러면서 점차 도덕성 측면에서 주도권을 상실해갔다.

시민사회 차원에서도 개혁세력의 분열, 분화, 오만과 독선 등 문제가 드러나기 시작했다. 노동운동 지도부에서도 비리 문제가 터져 나오면서 점차 사회운동 세력 전반의 도덕성과 영향력이 타격을 받기 시작했다. 이는 국민의 정치 불신과 냉소를 심화시켰고, 정치 참여를 외면하는 '민주주의 피로 현상'으로 귀결되었다.

이러한 비우호적 외부 환경 속에서도 절차적 민주화를 완성하고 실질적 민주화를 진전시키기 위해서는 정부와 정당, 시민사회 내 개혁 주체들이 한층 확고한 이념과 리더십, 정교한 프로그램과 과학적 전략 전술, 그리고 정책적 능력을 보여주었어야 했다.

그러나 현실은 이와 반대로 리더십의 실종, 대표성의 부재, 정책적 무능만 드러냈고, 이에 따라 개혁 정권의 등장에 열광했던 국민들이 실망과 함께 분노, 불신을 터뜨리기에 이르렀다. 그 결과가 바로 '민주화 이후 민주주의의 위기' 문제이다. 참여정부 당시 각종 재보선에서의 여당 참패와 여론 지지도 하락은 이런 결과를 단적으로 보여주는 것이다.

민주주의 주체세력이 강해져야 한국정치가 발전한다

위기에 처한 한국 민주주의를 구하고, 나아가 한 단계 더 발전시키는 길은 무엇일까? 그것은 이념, 제도, 세력의 측면에서 각 민주주의 주체세력이 더 강력해지는 것이다.

첫째, 탈이념 시대에 무슨 이념 타령이냐고 할지 모르지만 내가 생각하는 '이념'은 사회주의나 반공주의 같은 전통적 개념이 아니다.

나의 이념은 우리 사회의 발전 방향을 제시하는 비전과 목표를 의미한다. 그런 점에서 실용·개혁 논쟁처럼 실체와 내용이 없는 공허한 말싸움과는 다르다. 민주주의의 공고화를 위해 혹은 실질적 민주주의를 발전시키기 위해 우리가 도달하려는 사회상과 발전 모델을 제시하는 것, 그것이 나는 이념이라고 생각한다.

노무현 정부는 당시 2만 달러 국민소득과 선진화를 국가 목표로 제시했다. 한나라당 일각에서는 선진화와 함께 공동체 자유주의를 대안으로 제시했다. 이처럼 모두 선진화에 동의했듯이 적어도 내가 보기에 양당의 이념은 그 차이가 점점 줄어들고 있었다. 심지어 공동체 자유주의에서도 큰 틀에선 동의가 가능할 듯 보였다. 다만 공동체성共同體性과 자유주의를 놓고 볼 때 한나라당이 자유주의(자유나 성장)에 더 큰 비중을 두었다면, 열린우리당은 두 이념의 균형(자유와 평등, 성장과 복지의 균형)을 유지하려는 정도의 차이였을 것이다. 어쨌든 바로 그런 차이를 둘러싼 이념 논쟁이 활발히 전개되었어야 했다.

혹자는 사회 갈등만 조장한다며 이념 논쟁을 기피하려는 경향이 있지만, 피한다고 해서 엄연히 존재하는 사회적 갈등이나 균열이 없어지는 것이 아니다. 오히려 활발한 이념 논쟁을 통해 갈등을 명확히 드러내고 이를 통해 해결 방안도 모색할 수 있다. 다만 정쟁적政爭的 이념 논쟁이 아니라 정책적政策的 이념 논쟁이 필요하다.

열린우리당과 한나라당 간의 이념 논쟁은 중도주의와 보수주의 간의 논쟁으로 그치기 쉽기 때문에 실질적 민주주의의 진전을 위해서는 민노당으로 대표되는 진보주의도 이념의 시장에 참여해 적극적인 논쟁을 벌일 필요가 있었다. 이때 핵심은 정쟁적 이념 논쟁에 빠지는

쌀 의무도입 비준안 국회 통과 당시 본회의장에서.
비준 반대 항의를 하는 강기갑 의원을 설득하고 있다.

걸 막고, 최대한 정책적 이념 논쟁이 되도록 규칙을 관리하는 것인데, 이를 실현시키는 것이 바로 제도이다.

둘째, 제도에 있어 절차적 민주주의를 더욱 진전시켜야 한다. 그러기 위해서는 이념 논쟁이 무차별적, 적대적 정쟁으로 변질되지 않도록 관리해야 한다. 핵심적으로는 의회의 권능을 강화하고 정당을 선거 정당에서 정책 정당으로 변모시키는 개혁이 필요하다. 이 과제는 2004년 정치 개혁을 통해 상당 부분 제도적 추진이 이루어졌다. 그러나 여전히 행정부의 관료주의나 일방통행, 국회 파행과 같은 부정적 유산이 청산되지 않았다. 하지만 점차 국회가 법안 생산의 중심이 되고 있고, 정책 경쟁이 이루어지기 시작한 것은 긍정적인 사실이다.

건강한 보수와 합리적 개혁·진보가 공존하며 정책 경쟁을 벌이는 것이야말로 우리가 예전부터 그려오던 정치 발전 모델이다. 그러나 기존 정당들의 합리적 변화만으로는 절차적 민주주의를 넘어 실질적 민주주의의 진전을 이루는 데 한계가 있다. 이런 한계는 기존 제도에 새로운 진보적 요소들을 조화롭게 흡수시킴으로써 극복해야 한다. 예를 들어 국회 교섭단체의 기준을 완화하거나 비례대표 의석을 늘림으로써 진보 정당의 국회 내 위상이 강화될 수 있도록 하는 것이다.

아울러 정당체제의 대표성이 강화될 수 있도록 정치사회와 시민사회, 경제 분야와의 연계성을 높이는 방안이 필요하다. 이와 관련되는 것은 세력의 문제이다.

셋째, 세력 차원에서 접근할 때 실질적 민주주의를 진전시키기 위해서는 역시 정치의 대표성을 강화하는 것이 가장 긴요하다. 이는 제도정치권이 시민사회나 경제 분야의 주요 세력에 좀더 깊이 뿌리내리고 그 속에 존재하는 핵심적 갈등과 균열을 정치적, 정책적으로 제대로 반영해내야 한다는 것을 의미한다. 정당을 중심으로 보자면 그 지지 기반을 확대하고 조직화하는 것을 의미하는데, 진성 당원을 폭넓게 확보하고 연대, 제휴 세력을 많이 만드는 것이 그러한 노력이다.

현재 여야를 막론하고 당의 대중적 기초가 너무 약해서 정당의 대표성이 취약한 것이 사실이다. 그나마 낫다는 민노당도 마찬가지다. 노동자와 농민 등 수천만 명의 기층 민중을 대변하는 민노당의 진성 당원이 10만 명도 안 된다. 보수층을 대변한다는 한나라당의 경우에도 종이 당원과 책임 당원의 차이가 너무 커서 정확히 얼마인지 알기

절차적 민주주의에 머물러 있는 우리나라의 민주주의는 불완전한 반쪽이다.
실질적 민주주의가 발전하려면 이념, 제도, 세력 측면에서 민주주의 주체세력의
역할이 강력해져야 하고, 절차적 민주주의가 보다 심화되어
실질적 민주주의와 함께 발전하는 형태로 나아가야 한다.

도 어려운 지경이다. 열린우리당은 기간 당원이 20만 명이라지만 그 중 상당수는 종이 당원이며, 따라서 중산층과 서민을 제대로 대변한다고 보기 어렵다.

물론 정당은 소수의 핵심 당원(+다수 지지자)만으로도 존립할 수 있긴 하지만 정당이 정치적 대표성을 갖고 그에 걸맞은 정책을 실천하기 위해서는 많은 당원과 탄탄한 지지 기반을 확보하는 것이 필수적이다. 현재 실질적 민주주의로의 진전이 어려운 이유도 이해관계를 가진 핵심 사회 경제 세력들이 제도정치권과의 연계를 제대로 확보하지 못하고 있기 때문이다. 그래서 그들의 이해와 요구가 제도정치권 내에서 정치적, 정책적으로 관철되기 어려운 것이다.

이런 한계를 돌파하기 위해서는 시민사회의 적극적인 정치 참여가 필요하다. 당원으로 후원자로 또는 지지자로서 제도권 정치에 적극 참여해 권익을 확보할 수 있도록 해야 한다. 다만 집단이기주의나 사익私益만능주의에 빠지지 않도록 해야 한다. 규칙과 절차를 존중하고 공익과 공공선을 우선하는 태도가 시민사회에 깊이 뿌리내려야 한다.

그렇지 않으면 실질적 민주주의를 추구하는 과정에서 자칫 절차적 민주주의의 성과를 훼손시키는 역설적 결과가 나올 수 있다. 그 결과는 사회 갈등의 만연과 통합의 파괴, 최악의 경우에는 파시즘이나 개발독재로의 회귀로 이어질 수 있다. 요컨대 실질적 민주주의의 추구는 항상 절차적 민주주의에 의해 보장받으면서, 또 절차적 민주주의에 의해 제한될 필요가 있다.

실질적 민주주의는 시민이 완성하는 것이다

실질적 민주주의가 발전하려면 이념, 제도, 세력 면에서 민주주의 주체세력이 강력해져야 하고 절차적 민주주의가 부단히 심화, 발전되어야만 한다. 즉 절차적 민주주의와 실질적 민주주의는 상호 보완하면서 함께 발전해야 한다. 이런 측면에서 절차적 민주주의 수준에 머물러 있는 우리나라의 민주주의는 불완전한 반쪽이라 할 수 있다. 따라서 실질적 민주주의를 동시에 발전시켜 나가야 하고, 이 실질적 민주주의의 진전을 위해 이념, 제도, 세력 차원의 노력을 경주해야 한다.

현재 대한민국 앞에 놓인 시대적 과제는 지속가능한 동반 성장과 이에 기초한 민주주의의 심화 발전, 그리고 한반도 평화체제 구축과 국제적 역할 강화를 통한 선진국으로의 진입이다. 이 가운데 핵심적인 것은 민주주의 공고화, 곧 절차적 민주주의와 실질적 민주주의가 함께 발전하여 대한민국을 선진 민주주의 국가로, 또 누구나 좋아하는 매력적인 국가로 만드는 것이다. 이런 국가가 된다면 우리나라의 국제적인 역할이 커질 것이고, 동북아시아 발전의 핵심적인 균형자 역할을 해낼 수도 있을 것이다.

우리나라를 선진 민주주의 국가로, 정치 발전의 모범국으로 만들기 위해 시민으로서 우리가 할 일은 무엇일까? 나는 그것이 민주시민으로서의 정체성 확립이라고 본다. 민주시민의 정체성이란 합리성, 개방성, 관용성 그리고 공공성을 중시하고 실천하는 태도이다. 이 모든 것이 한꺼번에 해결될 수 있는 방법이 바로 적극적인 정치 참여이다. 정치 참여, 나는 그것이 굳건한 민주주의를 만드는 가장 확실한 방법이라 믿는다.

2004. 10.

백 년을 기다린 과거사법

프랑스어에 '코아비타시옹cohabitation'이라는 말이 있다. co(함께) + habitation(거주)가 결합해서 만들어진 '동거'라는 말인데, 1986년 프랑스 선거에서 좌파인 미테랑 대통령이 당선되고 우파인 시라크 내각이 들어서자 '코아비타시옹'이라고 비유했다. 즉 좌우동거左右同居 정치, 보수와 진보가 공존하는 정권 형태를 말한다. 정권이 코아비타시옹을 이뤘다는 말은 곧 좌파나 우파가 조화를 이뤘다는 말인데, 그 조화의 밑바탕에는 좌·우파 정치인들에 대한 국민들의 도덕적 신뢰가 있었다. 몹시도 부러운 일이다.

제2차 세계대전 종전 직후인 4공화국 때였다. 이때 프랑스는 내각제였는데 제1당이 공산당이었다. 공산당이 가장 치열하게 레지스탕스, 즉 대독對獨 항전에 앞장섰기 때문에 그 공을 국민들이 인정하여 제1당으로 옹립한 것이다. 4공화국은 히틀러에 부역했던 비쉬 정권과 친독파親獨波들에 대한 철저한 색출과 단죄를 단행했다. 그런데 내각제여서 정권 교체가 잦았던 데다 알제리 문제까지 겹쳐서 혼란을 겪자 대통령제 개헌을 하게 된다. 그 결과 드골이 5공화국 대통령으로 선출된다. 드골이 누구인가. 보수 우파에 엘리트주의자였지만 제2차 세계대전의 최고 영웅이 아니었던가.

프랑스는 이렇게 좌파든 우파든 조국을 지키기 위해 헌신했던 지도자를 추앙해 마지않았다. 반면에 나치즘이나 파시즘에 협력하거나 동조했던 세력들은 도덕적 파탄 선고를 해 완전히 몰락시켰다. 이런 바탕 위에 프랑스 민주주의가 서 있기 때문에 좌파인 미테랑 대통령이 우파인 시라크 총리를, 시라크 대통령이 좌파인 조스팽 총리를 옆에 둘 수 있었다. 좌파와 우파 간에는 조국 프랑스를 중심에 놓고 최소한의 신뢰관계가 있었다.

나는 과거사법을 통과시키면서 프랑스의 코아비타시옹을 떠올렸다. 좌파든 우파든 프랑스공화국 수호에 헌신했던 사람들이 지도자가 될 수 있었다. 하지만 우리는 그 반대다. 프랑스에서 조독助獨·친독親獨 세력은 무조건 파멸의 길을 걸었던 데 반해, 우리나라에서는 친일파들에 맞서 항일운동을 펼쳤던 좌·우파 세력이 박해를 받았다. 정말 있을 수 없는 일이다. 과거사법은 그 부조리를 바로잡기 위해 출발한 법이었다. 과거사법의 정식 명칭은 '진실 규명과 화해를 위한 과거사 정리 기본 법안'이다. 나는 당시 열린우리당 원내수석부대표로서 이 법안의 합의 치리를 위해 협상 실무를 맡았고, 법안 통과를 지켜봤다.

과거사법에 '진실 규명과 화해를 위한'이라는 술어가 붙어 있다. 왜 붙어 있을까? '과거의 진실'을 밝힘으로써 '오늘의 화해'를 도모하자는 것이다. 허위와 조작의 역사를 바로잡음으로써 민족을 배신하고 일신의 영달을 도모했던 자들, 국가 폭력을 앞세워 국민을 탄압하고 권력을 부렸던 세력에 대한 도덕적 단죄를 해야 하는 것이다. 그래야 비로소 우리 사회도 진정한 화해가 가능하고 우리 정치도 상호 신뢰가 가능해진다.

만시지탄晚時之歎, 너무 늦었지만 하지 않으면 안 될 일이었다. 일제 강점기를 1905년 을사늑약 이후로 보면 근 1백 년을 기다린 법이다. 반민특위 이후 한 번도 제대로 성공하지 못했던 일을 마침내 해낸 것이었다. 하지만 보수 기득권층들의 반발이 의외로 강했다. 당연한 결과였다. 일제 청산이 안 된 상태에서 모든 기득권을 향유하고 살아온 그들이었고, 그들의 후예들로 가득 찬 보수주의자들이 자신들의 존재를 부정하는 결과를 받아들이기 힘들었던 것이다. 그로 인해 '누더기 법'이라는 소리를 들어야 했다.

민주노동당 최순영, 이영순, 조승수 의원 등이 열린우리당 의원들에게 합의안 반대를 요구하는 호소문을 돌리기도 했고, 한나라당의 고진화 의원, 열린우리당 임종인, 정청래 의원 등이 합의안에 반대하는 의견을 피력하기도 했다(물론 부족하다는 뜻에서지만).

그렇게 우여곡절 끝에, 그리고 비록 누더기 법이라는 폄하를 당했지만 그래도 우리 공동체의 화해를 위해선 꼭 필요한 법이라고 생각했다. 과거사법으로 말미암아 가려지고 위장되었던 진실이 서서히, 그리고 여지없이 어둠 속에서 밝은 세상으로 걸어 나올 수 있으리라 기대했었기 때문이다.

그리하여 그 숱한 억울한 죽음들이 빛으로 가득 찬 하늘로 올라가서 이제라도 편히 눈감을 수 있기를 기도할 따름이다.

2005. 5. 4.

수도는 관습이 아니라 정책

2004년 10월 21일은 참으로 당혹스러웠다. 그리 길지 않은 우리나라 헌정사를 돌아보며 아직도 우리가 심히 혼돈스럽고 미숙하구나 하는 생각을 했다. 헌법적 질서, 헌법에 입각한 권력 분립, 헌법을 준수한 절차, 이 모든 것이 아직은 멀었구나 싶었다. 그것이 또 이 시대가 감당해야 할 몫이라면 그것대로 받아들이자는 비장한 마음도 함께 들었다.

그리고 다음 날 아침, 헌법재판소 결정문을 읽어보았다. 중간쯤에, "수도가 서울인 점이 우리나라의 관습 헌법인지의 여부" 대목을 읽어 내려 가다가 실소를 금할 수 없었다. "조선의 성종이 완성한 『경국대전』에 수도가 서울이라고 했다. 그후로 600년간 서울이 수도였다는 건 씌어 있지는 않지만 헌법 조문이나 마찬가지다. 그런데 행정수도 이전은 천도인 만큼 헌법을 먼저 개정해야 한다"는 것이다.

좋다. 헌재가 그렇게 심판했으면 심판한 대로 따라야지 어쩌겠는가? 그러나 헌재의 이번 결정이 한국 민주주의의 중대한 후퇴를 야기했음을 지적하지 않을 수 없다.

나는 그렇게 본다. 정치도 자세히 뜯어보면 이념(이데올로기)의 수준, 정치의 수준, 그리고 정책의 수준, 이 세 가지가 어우러져 돌아가는 것이다. 첫째, 이념은 말 그대로 기본적인 것이다. 세계관이고 가치관이다. 물론 여기에는 계급성도 내재한다. 종교, 언론, 예술 분야도 이런 이념에 속하는 영역이다.

둘째, 정치는 그야말로 정치다. 권력, 선거, 정당, 법률, 제도, 이런 것들이다. 한때 "우리 정치는 3김 정치, 지역주의 정치에 벗어나야 한다. 군사독재를 타도해야 한다. 정당 개혁을 하고 정치관계법을 개정해야 한다"란 말들이 있었다. 그런 것들이 정치이다.

셋째, 정책은 사회 경제적인 영역이다. 성장, 축적, 분배, 치안, 복지, 기타 국민생활과 관계되는 부분들이다.

나는 이 세 가지 수준을 다룰 때 각기 다르게 접근해야 한다고 본다. 이를테면 좀 신중해야 하는 게 있고 팍팍 치고 나가야 할 게 있고, 타협할 게 있고 타협보다는 자기 입장을 견결히 수호하는 편이 나은 게 있고, 논쟁을 가급적 삼가는 게 좋을 때도 있고 논쟁을 치열하게 할수록 좋은 게 있고, 가급적 표현을 부드럽게 하는 편이 좋은 것도 있고 대립점이 부각되도록 정확하게 말하는 게 좋을 때도 있다.

그런데 이번 행정수도 건설 같은 사안은 세 번째, 즉 정책의 수준인 것이다. 정책은 아무리 논쟁을 치열하게 해도 좋은 것이고, 정확하게 뜻이 드러나도록 말하는 게 좋은 것이고, 어중간한 타협보다는 자기 입장을 관철시키기 위해 확고한 태도를 취하는 게 바람직하다.

그걸 헌재가 나서서 판을 완전히 깨어버렸다. 그것도『경국대전』운운하면서. 아니, 조선왕조의 정책이 다르고 대한민국의 정책이 다르고, 국민의 정부가 다르고 참여정부가 다른데, 갑자기 웬『경국대전』인가?

이것은 정책이다. 목소리 높여서 좀 악악대도 괜찮고, 끊임없이 딴지 걸어도 그런가 보다 하는 거고, 온갖 유식한 이론과 사례를 들먹여서 사람 피곤하게 해도 참아야 하는 거고, 그런 것이다. 그것이 발전된 민주주의다.

그런데 그걸 헌재가 일거에 닫아버렸다. 정책적 판단은 사법의 영역이 아니라 입법부와 행정부의 영역이다. 그게 우리 헌법의 원리인 삼권분립의 원칙 아닌가. 그런 점에서 이번 심판은 헌재가 내려오지 말아야 할 정책의 영역까지 내려옴으로써 헌재 역시 어쩔 수 없이 세속 정치의 영향력 속에 있음을 확인했다.

이렇게 되면 아마도 헌재가 앞으로 엄청 바빠질 것이다. 별별 건이 다 헌재로 올라갈 것이다. 그렇게 되면『경국대전』이 아니라 고조선의『팔조법금八條法禁』까지 거슬러 올라가야 할지도 모르겠다. 앞으로는 헌재가 정책 사안에 대해 일일이 가부可否를 심판하지 않는 것이 바람직하다고 나는 생각한다. 그것이 한국 민주주의 발전을 위해 옳은 일이라고 본다.

동시에 여당 의원의 한 사람으로서 토로하지 않을 수 없는 것이 있다. 헌재 심판에 승복한다는 말은 앞에서 이미 했다. 그리고 국민과 함께 한 걸음 한 걸음씩 나아가야 한다는 사실을 다시 한 번 깨달았다. 국정의 핵심은 국민적 동의를 확보하는 데 달려 있다는 사실을 알게 해주었다. 어쩌면 헌재의 깊은 뜻이 있었다면 그것이 아닐까? 헌재의 결정은 앞으로 국민의 마음속으로 더 깊이 다가가야겠다는 결심을 하게 만들었다. 그것만은 긍정적으로 받아들일 만했다.

2004. 10. 22.

개혁과 실용

나는 경상도 출신이다. 아내 또한 경상도 출신이다. 하지만 같은 경상도라도 나는 뭔가를 바꾸는 걸 쉽게 생각하고 또 좋아하는 반면, 집사람은 바꾸는 걸 되게 어렵게 생각하고 조심스러워한다. 집에서 쉬던 어느 날, 아이들 방을 들여다보니 전기 콘센트가 어댑터에 여기저기 꽂혀 있어 이만저만 어지러운 게 아니었다. 보기 안 좋을뿐더러 아주 위험해 보였다. 정리할 결심을 하고 당장 멀티 탭을 방마다 한 개씩 사 왔다. 그런데 막상 공사를 벌이고 보니 책상에 책꽂이에, 심지어 침대까지 건드려야 했다. 또 이것들을 건드리고 보니 구석구석 먼지가 장난이 아니었다. 결국 진공청소기와 물걸레가 등장하고 마치 봄맞이 대청소 분위기가 되어버렸다. 그랬더니 집사람 왈, "아니, 지금 애들 시험이 낼모레인데, 공부하게 가만 놔두지, 왜 쓸데없이 집 안을 발칵 뒤집어 애들 공부를 방해해요? 시험 끝나고 해도 되지 않아요?"

나는 집 안의 안전과 미관을 위해 개혁을 하는데, 집사람은 나를 공부 방해꾼 취급하면서 내 개혁을 반대하고 있었다. 보수주의자처럼 말이다. 졸지에 부부가 개혁과 보수로 나뉘었다.

아마 이런 경우에는 내가 미리 집사람에게 동의를 얻었으면 좋았을 것이다. 사실 거기에는 내 나름대로 이유가 깔려 있었던 것 같다. "아니 왜 내가 좋은 일을 하는데 마누라한테 일일이 허락을 받아야 해?" 하는 마초 심리. 아니면 "오늘 아니면 내가 시간이 없어, 내친 김에 당장 해치우자. 언제 또 하겠어?" 하는 나 혼자만의 편의주의. 그러나 내가 미리 말했다면? 그럼 집사람은 아이들 시험 끝나면 하자거나, 자기가 아이들과 나중에 같이 하면 된다고 했을 것이다.

이런 일도 있었다. 내가 국회의원이 되기 전 ○○일보와 △△신문을 구독하고 있었다. 한번은 문득 ○○일보 논조도 싫고 돈도 아깝고 해서 구독을 끊자고 했다. 그랬더니 집사람이 안 된다는 것이었다. 그 신문이 아이들 공부하는 데 필요한 정보와 기사가 제일 많거니와 논술 수업시간에 그 신문기사를 스크랩해 가야 한다는 것이었다. 정 끊으려면 별 볼거리 없는 △△신문을 끊으라고 버텼다. 아니 어떻게 ○○일보를 두고 △△신문을 끊으라고 하나? 약간 화가 나기도 했다.

같은 신문을 놓고 나는 '이념'의 문제로 바라본 반면, 집사람은 '실용'적 측면으로 평가했다. 그래서 타협안으로 내놓은 게, 앞으로 그 신문의 사설은 아이에게 안 읽히는 것이 어떠냐, 확실히 어떤 편향이 있는 게 사실 아니냐, 대신 기왕 보던 신문은 계속 보자고 했다. 그런데 거기서 내가 타협하지 않고 "무슨 소리야, 그 신문이 얼마나 편향된 신문인데 무조건 끊어야지, 그런 신문에 실린 정보가 알차면 얼마나 알차겠어?" 하고 고집을 부릴 수도 있었을 것이다. 그렇다면 집사람은 나를 "교육 현실도 모르면서 도와주지는 못할망정 자기 생각에만 빠져서 아이 공부를 방해하는 불량 아빠" 정도로 낙인찍었을 것이다.

이런 생각들은 참여정부 2년을 마친 2005년 내 머릿속을 맴돌았다. 당시는 개혁과 실용 간의 갈등이 심했다. 나는 그동안 우리가 추진했던 개혁도 좀더 설득과 동의를 얻었더라면 하는 아쉬움이 있었다.

그리고 관점이나 접근법에서도 이념적 접근보다 실용적 접근이 좀더 필요했다고 본다. 예컨대 국가보안법의 경우, 사상의 자유를 탄압하는 악법이라는 이념적 측면과 함께, 탈냉전 시대의 남북 간 교류협력에 걸림돌이라는 실용적 측면도 있었던 것이다.

요컨대 개혁을 놓고 옳은가, 그른가의 문제와 함께 필요한가, 불필요한가도 따져보아야 한다. 옳고 그름으로 모든 걸 재단해버리면 전부全部 아니면 전무全無가 된다. 그럴 때는 실용주의적 접근을 해야 전부를 얻진 못하더라도 최소한 필요한 만큼이라도 건져낼 수 있지 않을까?

그 당시 어느 TV 토론에서 한 논객이 "실용 노선은 개혁을 아예 포기한 것이자, 보수 우경화이고, 비겁한 기회주의적 태도"라면서 실용주의 노선을 정의했다. 아주 과격한 정의였다. 하지만 이해하기로 했다. '시민단체에 소속된 사람이니 그렇게 말할 수도 있을 것'이라고 이해했다.

하지만 나는 현실 정치권, 더욱이 집권여당에 몸담고 있었다. 다양한 생각과 사회적 배경을 가진 국민들이 희망 속에 앞날을 설계하고, 하루하루를 편안하게 살아갈 수 있도록 책임을 져야 하는 위치에 있었다. 그렇기 때문에 어떤 집단을 쉽사리 매도하고, 다소 다른 생각이라고 함부로 재단하거나 비판하기가 아주 조심스러웠다.

나는 당시 참여정부나 열린우리당이 설득과 동의를 통한 개혁, 실용주의적 접근을 통한 개혁, 나아가 사회 경제적 영역에서의 개혁, 진정한 의미에서 성공하는 개혁을 해야 한다고 생각했다. 참여정부 2년의 마지막 날, 그리고 출범 3년을 하루 앞둔 날, 험준한 산들이 앞에 놓여 있음은 미처 알지 못했다.

2005. 2. 24.

민주당의 딜레마

2007년 대선과 2008년 총선 패배 이후 시나브로 확산된 정치 담론이 있었다. 소위 민주당 위기론 혹은 해체론이다. 민주당이 차라리 없어져버리는 게 한국 야당 정치의 발전을 위해 좋은 일이라는 말까지 나왔다. 그만큼 민주당이 위기에 몰렸다. 왜 정통 야당인 민주당, 지난 10년간 집권당이기도 했던 민주당이 그토록 어려운 상황에 처했을까?

집권당의 비극

여러 가지 이유가 있겠지만 내가 생각하는 가장 큰 이유는 역설적이
게도 우리 민주당이 집권당이었기 때문이다. 진보층으로부터 신자유
주의자라 비난받았고, 보수층으로부터는 무능하고 싸가지 없다고 멸
시받았다.

진보층의 구성은 대부분 삼십, 사십대이고 청년기에 투쟁의 시대
를 살았던 세대이다. 그래서 정치를 운동의 연장선에서 바라본다. 운
동적 이슈가 정치에서 해결되어야 할 여전한 과제라고 생각한다. 그
들에게 최대의 적은 과거엔 '군사 파쇼'였고, 현재는 '신자유주의자'
이다. 그것이 그들에겐 최대의 욕설이기도 하다. 그 욕을 노무현 대
통령과 열린우리당이 먹었다. 반면 보수층은 기본적으로 성취를 미
덕으로 여기고 체질적으로 예의를 중시하는바, 그들에게 무능하다거
나 예의, 염치가 없다는 것은 '상것'이나 마찬가지다.

진보가 신자유주의자라는 이유로 우리를 버린 사이에, 보수는 상
것을 걷어차고 한나라당으로 갔다. 한나라당에는 보수의 본류 박근
혜 의원과 경제를 외치는 이명박 시장이 있었는데, 중도층이 경제를
좇는 덕에 이 시장이 후보가 되었고 결국 보수+중도의 힘으로 당선
까지 됐다.

나는 이런 정치 지형이 지금도 기본적으로 지속되고 있다고 본다.

자유주의 정당과 진보 정당은 순망치한의 관계

진보층이 민주당을 비난하는 것은 지금도 여전하다. 나는 진보 정당
이 우리 당을 타협적이라고 비난하는 건 당연하다고 보는 입장이다.

기본적으로 민주당은 자유주의 정당이다. 한나라당에 비하면 진보적이지만 진보 정당에 비하면 당연히 '리버럴liberal'이다. 더욱이 민주당은 집권당을 10년 했다. 사실 모든 집권당은 우향우를 하게 마련이다. 1950년대 프랑스의 실존주의 철학자 메를로 퐁티가 이미 말했다. "좌파운동의 지옥은 집권"이라고.

자본가와 싸우던 좌파 정당도 집권하고 나면 입장이 바뀌게 되어 있다. 자본주의 시장경제 시스템이 원활히 작동해야 경기가 활성화되고, 경기가 살아나야 고용이 늘고 실업이 해소되는 한편, 세금이 잘 걷힌다. 세금이 잘 걷혀야 국가 재정을 충분히 확보할 수 있고, 재정이 풍부해야 사회복지정책을 펼 수 있고, 복지정책에 만족하는 서민·노동자층이 많아져야 충분한 지지층을 확보할 수 있기 때문이다.

따라서 집권당은 진보 정당이 뭐라 하든 잘 새겨들으면 되지 굳이 반박 논쟁을 할 일은 아니다. 집권한 민주당이 본래의 이념적 정체성과 정치적 태도를 우경화한 것은 불가피한 측면이 있었다. 그런 민주당을 기대하며 바라봤던 진보층을 실망시킨 나머지, 지금까지도 등 돌리게 만든 이유가 되었다.

그러나 진보 정당도 이제 야당이 된 민주당보다는 한나라당이나 이 대통령을 공격하고 비판하는 데 더 힘을 기울였으면 한다. 멘셰비키를 때리면 주도권이 볼셰비키로 넘어온다는 차별화 전략만 레닌이 말한 건 아니다. 오히려 전위정당론의 본령은 차르 체제에 가장 치열하게 맞싸우고 노동자의 이익을 가장 견결하게 대변할 때 인민으로부터 지도력을 인정받는다는 데 있다는 걸 상기해줬으면 한다.

자유주의 정당이 여당일 때야 당연히 공격해야겠지만, 야당이 된

다음에도 계속 물고 늘어지는 건 누가 봐도 '한나라당만 좋은 일' 시키는 꼴이다. 더욱이 한국 상황에선 자유주의 정당과 진보 정당의 관계가 입술과 이빨의 관계가 아니던가? 그것은 역대 선거 결과가 말해주는 사실이다.

중도층도 떠나고

자유주의 정당이 집권하면서 진보층과의 괴리가 빚어진 것이 내가 꼽는 첫 번째 민주당의 비극이라면, 두 번째 비극은 중도층의 이반離反이다. 진보층은 수는 적어도 정치에서 중요하다. 이른바 담론 투쟁을 하기 때문이다. 전문가·지식인 집단, 학계, 언론은 물론 인터넷 공간에서 매일매일 벌어지는 전투를 이끌어가는 이들이 바로 진보층이다. 반면 중도층은 수는 많아도 평소엔 조용한 집단이다. 그러다가 선거에서 승패를 좌우하는 것이 중도층이다. 그런데 이 진보층과 중도층, 두 집단이 민주당에서 다 떨어져 나갔다.

중도층이 돌아선 이유는, 집권당 시절에 민주당이 먹고사는 문제에 대해 시원한 개선책을 내놓지 못했기 때문이다. 이들은 "민주주의는 이제 됐고 중요한 것은 경제이고 생활인데, 왜 너희는 그런 정책이나 대안 없이 당 안팎에서 만날 이념 싸움이나 하고 앉아 있냐?"고 비난했다.

민주당은 이런 진보층과 중도층 내에 있는 잠재적 지지자들을 잃어버리는 바람에 마치 마디마디가 끊어진 몸처럼 힘을 못 쓰고 있다. 이것이 민주당 위기론의 진정한 실체이지 무슨 지도자가 없니, 이념적 정체성이 불분명하니 하는 지적은 결코 본질적인 문제가 아니다.

지금도 가장 뼈아픈 실패는 열린우리당을 지키지 못한 것이다.
나는 열린우리당이 설득과 동의를 통한 개혁 그리고 사회 경제적 영역에서의
개혁을 해야 한다고 생각했다. 그러나 혁명보다 어려운 것이 개혁이었다.

반대 야당인가? 대안 정당인가?

민주당이 진보층과 중도층 내의 지지자를 회복해야 된다는 사실은 너무도 절실하다. 문제는 두 집단에 대한 지지 회복 방법이 각각 다를 뿐만 아니라 심지어 상충되기까지 하다는 사실이다. 이것이 민주당의 진짜 딜레마이다.

민주당이 야당이 된 이후 많은 이들은 강한 야당이 되어야 한다고 말해왔다. 그런데 가만 들어보면 같은 단어지만 다른 의미로 사용하는 두 부류가 있음을 알 수 있다. 우선 민주당이 더 공격적이 되어야 한다는 의미로 '강한'이란 단어를 쓰는 이들이 있다. 이들은 "대통령과 한나라당이 저렇게 헤매고 있는데도 왜 반사이익조차 못 챙겨 먹

느냐? 그건 민주당이 제대로 싸우지 않기 때문이다. 야당은 무엇보다 반대당opposition party인데 지금 민주당은 아직도 여당인 줄 착각하고 있다"고 지적한다. 이 같은 논리를 '반대야당론'이라고 부를 수 있을 것이다.

반면에 민주당의 정책적 역량을 더 높어야 한다는 의미로 '정책이 강한' 야당을 주장하는 이들도 있다. "국민들은 이제 싸우는 것 지겨워한다. 이명박 후보가 어떻게 대통령 됐는가? 경제 살리겠다고 해서 된 거다. 민주당도 이제 구체적인 정책을 내놓고 홍보하고 법을 만들고 실현시켜라. 그러면 국민들이 언젠가 너희한테 다시 정권을 맡기겠다고 할 것이다"라고 말한다. 이 논리는 '대안정당alternative government론'으로 부를 수 있을 것이다.

전자는 주로 사십대 중반 이하부터 젊은이들, 고학력, 지역적으로는 호남 출신 분이 많다. 나의 판단 기준으로는 이분들이 바로 진보층이다. 후자는 대개 사십대 후반 이상이고 지역적으로나 소득 수준으로나 고루 분포하는 평범한 생활인들이다. 이분들이 내가 생각하는 중도층에 해당한다.

예를 들면 진보층과 중도층의 차이는 이런 것이다. 2008년 종합부동산세 폐지 반대 서명운동을 하러 지역구 중심 상가에 나갔을 때 들은 얘기다. 진보층들은 "여기서 이러지 말고 국회에 가서 점거 농성을 하든, 단식투쟁을 하든 무조건 막아라. 몸싸움할 각오를 해야지, 여기서 서명 백날 받아봐야 뭐 하느냐?"라고 한다. 중도층들은 "서명은 해주겠지만 민주당도 반대만 하지 말고, 땅 투기도 막고 세수도 확보할 다른 법안을 만들든가 해야지, 길거리로 나와서 지금 어떡하

2010년 1월, 비교적 일찍 선거연합의 원칙과 경로를 제기, 토론하는 자리를 마련했다. 나는 선거연합이라는 정치적 거사를 성사시키기 위해서는 역설적으로 가장 비정치적인 접근, 즉 우리 각자가 노선과 정서의 차이를 넘어서지 않으면 안 된다고 본다.

겠다는 거냐?" 하고 걱정한다.

김민석 최고위원 수사 건과 관련해서도 "386의 상징과도 같은 김민석조차 공안 정권의 손아귀에 넘겨주면 민주당은 당도 아니다. 옛날 야당 때 같았으면 국회가 멈췄을 것이다"라는 분과 "지금이 무슨 유신시대인 줄 아느냐? 법도 못 믿겠다, 무조건 야당 탄압이다, 그러면 도대체 그동안 민주화는 왜 했고 정권 교체는 왜 했냐?"고 하는 이들도 있었다. 역시 전자는 진보 성향이 강한 이들이고, 후자는 중도 성향이 강한 분들이다.

반한나라당 진보개혁연합

쉽지는 않지만 그래도 민주당은 어느 쪽으로 먼저 다가갈 것인지를 결정해야 한다. 그것이 정치 전술이다. 동시에 둘 다 하겠다는 건, 앞에서 길게 예를 들었듯이 말로야 가능할지 몰라도 실천적으로는 절대 불가능하거나, 아니면 우왕좌왕하는 것으로 비치기 십상이다.

나는 선先반대야당, 후後대안정당론이 옳다고 생각한다. 물론 나 자신은 본질적으로 대안정당론자이다. 그동안 일관되게 중도합리주의에 입각한 정당을 주장해왔기 때문이다. 거창하게 정치철학이니 역사의식이니 하는 말을 꺼내들 생각은 없지만 투쟁보다는 협상을, 자기주장보다는 상호 타협을 정치의 원리라 확신하고 있고, 이제 우리도 그런 정치를 할 때가 됐다는 경험적 깨달음도 가지고 있다.

그러나 그것은 어디까지나 내 생각이자 전체 정치판에서 내가 자임하는 역할일 뿐, 야당이 된 우리 민주당이 그렇게 가선 절대 안 된다. 만약 원내대표 선거에서 내가 패배하지 않고 원내 사령탑을 맡았더라도 반대야당론을 견지했을 것이다. 열 가지를 타협해주더라도 절대로 안 될 게 하나라도 있으면 그것만은 끝까지 물고 늘어져 국회를 멈추게 하는 것도 마다하지 않을 작정이었다.

이유는 간단했다. 야당의 존재감을 내외적으로 확인해두지 않으면 두고두고 여당으로부터 무시당하고 국민들로부터도 기대를 모을 수 없기 때문이다. 여당에게 무시당하는 순간 야당은 끝이다.

따라서 야당인 우리가 상시적으로 도모해야 할 일은 반한나라당 진보개혁연합이다. 명칭이야 어떻든 내용은 진보 진영의 외연을 확대하는 일인데, 거기에 시민사회 진영은 물론 진보신당, 민주노동당,

그리고 창조한국당도 함께하는 것이 바람직하다.

그렇게 해서 2009년과 2010년까지만 MB식 반민주 반개혁 책동을 저지하는 데 성공한다면 그 다음엔 대안정당으로 넘어가는 환경이 자연히 만들어질 것으로 본다.

2008. 11. 24.

오바마를 만든 미국 민주당의 힘

내가 오바마 미국 대통령을 만난 것은 2004년 보스턴 민주당 전당대회장에서였다. 단지 상원의원 입후보자에 불과했던 오바마의 카리스마는 매우 인상적이었다. 시끌벅적한 전당대회장 분위기는 오바마의 연설이 시작되는 순간부터 정적이 감돌더니 2분쯤 지나자 탄성이 터져 나오고 5～6분이 흐르자 완전히 열광의 도가니가 되어버렸다. 정작 대통령 후보인 존 케리나 클린턴의 애기는 묻힐 정도였다. 잠깐 스쳐 지나면서 악수를 하고 내가 한국에서 왔다고 했더니 우리말로 "안녕하세요"라고 해서 깜짝 놀랐다. 겸손하면서도 자신감이 넘쳐 보이는 게 10년쯤 후면 큰일을 하겠구나 싶더니, 웬걸 4년 만에 대형 사고를(?) 쳤다.

예전에 대통합민주신당 직전의 열린우리당 시절부터 나오던 위기론이 있었다. 이른바 삼부론三不論으로 리더십 부재, 정체성 부재, 지지 기반의 부재를 지적하면서 민주당 사멸론 내지 제3의 대안정당론까

2004년 미국 보스턴 민주당 전당대회에서 만난 오바마.
정치 신인에 불과했던 오바마를 단시간 내에 강력한 지도자로 만든 배경에는
성숙하고 강한 정당(민주당)이 있었다.

지 운운해왔다. 그러나 나는 그렇게 생각지 않을 뿐만 아니라 그런 논의 자체가 불순하거나 위험하다고까지 봤다. 그 이유는 세 가지였다.

강한 리더십보다 강한 정당이 먼저다

첫째, 그런 논의는 한국정치가 걸어온 길고 긴 질곡의 역사를 잘못 알고 나온 소리이기 때문이다. 리더십으로 따지자면 3김만 한 리더십이 어디 있겠는가? 3김은 자기 마음대로 당을 만들기도 하고 쪼개기도 했다. 리더 중심으로 계파가 형성되고 그 계파가 정치를 끌어가는 기본 단위였다. 이 와중에 정당은 수수깡처럼 허약해졌다.

이런 '약한 정당–강한 리더십'의 조합이 한국정치의 가장 큰 문제

점이었다. 물론 '강한 정당-강한 리더십'을 만들면 되지 않겠냐고 할지 모르지만 현실적으로 거의 불가능하다. 강력한 대선 후보는 필연적으로 당을 사당화한다는 게 우리가 겪은 경험적 진리이다.

둘째, 지도자를 띄우는 데 급급하다 보면 정작 강화시켜야 할 정당을 소홀히 하기 때문에 정당 중심의 운용이 필요하다. 현 정치 상황은 민주당 집권 10년이 끝나고 보수 정당인 한나라당이 재집권한 상황이다. 그 10년 동안 민주당도 변하고 한나라당도 변했다. 민주당은 집권 경험을 가졌다는 게 가장 큰 변화이다. 야당과 여당은 확연히 다르다. 유럽의 사회민주당조차도 집권당이 되면 적잖이 중도화한다. 따라서 이제 다시 야당이 된 민주당으로선 본연의 노선과 정책을 상황과 시대에 맞게 재정립해야 한다.

한나라당도 야당을 하는 동안 많이 변했다. 특히 정책과 입법 능력이 신장되면서 소위 시장주의적, 발전주의적 사회 경제 정책을 많이 갈고 닦았다. 그것이 지난 대선에서 먹혔고 그래서 승리했다고도 볼 수 있다. 우리 민주당 역시 한나라당의 정책에 맞서는, 그리고 그것을 능가하는 정책 대안으로 완전 무장하지 않고는 국민에게 대안정당으로 인정받지 못할 것이다. 그런 측면이 중요하지 지금 당 지도부가 강력한 대선 후보감이냐 아니냐 하는 식의 얘기는 정치를 승패나 결과만 놓고 보는 선거꾼들이나 구사하는 논리이다.

중요한 것은 지도자 개인이 아니라 정당이라는 조직이다. 지난 미국 대선 과정을 조금만 살펴봐도 오바마가 민주당을 집권당으로 만든 게 아니라, 민주당이 오바마를 대통령으로 만들었다는 걸 알 수 있다. 오바마는 정당 지도자가 아니라 초선 상원의원에 불과했다. 아무리 미국이지만 그 나이에 혼자 힘만으로는 결코 그렇게까지 올라 갈 수 없다. 당 차원에서 밀어주고 끌어줬기 때문에 오늘의 오바마가 있을 수 있었다. 따라서 오바마를 키워낸 민주당이야말로 대단한 당 인 것이다. 우리 역시 당이 먼저 강해져야 한다.

투쟁력이 아니라 투쟁을 넘어선 통합력

미국 대선의 또 다른 의미는 양대 정당의 성격 변화였다. 공화당은 더 이상 레이건이나 부시 같은 강경 보수가 이끌지 못하게 될 것이 다. 당내 이단아였던 매케인이 후보였다는 게 그 증거이다. 동시에 민주당 역시 어찌 보면 위험한 카드일 수도 있는 오바마를 택할 정도 로 정치 사회적 통합력과 조정력을 간구懇求한 것이었다.

오바마야말로 흑과 백, 엘리트와 빈민, 진보와 보수를 넘나드는 통 합의 표상이다. 이것이 지금 미국 민주당이 생각하는 시대정신이다. 이렇게 당이 뚜렷한 노선과 체계적인 정책으로 무장되어 있으면 지 도자는 그 시대정신으로 탄생하게 된다.

셋째, 설사 민주당 위기론을 한나라당에 대한 더 강력한 투쟁성을 보여주는 야당이 되길 바라는 차원에서 제기한다면 그 역시 경계해 야 한다. 이렇게 주장하는 사람들은 야당일 때의 한나라당을 예로 든 다. 한나라당이 국민의 정부나 참여정부 때 그렇게 했다는 것이다.

맞다. 그러나 그렇다고 해서 당시 한나라당이 했던 것처럼 저주에 가까운 비난과 독설을 지금 우리 민주당이 되풀이한다면 그게 과연 옳은 일일까? 분명 어떤 이들에게는 속 시원할 수도 있을 것이다. 그 러나 그동안 얼마나 많은 이들이 한국정치의 후진성을 성토하면서 좀더 품격 있고 세련되어져야 한다고 힘주어 말해왔나?

　그런 점에서 나는 정당이 강해지는 것이 위기론 극복과 해결의 전제 조건이라고 본다. 강한 정당 위에서 강한 지도자가 나오고 훌륭한 정책 정당이 나온다면 기존 당원의 결속력 강화는 물론 국민의 지지는 당연히 따라오는 것이다.

2008. 11. 6.

내 마음의 작은 비석 하나

어제 노무현 전 대통령이 세상을 등졌습니다.
세상의 강팍함이 그를 떠밀었습니다.
벼랑 위에 홀로 서 있었을 그를 생각할수록 눈물이 납니다.
비통함을 삼킬 수 없고 분노를 가눌 길이 없습니다.

정치는 도대체 무엇이고 권력은 대관절 무엇입니까?
그렇게 수모를 안기고 능멸을 가해서
권력을 과시했어야 하는 겁니까?
인간의 마지막 자존심마저 파괴했어야 합니까?

누가 뭐라고 해도 저는 그보다 도덕적이었던
정치인을 알지 못합니다.

누가 뭐라고 해도 저는 그보다
반칙과 특권을 향한
뜨거운 분노의 소유자를 알지 못합니다.

동시에 누가 뭐라고 해도 저는
그보다 더 소년같이 순수하고 수줍음 많던
어른을 알지 못합니다.

그 무엇보다도
그가 꿈꾸었던 이상과 추구했던 방향만은
누가 뭐라고 해도
옳았습니다.

오늘은 세상이 그를 심판했지만
그가 우리를 심판할 날이 곧 올 것입니다.

노, 무, 현
당신의 이름을 채찍 삼아 당신이 못다 이룬
'사람 사는 세상'
물려받은 숙제로 살겠습니다.

작은 비석 하나, 제 가슴에 세웁니다.
― 2009년 5월 24일 김부겸

이명박 대통령은 정치적 무생물인가?

노란 색종이와 검은 리본의 물결을 보면서 가슴이 무너져 내렸다. 노무현 대통령을 그렇게 보낼 수는 없었다. 미안함과 슬픔, 회한과 통분의 시간이었다. 그러나 이젠 눈물마저 말랐다. 한숨도 쉬지 않기로 했다. 상황이 대단히 엄중하다.

소통과 화합은 가능한가?

많은 이들이 그 순간 소통과 화합을 말하고, 이명박 대통령의 각성을 촉구하며 국정 운영 기조 전환을 주문하고 있다. 맞다. 대통령이 달라져야 한다. 달라지지 않으면 대한민국호는 난파할지도 모른다. 하지만 대통령은 결코 바뀌지 않을 것 같다는 불길한 예감이 든다.

그 이유는 두 가지다.

첫째는 그의 인격 자체가 결코 민주주의와는 어울리지 않기 때문이다. 그는 기업가 출신이다. 기업이란 조직은 결코 민주적이지 않다. 민주주의 의사결정은 1인 1표의 평등에 기초하지만 기업은 소유 지분에 비례한 차등에 기초한다. 더욱이 이 대통령은 결정권자의 집행자, 하위 추종자로서 잔뼈가 굵었다. 그는 권위주의적 의사결정 시스템이 지배하는 기업 조직에서 잘 적응한 사람이다.

대통령의 공포심

이명박 대통령이 집권 초반에 촛불집회를 겪었다. 아마 이해가 되지 않았을 것이다. 이익이 없는 장사는 처음부터 안 한다는 기업가 마인드로 봤을 때, 저렇게 많은 사람이 무슨 득을 보겠다고 저렇게까지 하는지 당연히 이해하지 못했을 것이다. 사람은 자신이 이해할 수 없는 것에 대해 무한한 공포심을 갖기 마련이다. 공포심과 함께 부지불식간에 튀어나온 말이 "촛불은 누가 사 줬어?"였다. 소위 배후조종설이었다. 자신에 대한 구조화된 반대 세력이 있고, 그들은 쇠고기가 문제가 아니라 자신을 공격하기 위해서 대중을 교묘하게 선동했다고 단정한 것이다.

대통령이 보기에 인터넷이 그랬고 MBC가 그랬다. 그래서 추진한 게 소위 MB 악법이다. 미디어법을 비롯해 마스크법이라는 집시법, 감청을 일상화하는 통신비밀보호법, 사이버 모욕죄를 도입하려는 정보통신망법 등 전부 촛불집회를 원천 봉쇄하기 위한 법들이다.

그 다음 남은 문제가, 구조화된 반대 세력들이다. 사실 촛불집회는 미국 쇠고기 문제로 처음 일어난 것이 아니었다. 미군 장갑차에 압사당한 효순이·미선이 추모제 때가 처음이었다. 2002년 대선에서 노무현 후보에게 유리하게 작용한 사건이었다. 2004년 대통령 탄핵 때도 촛불이 광장으로 쏟아져 나왔다. 그렇게 '촛불' 하면 지금 청와대나 한나라당은 거의 조건반사적으로 떠오르는 누군가가 있다. 바로 노무현 대통령이다. 노무현, 또는 노무현 지지 세력을 포위, 고립, 사징시키지 않으면 촛불은 언제 어디서든 다시 요원燎原의 불길처럼 번져나갈지 모른다는 공포심, 그게 바로 이명박 대통령이 잠 못 드는 이유이다.

공포는 계속되고 있음이 분명하다. 노무현 대통령 영결식이었다. 500만 명이 향을 지폈고, 40만 명이 눈물로 지켜봤다. 이것도 이해가 안 되는 일이었을 것이다.

"왜 저렇게 많은 사람들이 몰려들지?" "저 군중이 소요를 일으키면 어떡하지?" 오로지 그것이 걱정이었다. 그래서 광장을 끝내 내주지 않았다. 대한문 앞 분향소를 경찰차로 둘러막았다. 그마저 영결식이 끝나자마자 때려 부쉈다. 고종의 장례식 인산因山을 막던 조선총독부가 이랬을까 싶다.

인격적 결함과 제도적 약점의 조합

대통령의 통치 행태가 바뀌지 않는 두 번째 이유는 제도적 차원의 것이다.

현행 대통령제는 5년 단임이다. 최근 한나라당 지지율이 급격히 떨어졌다. 다음 선거를 치러야 할 한나라당은 당연히 근심이 깊을 것이다. 그러나 다음 선거가 자신과 상관없는 대통령 입장에선 지지율 따위는 "내 알 바 아니다" 하면 그걸로 끝이다. 특히 제 맘대로 해야 직성이 풀리고 지기 싫어하는 성격의 대통령이면 오히려 거꾸로 갈 수도 있다.

한나라당은 국정 운영 방식을 바꾸고 싶어 하지만 청와대는 꿈쩍도 안 하는 이런 상황이 바로 우리 대통령제의 치명적인 문제점이다. 어떻게 보면 우리의 대통령은 정치적 무생물에 가깝다. 무생물은 생명이 없으니까 생명 유지 활동을 하지 않는다. 생명은 입력input과 출력output이 있어야 유지되는데 지금 대통령은 그런 개념이 없다. 선거에서 한번 권력을 잡으면 그 다음부터는 마치 당신들이 나한테 모든 걸 맡겼으니 무조건 따라오라는 식이다.

오늘 우리가 처한 상황은 이명박 대통령 개인의 인격적 결함과 단임 대통령제가 갖는 제도적 약점에서 비롯된다. 이 두 가지 최악의 조합이 오만과 독선으로 가득한 권위주의 시대로 회귀하고 있다. 언제든 촛불시위로 번질 요소들이 산재해 있다. 그러다 보니 경찰의 물리력이 없으면 유지가 안 되는 정권이다. 그런 정권이 바로 독재정권이다.

무엇을 할 것인가?

민주당은 여전히 민주화 진영의 마지막 정치적 보루이다. 우선 그동안 이런저런 사정으로 분열되어 있던 세력들이 하나의 대오로 결집해야 한다. 탈당했던 정치인, 실망하고 뒤로 물러나 있던 당원들, 여전히 불만스럽지만 이명박 정권에 더 이상 기대할 것이 없다는 데 공감하는 모든 지지자들이 민주당의 기치 아래 모였으면 한다. 두 진보정당은 물론 창조한국당, 사안에 따라서는 자유선진당과의 연대도 필요하다. 할 수만 있다면 당내 진통이 다소 있더라도 선거연합까지 가야 한다.

앞으로 민주당은 사회 경제적 투쟁 현장에도 함께해야 한다. 용산참사, 화물연대 파업, 비정규직 문제를 정면으로 다루어야 한다. 무엇보다 원내 투쟁에서 소속 의원들이 가진 모든 걸 걸겠다는 각오가 필요하다. 의원직까지도 던질 수 있다는 자세가 필요한 상황이 될 수도 있다.

한나라당이 조기 전당대회를 하든, 형식적이든 실질적이든 지도부를 교체하니 마니 해도 그건 어디까지나 당내 권력투쟁에 지나지 않는다. 청와대가 바뀌지 않으면 그 무엇도 국민들에게 의미 없는 일이다. 인상수 대표나 김무성 원내대표로 바뀌어도 달라진 것은 아무것도 없지 않은가.

개헌도 필요하다. 현행 헌법이 만들어진 지 20년이 넘었다. 헌법도 20년 동안 변화한 시대 환경을 반영하는 수준만큼 변화가 있어야 한다. 헌법 개정에 대통령의 책임성, 반응성을 높일 권력 구조상의 변화가 필요하다. 정당 정치를 강화하고 의사당 안에서 사회적 갈등을 해소하고 국민적 의사결정을 수행하는 제도 개혁이 시급히 이루어져야 한다.

싸워야 할 것이다. 다시 민주화 투쟁이다. 대통령은 결코 달라지지 않을 것이다. 국정 운영 방식이랄 것도 없이 오직 공안 통치만이 횡행하는 독재시대나 다름없는 상황이 유지될 것이다.

세상이 온통 부엉이바위뿐이다.

왕을 시해한 그날 밤, 맥베스는 독백한다.

여기 내 손을 좀 봐!
넵튠 신의 바닷물을 다 가져온다 한들
내 손에 묻은 이 피를 깨끗이 씻어낼 수 있을까?
— 『맥베스』 2막 2장

자신의 피 묻은 손을 보며 양심의 가책을 느꼈던 맥베스가 차라리 인간적인 오늘, 대한민국의 정치는 다시 투쟁이다.

2009. 6. 4.

대안 있는 야당, 생활 속의 진보 정당

이명박 정부 출범 채 백 일도 안 된 상황에서 연일 촛불시위가 벌어졌다. '독재 타도'라는 구호까지 나왔다. 내 기억으로 독재 타도는 YS 정권 이후 처음 나오는 구호였다. 정치 상황이 이렇듯 위태롭게 흘러가니 나 역시 안타깝다는 생각이 든 반면, 한편으론 솔직히 '내 이럴 줄 알았다' 하는 심정이었다.

나는 2008년 2월, 총선을 앞둔 마지막 국회에서 정치 분야의 대정부질문을 했다. 거기서 이명박 당선자가 내놓은 정부 조직 개편안을 보고 몇 가지 불길한 예감을 갖게 되었음을 토로했다. 당시 대정부질문 제목은 '국가는 시장이 아니다'였다. 요지는 이명박 대통령 당선자는 나라를 기업 경영하듯이 하지 말라는 것이었다.

기업 경영에서는 이익을 남기는 것이 최고의 목표다. 따라서 모든 행위를 효율성의 기준으로 판단한다. 효율성이라는 것은 비용은 적게 들이고 성과를 최대로 올리는 것을 말한다. 그러나 그것은 시장경제 원리이지 정치의 논리는 아니다. 정치는 시간이 걸리더라도 끊임없이 대화하고 설득하고 타협점을 찾아나가는 것이다. 사회는 항상 갈등과 대립의 진원지이고, 이렇게 심화되는 갈등을 조정하고 타협하는 것이 정치다.

그래서 정치에서는 과정이 중요하다. 어떻게 보면 민주주의란 것 자체가 과정이다. 과정을 거치지 않고 혼자 바로 결정내리는 것은 왕정이거나 독재정치이다. 아니나 다를까 이명박 정부는 과정을 가볍게 여기고 독단으로 밀어붙이기 일쑤였다. 쇠고기 협상 과정을 보면서 어떻게 저렇게 할 수 있을까 싶었다. 그 당시 정부고시를 밀어붙이는 것만 봐도 그랬다. 국민들이 그렇게 반대를 하는데도 막무가내였다. 도대체 정치란 걸 몰라서 저러는 건지, 아니면 대놓고 정치란 걸 아예 무시하기로 작심을 한 건지 알 수가 없었다.

쇠고기 문제는 미국 축산업자 입장에서 파악하면 아주 간단 명료하다. 그들은 일거양득을 노리고 있다. 30개월 이상 늙은 소를 팔고 나중에는 내장에 뼈 같은 부산물까지 넘길 수 있으니 광우병 걱정도 덜고 돈도 벌고 도랑 치고 가재 잡는 격이었다. 그래서 기를 쓰고 미국 정부를 앞세워 이명박 정부에 압력을 가한 것이다.

그런데 이명박 정부가 한다는 소리는 "안 사 먹으면 그만 아니냐?"였다. 30개월 이상 된 소를 수입해와도 소비자가 안 사 먹으면 될 텐데 뭐가 걱정이냐는 논리였다. 국민의 억장이 무너질 소리다.

이런 것이 이명박 대통령이 신봉하는 시장의 원리인지는 모르겠지만 시장은 그렇게 단순하지 않다. '소비자 선택권'이 문제가 아니다. 소비자를 바보로 만드는 시장이 문제이다. 월령을 속일 것이고, 원산지를 속이고 부위를 속여 더 큰 이문을 남길 욕심에 값싼 30개월 이상 쇠고기가 마구 수입될 것이다. 그래서 시장을 규제하는 정부가 필요한

미국 의회를 방문하여 미국 의원들과 한·미 FTA 문제를 놓고 토론 중이다.

것이다. 정부가 감시하지 않고 "안 사 먹으면 그만"이라며 뒷짐 지는 건 정부가 아니다.

정부가 정부 노릇을 안 하겠다고 하니 곳곳에서 난리가 나고 있는 것이다. 기름값이 올라도 원유 수입가가 오르는 걸 정부더러 어쩌란 말이냐며 구경하듯 하고, 공기업도 민간 소유로 넘기겠다고 한다. 전기, 가스, 수도요금이 오를 게 빤하지만 그게 원래 시장 가격이라는 식이다. 공교육에 경쟁 원리를 적용해 사교육 시장이 비대해지고, 학원장들이 속으로 쾌재를 불러도 그게 국가 경쟁력을 강화하는 첩경이라고 더 당당해한다.

만사가 그런 식이다. 효율과 경쟁과 시장 원리만이 지고지선이라

하고, 공익성과 사회적 책임, 정부 기능의 강조는 좌파의 잠꼬대인 양 치부하면서 국민의 생활이 도탄으로 빠지는 상황은 외면하고 있다. 상황이 이렇다 보니 국민들의 불안이 촛불집회로 표출된 것이다.

촛불집회에 대한 정권이나 우리 야당의 대응이 가져올 결과가 향후 5년간 한국정치를 결정할 것이다. 지금 이명박 정권은 '국민과의 소통 부재가 문제'라는 식으로 자가 진단하고 있다. 그러나 사실 속으론 '우리가 하는 일은 옳은데 국민들이 뭘 잘 몰라서 저러니 조금 더 홍보를 강화하면 국민들도 따라올 것'이라고 생각할 것이 틀림없다. 이런 식으로 이 정권은 끊임없이 권위주의적으로 국민을 무시하고 다수의 힘에 의해 일방적으로 밀어붙이는 국정 운영 전략을 고수할 것이다.

정권은 그렇다 치고 더 잘해야 될 측은 우리 야당이다. 지금 야당의 고민은 깊다. 야당으로 전락한 후 당의 구심점이 될 만한 대중적 지도자가 없는 데다 당의 정체성을 아직 정립하지 못한 것은 물론, 지지 기반은 위축되어 있고 정치력도 허약하다. 무엇보다 수권 정당으로서의 정책적 대안도 마련하지 못한 상태이다. 지금 대통령과 한나라당의 지지율이 떨어져도 민주당의 지지율이 오르지 않는 현상이 이상하다고들 하지만, 사실 이상할 것이 없다. 원인이 이 다섯 가지에 걸쳐 있기 때문에 이 하나하나를 해결하지 않으면 당연히 지지율도 회복되지 않을 것이다.

하지만 앞으로 5년 동안 새로운 지도자들도 나타날 테고, 비록 81명의 소수 야당이지만 오히려 방만한 여당보다 동질성이 높은 야당이 되면 정치력도 복원될 것이다. 그런 가운데에서 정체성과 정책이

군포시민들에게 미국 쇠고기 협상 반대 서명을 받고 있다.

점점 분명해지면 틀림없이 지지 기반도 다시 돌아오리라 믿는다.

그렇게 되기 위해 우리 민주당이 가장 먼저 해야 할 일은 야당성과 진보성을 더 강화하는 것이다. 그것은 그렇게 될 수밖에 없다. 야당은 기본적으로 투쟁하는 당이기 때문이다. 다만 투쟁하되 과거보다 훨씬 세련되게 투쟁해야 한다. 법안과 정책, 제도 개선의 구체적 대안과 함께 정치의 본질을 애써 외면하는 대통령과 덩치만 큰 한나라당을 좌우로 흔들고 앞뒤로 치는 정치력을 발휘해야 한다.

진보성은 이데올로기의 문제가 아니라 누구를 위한 것인가가 핵심이다. 서민과 중산층을 위한 생활상의 요구와 지향을 실현할 의무가 우리 민주당에게 있다. 바로 그것 때문에 집권당 시절에 많은 비판을 받았던 만큼 이제 야당이 되었으니 원점에서부터 다시 시작한다고 생각하고 계급·계층적 지향성이 분명한 정책 마련에 주력해야 한다. 그래서 나는 그 지향점을 '생활 속의 진보'라 요약한다.

오늘도 광화문에선 물대포와 촛불이 맞설 것이다. 거리에 나선 어린 여학생들, 아이들을 무등 대우고 나온 젊은 부부들, 넥타이를 맨 삼십, 사십대 회사원들을 볼 때마다 부끄러움과 함께 엄청난 부채의식을 느낀다. 이것이 다 우리가 대선과 총선에서 패배했기 때문이 아닌가 싶기 때문이다.

이 부채의식을 갚는 방법은 민주당을 '대안 있는 야당, 생활 속의 진보 정당'으로 다시 일으켜 세우는 길밖에 없다. 그 길에 매진해야 한다.

2008. 6. 2.

민주주의를 죽이고 경제를 살릴 수 없다

군사정권 뺨치는 폭력적인 국정 운영

2008년 8월 폭염 속에서도 한나라당은 대선 승리 이후의 전리품을, 아니 그들의 표현대로 '잃어버린 10년'의 대가를 톡톡히 돌려받으려 했다. 마치 채권자의 악착같은 추심, 또는 한번 물면 귀에 불을 댈 때까지 놓지 않은 도베르만 같기도 하다. 아닌 게 아니라 몇몇 신문 만평에도 개 세 마리를 등장시켰다. '권력의 개'라고 했다. 검찰, 경찰,

심지어 감사원까지 나서서 KBS 사장을 내쫓기 위해 분투하는 꼴이 흡사 군사정권 뺨친다.

이 모든 것이 이명박 대통령에게서 비롯되었다고 나는 확신한다. 나는 여당 의원일 때도 대통령을 비판했다. 대한민국 정치에서 대통령만큼 큰 권력은 없다. 따라서 권력이 클수록 더 강한 비판과 견제가 있어야 한다. 그것이 민주주의 원리이고, 국회의원 된 자로서의 소명이다.

이명박 정권의 구조적 함정과 발상의 위험성

나는 기회가 생길 때마다 이명박 대통령이 빠질 수 있는 구조적 함정과 발상의 위험성을 지적한 바 있다. 구조적 함정이란, 이 대통령의 운이 너무 좋았던 나머지 하늘이 선택한 자라는 자만심, 대선 사상 최다 표차로 승리한 데 따른 자신감, 이어진 총선에서 가볍게 과반수를 넘긴 데다 범보수 의석을 합하면 거의 3분의 2에 육박하는 압도적인 정치 지형, 이 세 가지였다.

발상의 위험성 역시 세 가지로 꼽을 수 있다. 이명박 대통령은 타고난 신자유주의적 기질을 가지고 있다.

신자유주의의 철학적 이론을 제공한 강성 신보수주의자들을 네오콘Neocons이라고 칭한다. 그들은 '힘이 곧 정의'라고 믿으며, 군사력을 바탕으로 미국이 세계의 패권국으로 부상하는 것을 목표로 한다. 재미있는 것은 이들 대부분이 젊은 시절에 좌파였다는 사실이다. 그들의 대부代父인 '어빙 크리스톨'은 청년기에 스탈린주의와 트로츠키주의를 섭렵했던 친구였고, 다른 네오콘들도 1960~70년대 민주당 좌파에 몸담았다가 베트남전쟁이 패배로 끝나고 당내에서 반전·평화주의가 득세하자 이에 반발해 공화당의 반공·반소 노선으로 돌아선 인물들이 대부분이다.

이명박 대통령은 봉급 생활자들의 꿈이라고 일컬어지는 재벌 기업에서 일했다. 그가 일을 배우고, 일을 따내고, 일을 성취했던 기업문화를 살펴볼 필요가 있다. 한국의 재벌, 특히 현대라는 기업은 독특한 기업문화를 갖고 있다. 예컨대 TV 광고에서 "지도 한 장 들고 수만 톤의 선박 주문을 따냈다"고 자랑하는 정주영식 성과 지상주의다. 과정이야 어찌 됐든 결과만 좋으면 된다는 식이다.

정치인 이명박에게 정치는 '안 좋은 추억', 아니 대통령이 되는 과정에서 시달렸던 걸 생각하면 정치란 '사람을 무척 피곤하게 하는 그 무엇'이라는 기억이 전부일 것이다.

이런 점들을 고려해볼 때 이명박 대통령의 의식 속에는 사상적 전향으로 인한 자기분열, 수단과 방법의 정당성을 문제삼지 않으려는 성과 지상주의의 비민주성, 고전파 경제학 이론을 기반으로 하는 신자유주의가 그렇듯 정치를 비효율이나 지대 추구rent-seeking 행위로 보는 정치 혐오가 깔려 있다.

이것이 내가 이명박 대통령의 이력으로부터 짐작하는 발상의 세 가지 위험성이다. 그 예측은 지금 현실로 확인되고 있다. 대통령이 매몰되어 버린 구조적 함정과 위험한 발상에서 비롯된 그동안의 모든 파괴적, 폭력적 국정 운영은 다음과 같은 양상으로 나타나고 있다.

2008년 18대 총선에서 선거공약에 대한 매니페스토 선언식이 도입되었다.

자기분열증과 민주주의 파괴

대통령은 촛불집회 국면에서 두 번의 대국민 사과를 한 바 있다. 청와대 뒷산에 올라 촛불을 보며 많은 생각을 했다고도 한다. 그러나 촛불집회가 진정되자 언제 그랬냐는 듯 시민을 상대로 서슴없이 폭력을 행사하고 닥치는 대로 연행했다. 전형적인 자기분열 증상이다.

촛불집회를 이끌었던 네티즌들, MBC PD수첩, KBS 사장을 겁주고 무력화시키고 쫓아내기 위해 수단과 방법을 가리지 않았다. 검찰이면 검찰, 규제 법안이면 법안, 국가기관이면 기관, 가용한 모든 자원을 동원했다. 규정이 없어도 하고 법에 없어도 했다. 없는 법은 만들어서 했다. 과정은 문제될 게 없고, 오로지 내가 원하는 결과만 얻으면 된다! 영락없이 1970~80년대 한국 재벌의 원시적인 자본 축적 방식을 답습하고 있다.

또 다른 예는 국회 원 구성에서 살펴볼 수 있다. 국회에서 여야 원내대표가 어렵게 원 구성 협상을 마쳤다. 비교적 소신과 강단이 있고 정권 창출 기어도가 높았다고 하는 실세 원내대표가 한 일이다. 그것을 대통령이 전화 한 통으로 모든 상황을 바꾸어버렸다. 직계 초선 의원들을 시켜 의총장에서 속된 표현으로 '묵사발'을 만들어버렸다.

자신이 '모세'라는 착각에서 벗어나야 한다

이명박 대통령은 자신이 빠진 구조적 함정과 발상의 위험성에도 불구하고 불도저처럼 전진하고 있다. 지금도 나름대로 목표가 분명한 것처럼 보인다.

우선 이 대통령은 자신이 대통령 된 것을 반대하는 사람들이 촛불집회 국면과 노무현 대통령 장례식장에서 다 드러났다는 식으로 인식한다.

그래서 이명박 대통령은 국정 운영을 통해 이렇게 말한다. "오히려 잘됐다. 그들은 누가 뭐라고 해도 이단자들이다. 모세에게 반기를 들고, 혼란을 획책하고, 하나님을 버리고 우상을 섬기는 자들이다. 그 자들을 논에 피 뽑듯 가려내면 백성은 나를 따를 것이다. 젖과 꿀이 흐르는 땅으로. 그리하여 나, 모세는 하나님의 십계명을 들고 출애굽을 완성하게 될지니 이것이 하나님이 나에게 부여한 사명이다."

나 역시 기독교인으로 매주 교회를 나가 설교를 듣는다. 기독교인의 관점으로 보기에, 이명박 대통령은 모세 콤플렉스를 가졌는지는 몰라도 모세가 아니라는 점은 장담한다. 모세는 이집트에 노예로 속박된 헐벗은 이스라엘 민중을 이끌었지만, 이명박 대통령은 부자와 자기 식구, 자기편만 챙기고 있기 때문이다.

이명박 대통령은 '고소영' '강부자'라 불리는 자기 식구와 자기편을 제외한 나머지 사람들의 원성을 어떻게 감당할 것인가? 어떻게 빈부 격차를 줄이고 복지 혜택이 돌아가게 할 것인가? 어떻게 영·호남의 화합을 이끌고 국민 화합을 이룰 것인가? 그런 고민이 없다.

대신 젖과 꿀이 흐르는 가나안까지 가기 위해선 사탄의 무리를 물리치듯 반대 세력을 눌러야 한다는 독선, 당장은 지지율 20% 안팎이지만 언젠가 가나안에 도착하면 그땐 내 앞에 모두 무릎 꿇을 날이 오리라는 믿음만이 가득한 나머지, 이 모든 재앙을 낳고 있다.

정치적 엠바고는 끝났다

시민사회를 잡고, 비판 언론을 잡고, 국회를 잡고, 정치를 잡아서라도 경제만 살리면 된다는 신념을 가진 대통령에게 우리 야당은 맞서 싸울 수밖에 없다. 왜 그런가? 시민사회, 언론, 국회, 정치 다 죽이고는 경제를 살릴 수 없기 때문이다. 지금은 박정희 시대가 아니다. 1970년대가 아니고 군사독재 시대가 아니다.

이제 이명박 대통령에 대한 국민들의 정치적 엠바고는 끝났다. 경제를 위해서 나머지 일들은 눈감아주기로 한 국민들의 아량도 끝났다. 국민들 스스로 또다시 독재 타도를 외칠 것이다. 정권 출범 6개월이 지나면시 이 대통령의 정치적 일처리 솜씨는 '꽝'이있음이 이미 다 드러났다. 이제 남은 건 경제뿐이다.

여기가 로도스다. 여기서 뛰어봐라

"민주화가 밥 먹여줬냐? 먹고살게만 해주면 사기꾼도 좋고 도둑놈이라도 좋다."

지난 대선 중에 들었던 말이다. 그럴 때마다 나는 "아닙니다. 민주주의 없이 경제도 없습니다. 대한민국 경제의 규모나 발전 수준이 1970~80년대와는 완전히 다릅니다"라고 호소했다. 하지만 돌아온 대답은 "나는 그런 어려운 말 잘 모르겠고, 일단 이번엔 바꾸고 볼 거야"였다. 어쩌면 나 역시 이명박 후보가 비록 보수적, 자본 친화적이라 할지라도 경제를 살릴 수 있는 어떤 비책을 갖고 있을 거라는 기대를 부지불식간에 품었던 것도 같다.

이명박 대통령을 선택했던 국민들은 지금 당혹스러워하고 있다. 민주주의를 파괴하고 있다는 비난에 대해서도 "아니, 좀더 기다려보자고……" 할 수도 있다. 기다려보겠다. 그러나 가만히 앉아서 기다리지는 않을 것이다. 이토록 민주주의를 무참히 짓밟고, 살리겠다고 호언장담한 경제가 절대 살아나지 않을 거라는 확신을 가진 나로선 '가짜 모세'로부터 민주주의를 지키기 위해 싸울 것이다.

경제가 언제 어떻게 살아날지 지켜볼 것이다. 누구를 위한 경제인가? 어느만큼 살리면 살린 것인가? 이런 말로 토를 달지는 않을 것이다. 과연 민주주의 없이도 경제가 잘되는지 그 답을 지켜볼 뿐이다. 정치에선 어차피 젬병인 건 다 아는 사실이고, 경제를 주무르는 솜씨는 어떤지 지켜보겠다는 것이다.

짓밟을 만큼 밟았고, 틀어막을 만큼 막았고, 제 사람 갖다 심을 만큼 심었으면 이제 이명박 대통령은 본격적으로 한번 해주길 바란다.

경제, 그렇게 자신 있다고 했으니 한번 해보라는 것이다.

고대 그리스에 잘난 척하는 육상선수가 있었다. 해외여행을 갔다 온 그는 로도스 섬에 갔더니 올림픽 선수 뺨칠 정도의 실력이 나오더라고 자랑하면서 제 땅을 욕했다. 이때 사람들이 그에게 말했다.

"여기가 로도스다. 여기서 뛰어봐라! *Hic Rhodus, hic salta!*"

나도 이명박 대통령에게 그리스식으로 한마디 하겠다.

"자, 경제를 잘 한다니, 경제 한번 살려보시오."

2008. 8. 11.

4대강이 아니라 목욕탕이 실용이다

2011년 3월 정기용 건축가가 세상을 뜨셨다. 그는 전라북도 무주군 안성면의 면사무소를 지은 분이다. 요즘 지자체들이 번듯하다 못해 으리으리한 건물을 짓느라고 바쁘다. 정기용 선생은 면사무소 건축을 수행하기 전에 이렇게 말했다.

"먼저 주민들이 무엇을 원하는지 물어봐야 했습니다. 그런데 의외로 주민들이 하나같이 '면사무소는 뭐 하러 지어? 목욕탕이나 지어주지'라고 말했습니다. 목욕을 하기 위해 봉고차를 빌리고 대전으로 왔다 갔다 하는 것이 비용도 들고 번거롭다고 했습니다."

주민들의 말을 들은 정기용 선생은 면사무소 건물 안에 작은 목욕탕을 만들었다.

그런데 정작 목욕탕을 짓고 나자 놀라운 일이 벌어졌다. 공동체가 다시 살아난 것이다. 홀수 날에는 남성, 짝수 날에는 여성들이 모여 목욕을 하면서 주민들의 관계가 살가워지고, 더욱 건강해지고, 마을 전체에 생기가 돌았다. 안성면 면사무소가 시사해주는 점이 많다.

지금 국민들에게 필요한 것은 면사무소가 아니라 목욕탕이다. 국민들이 필요로 하는 것은 일자리고, 주거고, 교육이고, 복지다. 4대강이 아니라 4대 민생 현안을 해결하라는 것이 국민의 목소리다. 권력의 정당성, 또는 정부의 효율성은 국민들이 부여한 힘을 자신을 위해 쓰는가, 공공의 이익을 위해 쓰는가의 여부에 달려 있다.

실용을 내세우는 정권이니 실용적으로 비판하겠다. 이를테면 지금 하는 일이 이익이 되기는커녕 손해가 난다는 얘기다. 실용주의는 유용성, 편의성, 실천성을 중시하는 삶의 태도를 가리킨다. 그렇다면 4대강의 유용성은 무엇이고, 미디어법의 편의성은 어떤 것이며, '그랜드 바겐'의 실천성은 얼마나 되는지 따져봐야 한다.

4대강은 본 사업비만 22조 원이 들어간다. 그 돈이면 대한민국의 비정규직 8백만 명을 정규직으로 전환하는 데 필요한 18조 2천 억 원을 쓰고도 남고, 2백만 명의 88만 원 세대 전원에게 1년간 임금을 지급할 수 있다.

하지만 4대강의 유용성은 무엇인가? 정부에선 홍수 예방, 수질 개선, 일자리 창출을 꼽는다. 이미 숱한 전문가들이 비판하듯이 셋 다 의심스러운 얘기다. 벌써 낙동강과 영산강에서 보가 터지고 둑이 무너져 절전 사태가 발생하고 있다. 지금까지 홍수는 4대강 본류가 아니라 지류에서 주로 일어났다. 수질도 4대강 본류는 양호하고 지천이 문제다. 생기는 일자리도 대부분 일용직이다.

왜 살릴 게 4대강인가? 힘들어하는 국민들은 왜 안 살려주는 건가?

세종시 엎으면 4대강도 엎어진다

대통령은 무슨 이유에선지 강 유역의 문화재 조사도 제대로 안 한 채 4대강 사업을 밀어붙이고 있다. 다른 유용성은 몰라도 아마 한 가지 용도는 달성될지 모르겠다. 이명박 대통령 자신의 거대한 실패의 기념관 하나는 완성될 것이다.

이 대통령은 정책을 누군가의 전유물로 생각하는 듯하다. 삼성 하면 반도체, 현대 하면 자동차 하는 식으로 말이다. 대통령은 자신의 주력 업종은 토건이고 대표 브랜드는 4대강이라고 맹신하고 있다.

4대강은 밀어붙이면서 세종시는 엎으려 한다. 세종시는 노무현 전 대통령의 브랜드이기 때문이다. 그래서 하기 싫은 것이다.

다시 한 번 생각해보자. 4대강 사업은 그렇게 안 될 것 같은가? 5km의 청계천도 32개월이 걸렸다. 4대강은 총 길이 690.5km이다. 앞으로 3년 안에 다 해치우겠다고 호언장담한다. 일본의 하천 복원 전문가인 도쿄대 교수 이시카와 미키코가 확언했다. "이 정도 규모 사업이면 최소한 10년 이상, 20년은 걸려야 한다"고.

임기 내에 못 끝낼 것이 확실한 사업이다. 그럼 어떻게 될까? 차기 정권이 이건 내 일이 아니라고, 이명박 대통령도 세종시를 엎었는데 4대강을 내가 왜 하냐고 중단시킬 것이 명백하다. 더욱이 세종시는 국회가 여야 합의로 통과시킨 특별법이 있지만 4대강은 그것조차도 없다. 그렇게 되면 22조 원의 대부분이 매몰 비용이 될 것이다. 이명박 대통령의 아집과 독선 때문에 혈세 수조 원이 공중으로 날아가게 생겼다.

"민무신民無信이면 불립不立"이라는 《논어論語》의 한 대목을 새겨야 할 때다. 세종시를 뒤엎음으로써 국민과의 약속, 여야 간의 합의를 저버리려 한다. 국민의 마음속에 믿음이 무너진다. 국민의 믿음이 무너지면 정권도 함께 무너진다. 경제적 효율성이라는 것이 국민 마음이 떠나고 난 다음에 무슨 소용이 있겠는가?

지금 국민들이 원하는 것은 4대강이 아니라 '목욕탕'이다.

2009. 11. 5.

의회주의의 위기

2009년 3월에는 뜻하지 않은 폭풍우가 휘몰아쳤다. 연이어 거친 눈발이 창밖을 흩뿌렸다. 때 아닌 한랭 기류에 마음이 허허로웠다.

소수 야당의 비애를 뼈저리게 느낀 3월이었다. 미디어법을 둘러싼 여야 공방과 합의 결과를 놓고 많은 논의들이 나왔다. 야당이 패했다는 관전평이 다수였다. 그러나 내 관심은 단순히 승패 그 자체가 아니었다. 전투는 전쟁의 일부분이기에 이길 수도 질 수도 있다. 병가지상사兵家之常事라 하지 않던가.

전투는 전쟁의 일부

카이사르는 뛰어난 군인이다. 그는 많은 전쟁을 치렀으면서도 손자孫

이명박 정부는 집권 초부터 집요하게 언론 장악을 위한 입법들을 밀어붙였다.
민주당은 이를 '언론악법' 으로 규정하고 문방위 위원들을 주축으로 저지 투쟁을
했다. 미디어법안이 한나라당의 날치기로 처리되자, 이를 무효화하기 위한
백만 대국민 서명운동에 나섰다.

子나 클라우제비츠처럼 자신의 병법서兵法書가 없다. 그래서 누가 물었다. 당신의 전략 전술은 무엇이냐고. 그랬더니 카이사르 왈, "당신이 싸울 전장戰場의 지도를 보여달라. 그러면 말해주겠다." 전쟁의 승패는 전장의 위치나 지형에 달려 있다는 말이다.

최근 정치학자들과의 모임에서 들은 이야기다.

폴란드 출신의 명망 있는 정치학자 아담 쉐보르스키는 1980년대 후반 민주화 과정에서 동구와 중남미 그리고 일부 동아시아 국가들이 어떤 정책 결정 과정으로 민주주의를 공고화시켰는지 비교 연구했다. 그 과정을 네 가지 방식으로 분류했는데 포고령주의布告令主義, 위임주의委任主義, 의회주의議會主義, 협의주의協議主義였다.

포고령주의는 대통령의 명령 한마디로 정책이 결정되는 방식인데, 그 대표적인 경우가 페루의 '후지모리'였다. 위임주의는 마가렛 대처의 방식이다. "일단 뽑았으면 나한테 전권을 위임한 것이다. 그러니 지금부터 내가 하는 일이 실제 국민들이 원했던 것인지는 임기 뒤에 다시 판단하면 될 일이고, 임기 동인은 누구도 시비 걸지 말라"는 식이다. 정치적 반대 세력과 어떤 대화도 필요치 않다고 생각하는 위임주의와 달리, 의회주의는 다수당이 소수파와의 대화와 타협을 통해 신중하게 정책을 결정해나가는 방식이다. 협의주의는 의회는 물론 사회 각 분야의 이익집단과도 대화하고 협조를 구하는 방식이다. 전자로 갈수록 독재적이고 후자로 갈수록 민주적이다.

위임주의적 국정 운영의 위험성

쉐보르스키의 결론은, 이 네 가지 정책 결정 방식을 지켜봤더니 일반적 통념과는 달리 후자로 갈수록 정책이 효율적으로 실현되더라는 것이다. 요컨대 민주적 방식이 정책적 효율성도 높다는 것인데, 지당한 결론이다.

그 비결의 핵심에는 신뢰가 있다. 얼핏 보면 많은 논의를 거쳐야 하기에 비효율적인 것 같지만, 이 과정에서 '신뢰'가 쌓여 전체적으로 정책 집행에 따른 비용이 절감된다. 공자孔子의 '민신民信, 족식足食, 족병足兵론'이 2,500년 뒤 서양 정치학자에 의해 입증된 셈이다.

2009년 3월에 있었던 미디어법 처리는 전쟁이었다. 대통령과 한나라당이 남은 임기 동안 국정 운영을 위임주의 방식으로 관철하겠다는 노골적 선전포고나 다름없었다. 그동안 고개를 갸웃거리던 국회의장도, 박근혜 전 대표도 여기에 편승했다. 그리고 보수 언론까지 가세해 완벽한 삼각편대를 구성했다.

한나라당이 표정 관리가 안 될 정도로 쾌재를 불렀던 이유도 거기에 있었다. 당내 균열이 봉합되고, 청와대의 드라이브가 온전히 한나라당에서 관철되고, 보수 언론까지 스크럼을 짰으니 세상에 겁날 것이 없었다.

그러나 내가 보기엔 그 순간부터 한나라당의 불행은 시작됐다. 대통령은 임기 한 번 하고 나면 끝나는 단임제이다. 하지만 정권이 바뀌어도 보수 언론은 문을 닫지 않는다. 보수 언론의 변덕이 언제 바뀔지 모른다. 그렇기에 한나라당, 특히 박근혜 대표는 그렇게 좋아할 일이 아니다. 법안의 강행 처리 한 건 한 건마다, 그리고 직권상정 한 건 한 건마다 국회에 경찰을 불러 봉쇄망을 두르는 날이 많아질수록 국민의 신뢰는 무너져갈 것이다. 정책 집행 비용은 더 커질 것이고, 반대 세력은 더 강건하게 조직화될 것이다. 그래서 위임주의 방식은 정책 결정 후에도 후유증이 생기는 등 문제가 많다는 게 학자들의 연구 결과이고, 정치의 산전수전을 다 겪은 이만섭 전 의장의 고언이다.

우리는 참여정부와 열린우리당이 국민들의 기대와 요구에 부응 못했기 때문에 소수 야당으로 전락하고, '경제'를 내건 대통령과 '신자유주의적 보수'로 재무장한 한나라당이 집권하게 되었다고 생각했었다. 그래도 이러한 정권 교체가 민주주의의 공고화 과정이라고 믿었다. 그래서 비판과 대안의 제시라는 야당 역할도 열심히 하리라 결심했나. 특히 촛불 사태 이후 여기저기서 대의민주제代議民主制의 위기를 논할 때도 그럴수록 국회가, 선거가 더 중요하다고 생각했다.

그런데 지난 1년을 지내는 동안 뒤통수를 맞은 느낌이다.

172대 83이었다.

아마 카이사르에게도 고약한 전장이었을 것이다. 적군은 지형에서 압도적으로 유리할 뿐만 아니라 싸우는 방식도 아주 고약하다. 정치학으로 말을 어렵게 풀이해서 그렇지, 한나라당의 전투 방식인 위임주의란 결국 승자독식주의다. 이긴 자가 마음대로 휘두르는 것이고, 졌으면 잔말 말고 따르라는 식이다.

그래도 의회주의다

대통령과 여당이 위임주의적 결정 방식으로 나올 때, 야당은 어떻게 대응하는 것이 바람직할까? 나는 기본적으로 의회주의로 싸워야 한다고 생각한다. 물론 시민단체나 노조에선 미디어법의 폐기를 요구할 수 있다. 그러나 야당이 여당의 법안 폐기를 목표로 싸운다면 의회주의 틀 내에서는 거의 불가능한 싸움이 된다. 차라리 직권상정으로 날치기하도록 놔뒀다가 의원직을 던지고 장외 투쟁에 돌입하라는 요구도 있었다. 그 방법을 고민해보지 않은 건 아니지만, 설사 그 묘수밖에 없다고 하더라도 그러기엔 아직 몇 가지 요건이 미비하다는 게 내 판단이었다.

무릇 지극히 불리한 전장에서 정면 승부는 금물이라고 한다. 이럴 경우 대개 두 가지 방식이 가능하다. 하나는 본회의장 점거 같은 전형적인 기습전이 있다. 하지만 이 방법은 두 번 다시 써먹지 못한다. 다음엔 상대방도 대비를 하기 때문이다.

남은 방식은 진지전陣地戰이다. 진지전에 대한 이론은 안토니오 그

람시가 유명한데, 그가 말하는 진지전의 핵심은 시민사회에서 헤게모니를 장악해야 한다는 것이다. 다시 말해 여론전에서 먼저 승리해야 정치적 승리가 가능해진다는 얘기다. 당시 민주당의 위기는 사회 곳곳에서 진지를 잃어버린 데서 온 비극이었다.

한나라당이 야당일 때 뉴라이트 운동이 이 진지들을 구축해주었던 반면, 집권여당 10년 동안 민주당은 시민사회의 진지들을 대부분 잃어버리고 말았다. 오히려 "다수당을 만들어주었는데도 뭐 하나 제대로 못 한다"고 모두 등을 돌렸다.

당시 범진보 진영은 마치 뼈의 마디마디가 끊어진 것처럼 분절적分節的이었다. 민주당의 입장에서 보면, 왼쪽에 있던 진보 정당은 스스로 분열되어 있었고 오른쪽의 중도층과도 괴리되어 있었으며, 시민사회 내 개혁세력과 합의를 끌어내지도 못했다. 종이 언론계에선 압도적 열세였으며, 인터넷 매체는 민주당을 여전히 성에 안 차 했다.

다시 6월 민주화운동의 정신으로

변명처럼 들릴지 모르겠지만, 냉철히 생각했을 때 대통령과 한나라당의 위임주의적 정책 결정 방식에 대해 대응할 수 있는 방법은 6월 민주화운동에서 찾을 수 있다. '직선제 개헌'이라는 최소 강령적綱領的 합의하에 야당과 재야운동권이 결집했을 때 우리는 민주화 이행을 성취할 수 있었다. 미디어법 폐기라든가, 의원직 총 사퇴 및 장외투쟁이라는 '최대 강령적' 요구를 내걺으로써, 그동안 어렵게 이뤄놓은 모든 민주화의 제도적 결실을 무위로 돌릴 수는 없는 일이다.

따라서 미디어법 합의문 가운데 '여야 동수의 사회적 논의기구를

"건강한 보수와 합리적 개혁 및 진보가 공존하며 정책 경쟁을 벌이는 것이야말로
우리가 예전부터 그려오던 정치 발전의 모델이었다. 그러나 기존 정당들의 합리적
변화만으로는 실질적 민주주의의 진전을 가져오는 데 한계가 있을 수밖에 없다.
진보적 제도들을 새로 도입해야 한다. 예를 들어 국회 교섭단체의 기준을 완화하거나
비례대표 의석을 늘림으로써 진보 정당의 국회 내 위상이 강화될 수 있는 방안을
강구해야 한다."

통한 100일간의 여론 수렴' 조항을 잘 활용해야 한다. 민주당은 사회
적 논의기구를 명실상부한 국민 여론의 총화를 이루는 기구로 만들
고, 그에 걸맞은 법적 지위를 분명히 해야 한다. 아울러 한나라당이
이마저도 통과의례로 형해화形骸化하려 한다면 합의는 무효화될 것
이므로 결코 용납하지 말아야 한다.

사회적 논의기구에 적극 참여해서 논리적 우위를 점하고 대국민
여론전에서 다수 지지자를 확보해야 한다. 진보는 항상 논리적, 도덕
적으로 승리할 때 현실을 변화시켰다. 저들이 힘과 숫자, 그리고 자
본과 권력을 앞세워 우리를 짓밟았을 때 우리는 그렇게 싸웠고 마침
내 이겼다. 그외에 다른 방법은 없다.

싸움은 이제부터 다시 시작이다.

아마 카이사르도 이런 상황에선 성채를 세우고 참호를 파 지구전과 진지전에 들어갈 것을 권유했을 것이다.

2009. 3. 3.

빅 텐트론

2010년 초부터 나는 야권의 선거연합을 주창했다. 선거는 누가 다수파를 형성하느냐에 따라 이기고 지는 게임이다. 당시만 해도 야권의 다수파 형성 가능성이 밝지 않았다. 야권은 중산층 유권자를 한나라당에 빼앗긴 데다 저소득층 유권자에게도 버림받다시피 한 상태가 지속되고 있었다. 지지 기반의 약화와 함께 정치적 지형에서는 더 심각한 위기감이 있었다.

야권은 민주주의라는 가치 이외에 이념적 중도층을 흡수할 만한 새로운 어젠다를 내놓지 못하고 있었고, 진보층을 끌고 갈 만한 정치 리더십도 제시하지 못하고 있는 실정이었다. 반면에 집권 보수층은 여러 정치적 무리수와 정책 난맥상에도 불구하고 헤게모니를 쥐고 정국을 주도하고 있는 형국이었다.

민주당은 육탄 저지 외에는 뾰족한 방법을 찾지 못했다. 의회 안에서 수석 열세를 극복하기 위해서는 다른 어떤 힘이 필요했다. 이를테면 3김 시대의 전통적 야당은 확고한 지역적 기반과 함께 도덕적 우위를 갖고 있었다. 언론 환경도 그다지 나쁘진 않았다. 나날이 성장하던 재야운동 진영이 늘 우군이 되어주었다. 카리스마를 갖춘 강력한 리더십은 그 자체가 문제이기도 했지만 위기 국면에선 최후의 방어선을 치는 구심점이 되기도 했다.

하지만 지금 야권엔 이 모든 것이 불비不備하고, 이런 조건에서 야권이 다시 다수파를 확보하는 방법은 연대와 통합, 즉 연합뿐이다.

승리를 위해 선거연합이 필요하다

무엇보다 연합이 안 되면 수도권에서 야당이 확실히 이긴다는 보장이 없다. 여론조사 결과를 봐도 야권의 단일 후보가 나오면 찍겠다는 유권자가 과반수가 넘지만, 두 명 이상의 후보가 나온다면 야권 지지자들의 투표율은 떨어질 것이다. 야권의 선거연합 실패에 따른 실망 때문이다. 아니 실망을 넘어 비난의 목소리가 터져 나올 분위기다.

연합을 위해서는 불투명성을 하나씩 제거해나가는 노력이 필요하다. 우선 본격적인 선거연합 과정의 준비 단계로 몇 가지 금칙부터 정하고 논의를 시작할 필요가 있다.

모든 분열에는 나름의 이유가 있다. 이유는 두 가지다. 하나는 노선이고 하나는 정서의 문제이다. 노선의 차이는 자유주의 정당과 진보 정당 간의 갈등 요인이고, 정서상 차이는 민주당과 국민참여당 간의 갈등이다. 민주노동당과 진보신당은 노선도 노선이지만 정서적 거리감도 만만치 않다.

"이제 대정부질문이 다 끝나고 나면 당장 그 다음 날부터 각종 법안 때문에 여야 간에
혈전이 벌어질 것입니다. 그런데 지금처럼 한사코 이념 논쟁으로 일관하거나 전부
아니면 전무 식으로 대립해서는 아무것도 성취할 수 없다는 것은 불을 보듯 뻔합니다.
국민들을 다시 한 번 좌절케 하는 일입니다. 국회에서 갑론을박과 시시비비로
밤을 새우더라도 누군가는 책임 있는 결론을 내려야 할 것 아니겠습니까?"
—2004년 10월 정기국회 대정부질문 중에서

노선의 차이를 좁혀라

내가 생각하는 선거연합의 첫 번째 암초는 이 노선 문제다. 이를테면
진보신당이 민주당에게 선거연합의 전제로 요구했던 진보적 의제 자
체가 상당히 급진적이다. 노동시장 유연화 반대, 한미 FTA 저지, 고교
및 대학 평준화, 무상의료 확대, 대선 결선 투표제, 국회의원 선거 비례
대표제 전면 도입 등이었다. 진보신당은 이런 의제에 대한 동의와 함

께 과거 집권 당시의 정책에 대한 반성을 요구했다.

그러나 민주당은 그 의제들을 일거에 찬성할 수가 없다. 반신자유주의라는 관점에서 민주당 집권 당시의 정책을 비판하면서 잘못을 인정하고 반성하라는 요구 역시 같은 맥락이다. 집권하는 동안 서민 노동자층의 고용 안정과 소득 증대, 복지 강화 등에서 만족할 만한 성과를 이루지 못해 그들로부터 버림받았다는 비판에 대해서는 대체로 동의한다. 그 점에서 국민들, 특히 서민과 저소득층에 죄송하게 생각하고 반성한다. 하지만 민주당과 신자유주의 세력을 등치시키는 진보신당의 비판에 대해선 받아들일 수 없다. 엄동설한에는 아무리 난방을 해도 춥고 좀체 데워지지 않는다. 하물며 마치 민주당이 겨울을 불러온 것처럼 이야기하는 건 역사적 인과관계가 맞지 않는다. 겨울을 불러온 건 1997년 이전 지금의 여당 정권이다. 겨울을 불러놓고 따뜻한 아랫목과 싸늘한 냉골을 나누어 각자 능력껏 아랫목으로 올라오라는 식의 정책을 편 것도 한나라당이다.

노무현 대통령이 농반진반 '좌파 신자유주의'라는 말로 자신의 처지를 설명했다. 이를테면 '신자유주의'는 구조이고 '좌파'는 입장이다. 내가 보기엔 국민들도 그렇게 구분해 보지 않았나 싶다. 그래서 신자유주의라는 강제된 조건 속에서 좌파적 대응으로는 안 되는 것 같으니 이제 우파적 대응을 해봐라 해서 이명박과 한나라당에게 정권을 맡긴 것 아니겠는가?

신자유주의가 지금 우리 사회의 가장 큰 고통의 근원인 것은 맞다. 진보 정당이 나름의 반신자유주의적 정책 대안을 내놓고 있는 것도 인정한다. 그 연장선에서 집권 당시 민주당에 대한 비판 역시 수긍한다. 어쨌든 민주당은 신자유주의에 대한 진보적 대안을 개발하고 실천하는 데 성공하지 못했다. 하지만 우리에게 신자유주의는 강요된 국면이었지 좋아서 선택했던 게 아니다. 민주당은 신자유주의에 대응해 나름의 진보적 대안을 모색하다 실패했을 따름이다.

노동 유연화를 거부하고, FTA를 안 하고, 부실채권을 떠안은 대기업을 해외 매각하지 않고 신자유주의 국면을 헤쳐 나갈 방법을 찾아낸다는 게 얼마나 어려운 일이었는지, 또 그 덕분에 앞으로 그 방법을 찾아내지 못하면 집권 가능성도, 설사 집권해서도 어렵다는 걸 잘 알게 되었다. 요컨대 이렇게 까다롭고 어려운 게 바로 '노선'이다. 아무리 금과옥조 같은 노선을 갖고 있다 해도 하다 보면 틀리고 바뀌고 고치고 절충도 하는 법인데, 노선이 다르니 처음부터 아무것도 같이 못 하겠다는 건 일종의 종교 행위이지 정치 행위가 아니다. 하물며 요새는 절에서 미사를 보기도 하고 신부님과 목사님이 공동 예배를 집전하기도 하는 세상이다.

정서적 이질성, 양보하고 극복해야

선거연합의 두 번째 암초는 정서적인 것이다. 협상 당사자 간 상호 신뢰의 중요성이나 상대방에 대한 선입견이 협상의 성패를 좌우한다는 점에서 어쩌면 노선보다 더 심각한 문제이다. 물론 당사자들은 정서가 아니라 노선이나 이념의 문제라고 할 것이다. 그러나 일반 국민들은 이미 꿰뚫어보고 있다. 민주당과 국민참여당 간에, 그리고 민주노동당에서 갈라져 나간 진보신당 산의 문제는 삼성의 앙금이지, 어자피 뿌리가 같고 하는 행동이 비슷하지 않느냐는 게 국민들의 직관이다.

감정 문제는 대개 과거로부터 흘러온 과정에 그 연원이 있기 마련이다. 부부 싸움이 전형적으로 그렇다. 세상에 누구보다도 가까운 부부간에 일어나는 싸움도 십중팔구는 과거지사를 들춰내면서 시작된다. 정치는 성인군자가 하는 것이 아니다. 평균적 수준의 도덕성과 이기심, 통상적 수준의 공인 의식과 명예욕을 크게 넘어서지 못하는 이들이 하는 정치가 민주주의라는 정치제도다. 그런 현실에서 과거를 따지기 시작하면 '아름다운' 사람이 없다. 연대를 하는 것은 아름다운 사람, 즉 '나 같은 사람'과 함께하자는 게 아니다. 나와 다른 사람, 그러나 함께하는 것이 더 큰 이득이 될 뿐만 아니라 대의에 부합하니까 연대하는 것이다. 따라서 연대의 제2금칙은 과거를 들추어 상대방을 비난하지 않는 것이다.

혹자는 이런 두 가지 금칙이 결국 '무조건 연대'를 하자는 것이냐며 비판할 수 있다. 맞다. 나는 해도 되고 안 해도 되는 연대라면 아예 할 필요가 없고, 하지 않으면 다 죽는 판에서 연대는 '무조건 연대'가 가장 올바른 연대라고 생각한다. 이는 단순히 선거연합 논의에 국한된 것만이 아니다. 내 솔직한 생각은 야권이 '빅 텐트Big Tent' 하에 다 모여야 한다는 것이다.

다수파 연합 '빅 텐트'로 모이자

나는 처음부터 선거는 '다수파 만들기'라고 말했다. 선거에 이기고 어떤 정책을 실현하기 위해서는 다수 연합이 필요하다. 다수 연합의 핵심은 유권자층의 결집이다. 그것은 성, 계층, 세대, 소득 및 교육 수준 등으로 나누어진 집단의 다양한 조합을 통해 가능하다. 이 조합의 공식公式을 발견하면 다수파가 될 수 있고, 집권하게 된다. 당연히 이 조합의 공식을 찾아내는 게 정당의 사활적 과제이다.

그런데 불운하게도 우리 야권의 어느 정당도 독자적으로 이 공식을 찾아내지 못하고 있다. 결론부터 말하자면 내가 생각하는 공식은 '민주당의 중도층 회복＋진보 정당의 서민 노동층 흡수'이다. 그것은 첫째, 한나라당에 빼앗긴 중도층을 되찾아오는 노력만으로도 안 되고, 서민 노동층을 진보 정당이 온전히 흡수하려는 노력만으로도 다수파가 되지 못한다는 것이다. 둘째, 민주당은 중도층 회복에, 진보 정당은 서민 노동층 흡수에 각각 역할을 분담해야 효율적이 된다는 뜻이다. 셋째, 민주당과 진보 정당의 선거연합은 일상화되어야 한다는 함의도 갖는다. 즉 2012년 집권과 함께 연정을 하자는 얘기다.

역대 어느 선거 결과를 보더라도 민주당이 승리하면 진보 정당도 같이 약진해왔다. 한쪽이 잘되면 다른 쪽도 잘됐고, 한쪽이 쪼그라들면 같이 쪼그라들었다. 즉, 둘은 길항拮抗관계가 아니라 상보相補관계이다. 이런 관계가 국민들 눈엔 뻔히 보이는데 왜 우리 눈엔 안 보이는 건지 이해할 수 없다. 빅 텐트에 모이지 않으면 한나라당 외에 누구도 좋을 게 없다는 경험칙을 이젠 솔직히 인정했으면 한다.

빅 텐트는 집권 시 범야권의 연정을 전제한 가운데 야권 내부의 다양한 스펙트럼을 인정하고 공존하는 정당 간 연대 틀을 의미한다. 욕심 같아서는 미국 민주당처럼 급진파에서부터 뉴딜주의자, 블루독 Blue-Dog까지 한 당에서 다양한 계파를 수용하는 것이 좋겠지만 그러기엔 한국정치의 포용성이 아직은 너무 협애하기 때문에 쉽지 않을 것 같다.

역사는 인간의 노력 여하에 따라 얼마든지 바뀔 수 있다. 노선과 정서의 차이를 넘지 못하고 이대로 지면 우리 모두는 다시 역사의 죄인이 된다. 이 정도 차이 때문에 우리 앞에 놓인 역사적 과제를 방기하기엔 지금 현실이 너무도 엄혹하다. 정치에서 패배만큼 큰 죄악은 없다. 지난 3년간 우리가 배운 쓰라린 교훈을 더 이상 반복하지 말았으면 한다.

우리끼리 싸우지 말자

최근 저 밑바닥에서부터 조금씩 기력을 회복해온 민주당이 마침내 정권 교체를 향해 나아가기 시작했다. 정권 교체에 성공하기 위해서는 반드시 필요한 것이 있다. 겸손, 통합, 전략, 이 세 가지이다. 겸손은 국민에 대한 자세를 말하며, 통합은 민주당이 중심이 되는 전국 정당의 완성이며, 전략은 국가 운영 전략으로서 복지국가를 가리킨다.

정치에서의 겸손

나는 세 가지 중에서 겸손이 가장 중요하다고 생각한다. 저잣거리의 시각에서 민주당이 아직 온전히 신뢰를 못 받는 이유는 이념이나 노선 문제 때문이 아니라 겸손의 부족 때문이다. 일반 국민들은 민주당이 아직도 충분히 겸손하지 않다고 본다.

1998년부터 2007년까지 집권 10년 동안 민주당 정권에 대한 평가를 종합해볼 때, 결국 이념과 경제에서 실패했다는 것이 중론이다. 이념 측면에서 지나친 급진성 때문에, 또는 불철저했기 때문이라는 두 가지 상충되는 평가가 나왔다. 경제 측면에서는 기업과 시장을 적대시하여 성장정책에서 실패했다는 비판과 서민층에 실질적인 도움을 주지 못했다는 분배의 실패를 지적당한다. 이렇게 문제점을 보는 시각이 다를 때 해법이 무엇인지 알아내기란 힘들다. 이런 시각차는 대개 이해관계와 가치관의 차이에서 비롯된다.

이러한 이해관계나 가치관의 차이만큼이나 큰 요인이 사실은 상황의 변화이다. 전쟁, 혁명, 대공황 같은 상황에서는 사상이나 이념, 가치관이 급격하게 변환된다. 역사적으로 전쟁은 국가주의를, 혁명은 급진주의를, 대공황은 사회주의를 낳았다는 것을 기억하자.

그러나 이런 격변이 없다면 민주주의 체제하에서 유지되는 모든 정당의 기본 이념은 잘 바뀌지 않거니와 정당과 정당 간의 이념 차이도 일정 범위 안에서 동화와 이화를 반복한다는 게 학자들의 관찰이다. 현대 정치에서 진보당과 보수당이 이념 투쟁에 소극적인 이유가 여기에 있다. 양쪽 다 인물이나 정책을 놓고 선거 득표 경쟁을 하는 게 오히려 대부분이다.

보수 정당은 태생적으로 이념 투쟁을 별로 하지 않는다. 원래 가진 자들의 정당이기 때문이다. 보수 정객들은 대부분 사회 주류 엘리트이자 부를 소유하고 있기 때문에 잘 먹고 잘 사는 데 관심을 가진다. 그래서 '웰빙당'이다. 반면에 자유주의 정당을 포함한 진보 정당은 여전히 이념을 붙들고 씨름한다. 그리고 치열하게 싸운다. 우리나라의 경우 진보 정당이 민주당에게 진보의 가치를 놓고 시시비비를 가리려 하고, 또 민주당 안에서는 강경파와 온건파가 이념적 선명성을 놓고 다툰다.

국민들이 보기에 민주당이나 진보 정당은 한나라당에 비해 전투적이다. 그래서 한나라당은 '일 하는 당', 민주당은 '싸우는 당'이라는 고정관념이 국민들의 머릿속에 각인되어 있는 듯하다. 또 그렇기 때문에 '저렇게 싸우는 당을 집권당으로 만들어준들 일을 제대로 할까?' 하는 의구심도 갖는다.

국민들은 노무현 후보가 대통령이 되기 전에는 그의 부드러운 카리스마와 참신한 리더십에 긍정적인 평가를 내렸다. 그러다가 정작 대통령이 되자 "과격하다" "가볍다"라는 부정적인 비판을 쏟아냈다. 이렇듯 정치에서는 대중들의 다층적인 심리가 무섭게 작동한다. 더욱이 직선제 이후 국민들은 어떤 정치인이 대통령이 되는 과정과 대통령직을 수행하는 모습을 지켜보았다. 그래서 '일단 뽑고 보자'가 아니라 '실제로 시키면 어떻게 하나 두고 보자' 하는 식으로 지도자들을 날카롭게 평가하기 시작했다.

원래 진보주의는 기성 체제를 비판하는 데서부터 출발해 논리적으로 따지는 데 능하다 보니 언술이 공격적이다. 그렇다고 국민들에게 원래 그런 것이니 그냥 이해하고 넘어가달라고 할 수는 없는 노릇이다. 최근의 정치 행태 연구를 보면, 유권자들은 이성보다 '좋다' '나쁘다' 같은 감성으로 정치를 판단한다는 게 정설이다. 그런데 우리 범진보는 이미 공격적인 말이나 태도 때문에 '싸가지 없다'는 소리를 감성적으로 판단하는 유권자들로부터 귀에 못이 박히도록 들었다.

이기기 위해서도 서로 싸우지 말자

겸손한 태도와 온화한 말이 필요한 이유는 또 있다. 지금 민주당은 '보편적 복지'와 같은 진보적 가치를 기반으로 진보 정당과의 정책 연합, 나아가 선거연합을 도모해야 할 시점이다. 집권을 목표로 하기 때문이다. 그러기 위해서는 중도층을 흡수해야 한다. 중도층의 지지 기반 없이 집권은 요원하다.

그래서 순천을 양보해 진보와 연대하고, 분당에 당대표를 내보내 중도에게 다가가고자 했던 것이다. 보수를 이기기 위해, '진'보와 '중'도를 묶어 '권'력을 쟁취하자는 '진중권' 정치를 추구하고 있는 것이다. 그렇다면 진보부터 중도까지 포괄하는 포용력이 필요하다.

따라서 진보 정당과 민주당이, 그리고 민주당 내부가 서로 싸우면 보수 언론과 한나라당만 좋은 일 시키는 꼴이다. 우리는 이미 충분히 쓰라림을 맛보았다. '잃어버린 10년'이라며 조롱당했고, 민생에 무능했다고 손가락질 받았다. 더욱 비통한 것은 야당이 된 뒤, 두 분 대통령이 연이어 돌아가셨다는 사실이다. 우리는 이 치욕과 고통을 반드시 씻어야 한다.

단순히 민주당의 정책이나 노선이 바뀌는 것만으로 충분하지 않다. 정당은 인물을 통해 국민에게 다가간다. 그래서 사람이 달라져야 한다. 더 인간적으로 다가가야 한다. 더 겸허하고 온화해져야 한다. 민주당의 태도가 변하고 민주당의 정책과 노선이 국민들의 기대에 부응했을 때 국민들은 민주당에게 한 번 더 기회를 줄 것이다.

2011. 5.

영남 권위주의 세력의 귀환

– 한나라당의 위장막과 방어막

한나라당의 전당대회가 끝났다. 이번 전당대회에서 한나라당은 자못 비상한 결과를 만들어냈다.

한나라당의 생활 철학은 권위주의

원래 한나라당은 지역적으로는 영남, 이념적으로는 보수주의, 세대적 기반은 노년층이다. 한나라당을 규정하는 다양한 스펙트럼이 있겠지만, 내가 보기에 한나라당의 핵심 본질은 권위주의이다. 권위주의야말로 한나라당과 그 주변을 둘러싸고 있는 뿌리 깊은 생활 철학이다.

한나라당은 김대중 대통령이나 노무현 대통령을 극렬히 반대했다. 두 사람을 반대하는 양상은 달랐다. 김 대통령에 대해선 깔보는 태도였던 반면, 노 대통령은 증오했다. 한나라당의 관점에서 볼 때, 김 대통령은 막강한 영남 헤게모니에 맞서 감히(?) 호남의 등권等權을 주장했기 때문에 깔보는 전략으로 나갔다. 노 대통령은 권위주의란 걸 인정은커녕, 척결하겠다고 나왔으니 증오해 마지않았던 것이다. 그게 권위주의다. 자신의 권위에 도전하는 자는 짓밟고, 무시하는 자는 증오하는 태도, 그것이 한나라당의 뿌리 깊은 정신세계다.

2002년 내가 한나라당 의원일 때 국가보안법의 개폐를 주장하고

탄핵이 있고 얼마 후 김영춘, 임종석, 송영길, 안영근 의원과 함께
국회에서 노숙을 하며 농성을 했다. 참담하고 비통한 시간들이었다.

대북 송금 특검에 홀로 반대하자 그들은 나를 미워했다. 자신들과 다른 이념 때문에 나를 미워한 게 아니라 감히 주인인 한나라당의 권위에 도전했기 때문에 비웃고 씹었다. 나를 중심의 권위에 도전하는 주변인, 지주에 맞서는 소작인, 주인을 우습게 여기는 세입자로 보는 그들의 권위주의가 내 뒷덜미에 비수처럼 박혔다.

권위주의는 그런 식으로 작동하는 법이다. 자신에게 복종하면 하급자로 붙여주고, 거역하면 바로 '왕따'가 된다. 그래서 전국 정당 건설을 통해 저들의 권위주의를 영남에서부터 무너뜨리려 했던 몸부

림이 2003년의 '독수리 5형제'였다.

영남 헤게모니 세력의 귀환

내가 보기에 홍준표 의원은 한나라당에서 결코 중심이 될 수 없는 인물이다. 그런데 이번 전당대회에서 홍준표 의원이 당대표가 되었다. 언론에서는 홍 대표의 '한나라당스럽지 않음'과 친이-친박에 휩쓸리지 않았던 '중립성' 때문이라는 분석을 내놓지만 나는 그렇게 생각지 않는다.

이번 전당대회 결과는 영남 권위주의 세력이 홍준표의 '모래시계' 검사라는 강직하고 서민적인 이미지를 필요로 했기 때문에 가능했다. 박근혜 후보를 통해 다시 복권하겠다는 작전이 성공한 것에 불과하다. 그들은 이미 이회창 총재의 등 뒤에도 숨어 지내봤던 이들이다. 비록 두 번 연속 대선에서 졌지만, 자신의 선거구에서만큼은 최고 권력을 구가하는 봉건 영주나 다름없이 나름 암약해오던(?) 이들이다. 그들이 진짜 손실과 피해를 본 것은 딱 한 번, 18대 총선 공천에서 친박계가 대거 떨려 나갈 때뿐이었다.

그랬던 영남 헤게모니 세력의 복위復位가 이번에 마침내 실현된 것이다. 우스운 건 그 틈에 원래 영남 '친이' 들까지도 묻어서 이제 거의 다 '월박'을 마쳤다는 사실이다. 원희룡 의원이 참패하고, 홍준표 대표가 2위와 1만여 표의 큰 격차로 압승한 것이 그 사실을 입증한다.

그들이 변화하는 이유

이번 7·4전당대회에서 한나라당은 노선에서는 좌선회, 지역적으로는 수도권 중용, 연령에선 세대교체를 실현한 지도부를 선출했다. 특히 김무성 전 원내대표가 "수도권에서 한 석이라도 더 얻는 데 도움이 된다면 내가 포기하겠다"며 아예 출마를 포기한 것을 민주당은 눈여겨봐야 한다.

민주당은 이런 한나라당의 변화에 긴장해야 한다. 앞으로 새로운 한나라당 지도부가 좌향좌를 하면서 중도를 차지하려는 싸움을 벌여오면, 우리 민주당은 더 왼쪽으로 가야 한다. 이제는 정책의 수준이 아니라 어떤 국가를 만들어갈 것인가 하는 총체적 비전의 차원으로 싸움의 수준을 끌어올려야 하기 때문이다.

수도권이 내년 총선의 주전장이 될 것이다. 경쟁력 있는 후보를 엄선해 내보낼 것이다. 한나라당이 그렇게 수도권에 사활을 거는데 우리가 안이하게 '계파 몫 챙기기' 수준으로 공천을 해서는 결코 승리할 수 없다.

정치권에서 세대교체란 세대 간 갈등에서 나오는 것이 아니라 노장층이 소장층을 키워야 한다는 책임과 의무에서 나와야 한다. 오바마를 키운 미국 민주당이나, 토니 블레어를 키운 영국 노동당이 좋은 예이다. 그런데 이번에 한나라당은 그걸 해냈다. 아예 노장층이 출마 자체를 안 했다. 그런 묵시적 공감대가 평균 50.2세의 지도부를 가능케 했다. 비록 위장술이라고는 하나 대단한 정치력이 아닐 수 없다.

이처럼 영남, 반공 보수주의, 노년층의 당이 수도권, 좌선회, 젊은 지도부를 만들었으니 비상한 일이 아닐 수 없는 것이다. 그러나 이런 비상한 일이 벌어진 진짜 이유는 눈에 보이지 않는 곳에 있다.

한나라당의 박근혜당화

이번 전당대회의 숨겨진 본질은 '한나라당의 박근혜당화化'이다. 누가 뭐래도 이번 전당대회의 진정한 의미는 영남 헤게모니의 복원이며 그 중심에 박근혜 의원이 있다. 지난 대선에서 이명박을 막아주었듯이 이번에는 박근혜 후보를 방어해달라고 저격수 홍준표를 선택한 것이다.

따라서 홍 대표에게 부여된 첫 번째 역할은 영남 헤게모니 세력을 가리는 교묘한 위장막이며, 둘째는 박근혜 대선 후보에 대한 강력한 방어막, 이 두 가지다. 동시에 홍 대표로 하여금 이 역할을 제대로 하게 하기 위한 안전 장치가 차점자 유승민 의원이다. 유승민 의원이 정책적 좌선회를 주도하고 홍 대표가 박근혜 전 대표를 옹위하는 구도, 그럼으로써 이명박과 수도권 친이계에 넘겨줬던 주도권을 다시 영남 권위주의의 본류 세력으로 되찾아오는 첫 단계 작업, 이것이야말로 이번 7·4 한나라당 전당대회의 숨겨진 의미이다.

탈지역주의, 탈권위주의로 맞서자

이제 민주당은 노선과 지역, 세대의 변화를 한나라당보다 더 적극적으로 추구해야 한다. 동시에 서서히 전면에 나설 영남 권위주의 세력에 초점을 맞추어 공격해야 한다. 그러기 위해 민주당은 다시 한 번 탈지역주의와 탈권위주의의 기치를 들어야 한다.

영남 지역주의에 맞서기 위해 또 다른 지역주의로 대응하는 일은 절대 안 된다. 권위주의에 맞선다고 또 다른 권위주의 시대의 잔재에 의존해서도 안 된다. 같은 프레임에 빠지면 국민 눈에는 그 밥에 그

나물로 보인다. 더욱이 민주당은 야권 연합을 해야 하므로 지역주의와 권위주의 시대로 회귀해서는 진보세력과 연합을 도모할 수도 없다. 진보 개혁이 살려면 보수가 뼈를 깎을 때 우리는 환골탈태를 해야 한다.

그것이 민주당의 정신이다. 방심을 거두고 긴장의 칼날을 갈아 전장으로 달려나갈 때가 되었다. 민주당은 무슨 일이 있어도 정권 교체에 성공해야 한다. 실패하면 국민이 민주당의 대문에 못을 박으러 올 것이다.

2011. 7. 8.

3부

상생 복지국가로 가는 새로운 해법

일자리, 교육, 복지, 통일 정책

공감과 비평을 통한 상생의 정치

'상생相生'의 정치는 외롭다. 정치 현장에서 상생을 외치는 것은 마치 광야의 예언자가 되어 그 깊은 외로움을 감당해야 하는 일인 것 같다. 노자老子도 유무상생有無相生을 가르쳤고, 많은 미래학자들도 상생이야말로 21세기의 키워드라고 말한 바 있다. 하지만 대한민국 정치에서 상생은 요원한 현실이다. 많은 사람들이 이렇게 말한다. "상생은 정치이론에서는 완벽한 아우라로 등장하지만 현실 정치에서는 무력하기 짝이 없다"고.

하지만 어쩌겠는가. 상생의 가치를 가슴 깊이 간직하고 함께 공존할 수 있는 정치를 실천하면서 국민들이 모두 함께 살아갈 수 있도록 하는 것이 우리 정치인들의 임무가 아닌가. 그러므로 나는 상생을 말할 수밖에 없다. 정치에서 상생이 실현되지 못하면 국민의 삶에도 공존과 상생은 요원하다.

2부에서는 상생의 정치에 관한 나의 소회를 고백한 바 있다. 3부에서는 상생의 정치를 구현하는 경제, 사회적 해법을 제시해보고자 한다.

나는 상생의 정치는 실현될 수 없다는 냉소와 무력감에서 벗어나 현실 정치를 바꿀 수 있다는 희망을 말하고 싶다. 그러기 위해 어떻게 상생을 실현해야 하는가? 그것은 '공감'과 '비평'이다. 공감과 비평은 상생의 정치라는 수레를 끌고 가는 두 개의 바퀴이다.

풀이하면 '공감'은 함께 느끼는 것이고 '비평'은 비판적으로 평가하는 것이다. 함께 느낀다는 것은 타자他者와 함께 공감한다는 것이고, 비판적으로 평가한다는 것은 사적인 입장에서 벗어나 냉정하게 가치 판단을 한다는 의미이다.

한편으론 공감하고 다른 한편으론 차갑게 비평하는, 다시 말해 협력하면서 경쟁하는 정치를 '상생의 정치'라고 말하고 싶다. 따라서 공감과 비평을 협력과 경쟁으로 바꿔 말해도 무난할 것이다.

비평 없는 공감은 공허하고, 공감 없는 비평은 맹목이다. 공허와 맹목은 오늘날 대한민국의 정치 현실 그 자체이다. 대한민국 정치에는 비평과 공감이 심각하게 결여되어 있다. 신념이나 정책과 무관하게 연고주의의 포로가 된 공감이 횡행하고, 책임의식 없이 이념이나 깃발의 포로가 된 공감 없는 비평이 국회를 지배하고 있다.

제레미 리프킨은 공감에 대해 이렇게 말했다.

"공감에 대한 인식은 우리와 마찬가지로 다른 사람도 고유하고, 결국엔 죽을 수밖에 없는 존재라는 생각에서 비롯된다. 우리가 다른 사람에게 공감할 수 있는 것은 우리가 그 사람의 부서지기 쉬운 유한한 본성과 그 사람의 약점과 한 번뿐인 유일한 목숨을 인정하기 때문이다. 우리는 그 사람의 실존적 외로움과, 개인적인 곤경과, 살아남고 성공하려 안간힘을 쓰는 모습을 마치 우리 자신의 모습인 것처럼 경험한다."

정치에서의 '공감'은 정치인이 국민들이 겪는 고통을 느끼며, 국민들의 고통을 자신의 고통처럼 생각하는 것을 의미할 것이다. 또한 상대와 경쟁할 때도 상대의 입장이 되어 문제를 바라보는 역지사지易地思之의 태도가 정치하는 사람들에게 필요한 공감의 자세이다.

'비평' 역시 상대방과의 열린 관계 속에서 그 가능성이 펼쳐진다. 비평은 상대방, 경쟁자들을 포함한 정치 현실과의 '창의적 불화'가 전제되어야 한다. 창의적 불화란 다툼이나 분쟁이 아닌, 정치 현실을 가차 없이 냉정하게 평가하는 생산적인 활동을 의미한다.

정치는 이데올로기적 사고를 탈피하여 상대와 대결하면서 현실을 해석하고 변화시키는 방법론을 만들어내는 생산적인 과정이다. 이런 과제를 해결하면서 냉철해진 비평은 국민의 삶을 전체적으로 조망하고 변화시키면서 국민의 삶의 질을 획기적으로 끌어올린다. 이것이 바로 정책활동이다.

공감과 비평의 정치는 문제의 실마리들, 즉 많은 정책 대안들을 만들고 실행할 수 있는 강한 힘을 준다. 따라서 정치 개혁과 성공은 공감과 비평의 과정을 온전하게 거친 결과가 만들어내는 것이다.

오랜 시간 정치를 하면서 많은 고민이 있었지만 '이념 과잉, 정책 과소'라는 정치 현실에 대한 비판은 여전히 나를 무겁게 짓누르고 있다. '이념 과잉'이야 우리 사회 전체의 문제이고 대한민국 현대사에서 다소 불가피한 측면이 있다고 둘러댈 수도 있겠지만, 정치인으로서 '정책 과소'라는 지적에는 변명의 여지가 없다.

그런데 불행 중 다행이라는 표현이 어떨지 모르지만, 신자유주의 시스템이 가져다주는 긍정적 효과 중의 하나가 바로 '우리 삶은 어디로 가고 있는가?' '우리는 지금 잘살고 있는가?' 하는 질문을 우리에게 던진다는 것이다. 이러한 질문에 대해 정치인은 정책 대안의 형식으로 대답해야 한다.

공감과 비평의 과정을 거쳤더라면 얼마 전 온 나라를 떠들썩하게 했던 카이스트 학생들의 비극적인 자살 같은 민감한 사안들도 막을 수 있지 않았을까 싶다. 등록금 징벌제나 전 과목 영어수업 등의 경쟁적인 교육 시스템이 과연 학생들에게 공감을 얻을 수 있는 제도였는지 우리는 비평할 수 있었다.

무수한 하위 제도는 국가 상위 제도의 영향력 아래에서 만들어진다고 볼 때, 신자유주의 교육제도하에서 등록금 징벌제 등의 야만적인 제도가 나오는 것은 어쩌면 당연하다. 잘못 채운 첫 단추는 마지막 단추까지 엉망으로 만들어놓는 법이다.

카이스트 사건에 정치인은 책임이 없을까? 당연히 교육정책의 첫 단추를 잘못 채운 정치인에게 일차적 책임이 있다. 그리고 그 잘못은 정치인의 철학 부재, 즉 정책 수립 과정에서 공감과 비평의 과정을 생략한, 아니 인식조차 못 한 책임이 있다. '이념 과잉'이 이 같은 과정에서 결정적인 역할을 한다. 이념의 포로가 되면 '함께'와 '대화'는 사치품에 불과하고 따라서 공감과 비평은 오히려 수치스러운 일이 된다.

정책은 정치인의 철학을 반영한다. 정치인의 철학은 그 시대정신의 산물이다. 정치인이라면 끊임없이 "왜?"라는 질문을 던져야 한다.

"왜?"라는 질문은 훌륭한 해답을 도출하고 이런 과정에서 정책이 탄생하는 것이다.

나는 지금 우리나라를 지배하고 있는 신자유주의에 끊임없이 "왜?"라는 질문을 던져왔고, 그 질문에 대한 답을 찾는 과정에서 정책은 '공감과 비평'을 통한 '상생의 정치'가 되어야 한다는 결론을 얻었다. 다음 장들에 정리된 정책들은 그 노력의 결과라 할 수 있다.

다시 한 번 강조하지만, 공감과 비평은 '타자'에 대한 너그러운 인정과 철저한 이해로부터 나온다. 이런 과정을 거치지 않는다면 현재 우리 정치가 보여주는 이념 과잉, 정책 과소 그리고 싸움이라는 살풍경을 계속 국민에게 보여줄 수밖에 없을 것이다.

최근 들어 자주 입에 오르내리는 몇 가지 중요한 정책 아젠다가 있다. '기본 소득' '무상 급식' '혁신 교육' '햇볕정책' '부자 감세' '이익공유제' '동반 성장' 등이 그것이다. 이 과제들은 신자유주의의 문제를 극복하고자 하는 과정에서 나온 결과물들일 것이다. 과연 이런 민감한 사안들을 정치인들이 공감과 비평의 정신을 가지고 해결할 수 있을까?

대한민국 정치 현실에서 상생의 정치는 무력하기 짝이 없다. 그럼에도 불구하고 상생의 정치를 포기할 수 없는 이유는 그보다 훌륭한 해법이 없기 때문이다. 상생이 우리의 꿈이자 희망인데 상생의 방법이 아니고서는 문제를 해결할 수 없기 때문이다. 갈등과 대결로는 아무것도 해결하지 못한다. 그러나 '상생' '공감' '대화' 등이 갖는 보수성 내지는 무력함의 덫을 경계해야 하는 과제 또한 잊지 않고 있다.

참여연대의 박원순 변호사가 시작한 '아름다운 가게'의 국회 1일 행사에
자원봉사자로 나섰다. '기부와 나눔'은 시장 및 협동조합에 이어
제3의 경제 양식으로 발전시켜야 할 중요한 영역이다.

'공감과 비평을 통한 상생의 정치'

부디 내가 제시한 몇 가지 정책 대안들이 비평의 마당에 펼쳐져 상
생의 정치로 한 걸음 나아가는 징검다리가 될 수 있기를 바란다.

1. 사회 양극화,
  어떻게 해결할 것인가?

분당의 충격

나는 지난봄에 손학규 대표의 분당 보궐선거 출마를 강력히 권한 바 있다. 그 책임을 지기 위해 선거운동 기간 동안 열심히 뛰기도 했다. 하루는 어느 분당 지역의 엘리베이터에서 나의 아내와 얼추 연배가 비슷해 보이는 오십대 아주머니를 만났다. 인사를 하고 몇 마디 대화를 나누다 보니 50세가 아니라 70세라는 것을 알게 되었다. 얼굴색이나 피부 빛으로 미루어 70세라는 것이 도통 믿기지 않았다.

분당의 노천카페 거리를 돌아다니다 보면 은발의 노신사들이 여유롭게 차를 마시고 있는 광경도 심심찮게 볼 수 있다. 자기관리도 잘하고 행복한 노후를 보내고 있는 분들이라는 것을 단박에 느낄 수 있다. 분당 거리를 걸으면 뚱뚱한 사람이나 세파에 찌든 얼굴은 거의 찾아보기가 힘든 것 같다.

한 상가 건물의 엘리베이터를 탔는데, 초등학생쯤으로 보이는 아이들이 있었다. 놀랍게도 아이들은 영어로 대화를 하고 있었다.

"How are you today?" 그러고 보니 영어 학원이 입주해 있는 건물이었다. 군포지역의 주민들과 지내는 나는 분당에 갈 때마다 대한민국의 특수한 도시에 온 것 같은 이질적인 느낌을 받았다.

분당에서 가까운 경기도 광주를 보자. 이 지역에서는 베트남, 필리핀, 미얀마, 파키스탄 등지에서 온 이주노동자들을 어렵지 않게 만날 수 있다. 한국으로 시집와 아이를 낳아 키우는 여성들이 적지 않다. 이들 이주 여성이나 남성을 부모로 가진 아이들에 대한 걱정이 앞선다. 이 아이들에게 언어 능력을 비롯한 사회 적응 교육 등 국가나 사회 차원의 지원 대책이 없다면 분명 한국에서 적응이 쉽지 않을 것이다. 언어 능력은 학업 성적 전반에 영향을 미치고, 자신감 등 인성에도 적잖은 영향을 미친다. 부모가 장시간 노동과 생활고에 찌들어 아이의 저녁식사조차 제대로 챙겨주지 못하는데, 하물며 아이들의 낮은 학업성취도와 그로 인한 열등감까지 보살필 수 있을까?

우리나라 중학생들 중에는 $\frac{1}{2}+\frac{1}{3}=\frac{2}{5}$ 라고 답할 정도로 분수의 기본도 이해 못 하는 애들이 적지 않다고 한다. 하지만 이렇게 뒤처진 아이를 보살피는 학교는 그리 많지 않다. 교장과 여론을 주도하는 학부모들의 초점은 특목고나 일류대에 합격하는 아이들에게 맞춰져 있기 때문이다. 대부분의 학부모들이 명문고, 명문대 진학률에 관심을 보이는 것은 어쩌면 당연한 일이다. 하지만 교장, 교사, 교육 당국은 그래서는 안 된다. 열등한 학생들을 일으켜주고 감당하기 힘든 학생들의 무거운 짐을 덜어주는 것은 우리 사회의 임무이기도 하다. 이것은 함께 사는 사회를 위해 필요하고, 국가 경쟁력 강화를 위해서도 필요하다.

분수의 기초 개념도 모르고 중학교에 올라온 아이가 수학시간에 공부나 할 수 있을까? 뭔 말인지 알아듣지도 못하는 아이에게 수학시간은 고문일 것이다. 아이들이 이런 상황에 지속적으로 처하게 되면 심성이 온전할 수 없다. 혈기 왕성한 아이들이 한두 시간도 아니고 일주일에 5~6일씩, 그것도 몇 년을 이렇게 보낸다면 어떻게 될까? 선생님과 공부 좀 하는 애들의 싸늘한 눈총을 받을 것이다. 멸시받는 아이들이 할 수 있는 일이란 끼리끼리 모여 밤거리를 헤매고, 게임에 탐닉하고, 약한 애들을 괴롭히는 방법으로 반사회적인 심성을 키워갈 것이다. 이들이 사회에 나가 어떤 인생을 살지는 불을 보듯 뻔하다. 반사회적인 생각을 가지고 자존감도 포부도 없는 상태로 사회에 들어왔을 때, 문제는 심각해진다.

서울 강남과 분당 지역의 유복한 가정에서 자란 아이들과, 부모가 대도시 변두리나 농촌 지역의 3D 업종에 종사하는 궁핍한 가정에서 자란 아이들이 가족, 친지, 친구, 지역으로부터 받는 문화적, 지적 자극의 차이는 너무나 크다. 영양과 건강의 차이도 적지 않을 것이다. 이대로 몇십 년이 지나면 강남 아이들과, 공부도 못하고 체구도 왜소하고 항시 멸시와 무관심 속에서 자라난 아이들은 인생이 달라지는 것을 넘어, 인종 자체가 달라질지도 모른다.

국가 경쟁력은 소수 빼어난 사람들의 머리에서만 나오는 것이 아니다. 첨단 과학기술자들부터 3D 업종 종사자들까지, 글로벌 대기업부터 내수 틈새시장에 기대어 사는 영세 기업까지, 수많은 직능과 직업의 분업과 협업에서 나온다.

불우한 학생들과 뒤처진 학생들, 뒤늦게 공부의 필요성을 깨닫는 학생들을 방치하면 이 아이들이 커서 생산하는 제품과 서비스에 결함이 생길 것이다. 최첨단 항공기(대통령 전용기)에서 나사 하나가 거꾸로 조립되는 오류가 생길 수도 있다. 이 아이들이 만들어내는 억울함과 증오, 이 아이들에게 가해지는 억압과 통제가 난무하는 사회에서는 빼어난 성과를 내는 사람들이 함께 어우러져 살기 어렵다. 지금 경제계에는 창의와 열정이 넘치는 우수 인력을 유치하려는 경쟁이 치열하다. 하지만 이렇게 양극화로 인한 갈등과 증오가 넘치는 사회에서는 이런 노력도 물거품이 될 수 있다.

양극화가 극심한 미국도 케냐 출신의 흑인 아버지를 둔, 변두리 하와이 태생인 오바마를 하버드 대학에서 키워냈다. 그를 연방 상원의원을 거쳐 대통령으로 만든 것은 미국의 실력주의 문화와 적극적 기회 보장 시스템이다. 여기에다 미국은 자유롭고 공정한 시장주의 문화도 정착되어 있다.

한국은 좁은 땅덩어리에 많은 사람들이 담벼락 하나를 두고 다닥다닥 붙어 사는 나라이다. 자포자기의 칼부림이나 분노의 돌팔매질에 누구나 노출되기 쉽다. 한국은 미국보다 격차가 더 작아야 하고 합리적인 룰이 작동해 억울한 사람을 만드는 일이 없어야 한다. 약자에 대한 배려가 더 두텁고 촘촘해져야 한다. 그러나 지금 우리 사회는 실력보다 간판과 연줄의 영향력이 더 크다. 적극적 기회 보장 시스템도 너무 취약하다. 시장에는 독과점과 불공정 거래가 판을 친다. 교육을 통한 계층 상승의 희망은 거의 희박하다. 자포자기의 한숨과 억울함의 분노가 터져 나오고 있다. 새로운 계급사회가 도래하고 있는 듯하다.

나는 확신한다. '통합과 상생의 사회'가 되지 않고서 결코 선진국이 될 수 없다는 것을. 하나의 한국이 가난한 사람들의 한국과 부자들의 한국으로 쪼개지는 상황에서 어떻게 선진 민주주의가 발전할 수 있겠는가? 어떻게 남북한이 하나가 될 수 있겠는가?

가계 양극화, 어디까지 왔나?

양극화가 심각하다고는 하지만 양극화에 대처하는 우리의 노력은 더 심각한지도 모른다. 소득 분배의 불평등(빈부 격차) 수준을 진단하는 국제적인 비교 지표인 '세후 지니계수'를 보면, 한국은 경제협력개발기구OECD 평균(0.313) 수준이다. 소득이 전혀 없는 노인 비중이 상대적으로 작기 때문이다. 앞으로 고령화가 급속히 진행되면 지니계수도 점점 커지고 부의 불평등도 심화될 것이다.

세계적 현상을 보면 칠레, 멕시코, 터키, 미국, 이탈리아, 호주, 뉴질랜드, 일본, 그리스, 캐나다 등이 우리보다 더 불량하다. 그런데 우리 국민이 체감하는 빈부 격차가 아주 심각하게 느껴지는 이유는 무엇일까? 그것은 무엇보다 가계자산의 격차가 크기 때문이다. 예컨대 가계의 부동산자산(총 자산의 80%)과 금융자산을 합친 총 자산 지니계수는 총 소득 지니계수(0.31)의 두 배 수준인 0.619(2010년 기준)이다.

그나마 이는 2008년 세계 금융위기 이후 부동산 가격의 하락으로 소폭 개선된 수치이다. 2007년에는 0.650이었는데 2010년에는

나는 확신한다. '통합과 상생의 사회'가 되지 않고서 결코 민주주의가
될 수 없다는 것을. 하나의 한국이 가난한 사람들의 한국과 부자들의 한국으로
쪼개지는 상황에서 어떻게 민주주의가 발전할 수 있겠는가?

0.619로 떨어진 것이다. 부동산을 제외한 금융자산 지니계수도 2010
년에는 0.634이다. 이 역시 금융위기를 거치면서 다소 나아진 수치
로서 2007년에는 0.695였다. 지니계수는 0이 완전한 평등이고, 1은
오직 한 사람(가구)이 모든 것을 다 가진 완전 불평등을 의미한다. 1에
가까울수록 자산이나 소득의 불평등이 심각한 상태임을 나타낸다.

  가계자산의 엄청난 빈부 격차는 일상생활에서 실감하게 된다. 우
리나라의 무주택가구 비율은 2005년 현재 약 40%이며, 서울은 50%
이다. 자기 땅 한 평 없는 사람도 부지기수다. 은행과 증권사에 자기
명의의 예금이나 주식이 있기는커녕, 신용카드 돌려막기로 연명하는
사람도 무수히 많다.

가구 소득 중간(중위값, median) 이하의 비중으로 따지는 상대적 빈곤율을 보자. 2009년 OECD의 통계에 따르면 우리나라는 15.2%인데, 이는 멕시코(18.4%), 터키(17.5%), 미국(17.1%) 등에 이어 여섯 번째로 불량한 수치이다. 지표상으로 최악은 아니라고 위안할 사람도 있을지 모르겠다. 하지만 멕시코와 터키는 생활비가 아주 직게 드는 농촌 거주자들이 수적으로 많다는 것을 감안하면 우리나라의 지표는 하위 계층의 빈곤율이 심각하다는 것을 단적으로 말해준다. 미국은 국토가 넓어서 언어, 인종, 소득 수준, 종교가 같은 사람들끼리 동질적인 커뮤니티를 만들고, 또 서로 멀리 떨어져 살기에 빈부 격차에서 오는 심리적 고통이 상대적으로 덜하다.

한국은 도시화율이 80% 이상이고, 수도권 인구 집중도가 그 어느 나라와도 비교할 수 없을 정도로 심하다. 빈자와 부자가 섞여서 사는 환경에서 불안과 갈등은 증폭된다. 도시인은 농촌 주민보다 생활비가 많이 들고, 그만큼 스트레스를 많이 받게 되어 있다. 이런 상황에서 처지와 조건이 비슷한 사람들끼리 커뮤니티가 없으면 빈곤과 고독으로 인한 고통이 훨씬 크게 다가온다. 폭증하는 노인 자살률은 이런 상황과 무관하지 않다.

상위 10%와 하위 10%의 격차

2008년 7월 기획재정부는 OECD 주요국 근로자의 임금 상위 10%와 하위 10%의 격차를 발표했다. 조사 시기는 2005년과 1995년이었다. 그 결과, 한국은 상위 10%가 하위 10%에 비해 임금을 4.51배나 많이 받고 있었다. 헝가리(5.63배)와 미국(4.86배)에 이어 3위나 되는 높은 수치였다. 그 다음은 폴란드(4.31배), 캐나다(3.74배), 아일랜드(3.57배), 스페인(3.53배), 영국(3.51배), 뉴질랜드(3.49배), 독일(3.13배), 호주(3.12배), 일본(3.12배), 프랑스(3.1배), 체코(3.01배), 네덜란드(2.91배), 덴마크(2.64배), 스위스(2.61배), 핀란드(2.42배), 스웨덴(2.33배), 노르웨이(2.21배) 순이었다. OECD 평균은 3.39배였다. 대체로 복지 국가의 모델인 북유럽은 격차가 작았고, 체제 전환국에 해당되는 헝가리, 폴란드는 격차가 컸다.

2010년 노동사회연구소 통계를 보면 우리나라는 2008년경에는 5.4배로 더 뛰었다. 즉 2008년 상위 10% 근로자의 연평균 임금은 4,200만 원, 하위 10%의 평균 임금은 780만 원으로 5.4배가 되었다. 여기서 정규직 평균 임금은 3,060만 원, 비정규직 평균 임금은 1,440만 원, 대기업 상위 100개 사 평균 임금은 5,971만 원, 중앙 행정기관의 평균 임금은 5,151만 원, 대기업 상위 1,000개 사 평균 임금은 4,769만 원, 대기업 신입사원 평균 임금은 3,102만 원, 중소기업 신입사원의 평균 임금은 1,440만 원, 5인 이상 사업장의 정규직 평균 임금은 2,896만 원, 전체 노동자의 평균 임금은 2,220만 원이었다.

그런데 이 통계는 총 취업자의 70%가량(북유럽은 90% 가량)을 차지하는 임금 근로자를 대상으로 한 것이다. 즉 임금 근로자보다 더 열악한 처지에 있는, 총 취업자의 25%가량인 자영업자들을 빼고 계산한 수치이다. 만약 총 취업자의 90% 중에서 상위 10%와 하위 10%를 뽑아서 계산하면 6배 이상이 나올지도 모른다. 게다가 이것은 소득만을 따졌을 때이고 부동산, 예금 등 자산까지 고려하면 빈부 격차는 훨씬 클 것으로 예상된다.

1995년에서 2005년 사이의 임금 격차 변화 추이를 보면, 한국은 3.64배에서 4.51배로 10년간 1.24배의 격차가 더 벌어졌다. 스페인(0.84배)과 아일랜드(0.89배)를 제외한 거의 모든 나라보다 큰 격차이다. 일본은 3.01배에서 3.12배로 1.04배, 미국은 4.59배에서 4.86배로 1.06배, OECD 평균은 3.12배에서 3.39배로 1.09배 늘어났다.

사회주의에서 시장경제 체제로 전환한 폴란드(1.27배)와 헝가리(1.42배)가 한국보다 약간 더 빠르게 격차가 커졌다. 그렇다면 한국도 폴란드처럼 체제 전환국이란 말인가? 정부가 시장 깊숙이 개입했다가 돌연 모든 걸 시장에 맡겨버린 채 빠지는 급속한 체제 전환국 말이다.

괜찮은 직업과 안 괜찮은 직업의 격차

교사, 의사, 간호사, 호텔 직원, 자동차 공장의 생산직은 노동의 성격이 비슷해서 근로조건의 국가 간 비교가 많이 이뤄진다. 그중 교사는 인원수도 많고, 임금과 근로조건이 대체로 공무원들과 비슷하며, 전문직 중에서 중하위에 속한다고 볼 수 있다. 교사와 비교할 때 의사는 직무 성격상 교육 훈련 과정이 길고, 노동 강도도 세서 근로 연한

이 짧다 해도 임금은 교사보다 두 배가 넘는다. 따라서 교사 임금 수준을 통해 그 나라의 공무원과 전문직의 임금 수준을 가늠할 수 있다. 매년 발표되는 'OECD 교육지표'는 교사들의 근로조건을 매우 상세하게 집계하여 발표한다. 회원국 30개국, 비회원국 6개국 등 총 36개국의 교육 관련 26개 지표가 나와 있다. 그중 교사의 급여 부분만 살펴보면 다음과 같다.

2007년 현재 15년 경력의 한국 국공립 중학교 교사는 일인당 GDP(2007년 기준 일인당 GNI=2,016만 원)의 2.2배를 임금으로 받는다. 비슷한 경력의 공무원들도 비슷하거나 약간 많다. 그런데 복지국가인 스웨덴, 덴마크, 핀란드, 노르웨이의 경우, 15년 경력의 국공립 중학교 교사는 일인당 GDP의 0.9배, 1.13배, 1.12배, 0.68배를 임금으로 받는다. 다른 선진국들도 북유럽과 비슷하다. 미국의 교사들도 일인당 GDP의 0.97배, 영국은 1.26배, 프랑스는 1.04배, 일본은 1.45배를 받고, 근로자 임금이 대체로 높은 독일은 1.69배이다. OECD 평균은 1.23배 수준이다.

전반적으로 초등학교 교사는 중학교 교사보다 다소 낮고, 고등학교 교사는 다소 높다.

이 통계는 같은 재정으로 북유럽에서는 한국보다 2배수의 교사나 공무원을 채용할 수 있다는 것을 의미한다. 북유럽 국가들의 고용률과 여성 취업률이 높은 이유는 바로 여기에 있다. 물론 이들 나라의 노동시간이 짧은 탓도 있을 것이다. 단적으로 한국 근로자들이 연평균 2,200~2,300시간을 일할 때, 스웨덴 근로자들은 1,700시간 정도 일한다. 북유럽 국가들은 노동의 양과 질이 비슷하면 임금도 비슷하다. 수만 명이 일하는 대기업과 작은 하청 협력업체 노동자들의 임금에 큰 차이가 없다. 이는 북유럽 노동조합이 오랜 세월 동안 만들어 놓은 룰이다. 임금이 이렇듯 평등하니까 대기업이 무리하게 공정을 분할하여 협력회사에 외주나 하청을 줄 이유가 없다. 그러니 당연히 대기업의 고용 비중이 높은 것이다.

우리나라의 경우, 근로자들의 임금 및 근로조건은 기업의 수익성과 노조 교섭력의 함수로 결정된다. 즉 기업 규모와 관련되어 있다. 다시 말해 노동의 양과 질이 같아도 어떤 크기의 기업에서 일하느냐에 따라 임금 및 근로조건은 천양지차이다. 동시에 근로조건이 좋은 대기업은 구조조정이 거의 불가능하다. 그곳을 나와서 비슷한 근로조건을 보장해주는 곳으로 옮겨갈 수가 없다. 상식적으로 기업은 유사시 구조조정이 어렵기 때문에 잘나갈 때도 고용 확대가 어렵다. 외부 노동시장의 수준과 해당 기업의 처우 수준의 차이가 그리 크지 않은 중소기업은 상대적으로 구조조정의 후유증이 그리 크지 않다. 고용 부담이 덜하기 때문이다. 근로조건이 좋은 대기업은 일자리가 점점 줄어들어 청년들이 입사하기가 하늘의 별따기다. 당연히 점점 줄어드는 괜찮은 일자리를 차지하기 위해 좋은 학벌 갖기, 유학, 스펙 쌓기, 고시, 공시 등 온갖 노력을 다하는 것이다.

북유럽 국가들은 교사 임금 수준에서 보듯 임금 및 근로조건이 기업 규모(수익성)나 직능, 분야와 상관없이 비슷하다. 대체로 노동의 양과 질에 비례한다고 볼 수 있다. 앞에서 근로자들의 임금 상위 10%가 하위 10%의 몇 배인지 따졌을 때 스웨덴, 덴마크, 핀란드, 노르웨이가 매우 적은 수치가 나온 이유는 바로 여기에 있다.

북유럽 국가들처럼 부문, 직업, 직능, 기업 간 임금과 근로조건이 비슷하면 괜찮은 일자리를 둘러싼 경쟁이 불필요해진다. 따라서 입시 위주 교육이나 사교육도 불필요해진다. 스펙 쌓기, 고시, 공시 열풍도 발붙일 자리가 없을 것이다. 고용에 대한 부담이 덜한 만큼 고용률도 높아지는 결과를 낳는다.

부실한 교육 사다리

대한민국은 해방 후 토지개혁과 전쟁, 또 논밭을 팔아서라도 자식 공부만은 시키는 높은 교육열과 급속한 산업화로 인해 신분제 사회가 급속히 해체되었다. 지금 사십대부터 칠십대 어른들은 오랜 신분제 사회를 끝내고 새로운 사회를 만든 주역이자 산증인들이다. 그러나 우리 자식 세대들은 다시 신계급사회로 되돌아가고 있는 형국이다. 낮은 곳에서 높은 곳으로 올라갈 수 있는 사다리가 너무 부실해져 있기 때문이다.

동서고금을 막론하고 신분제 철폐 이후 가난한 사람들이 자신의 처지와 운명을 바꾸는 유력한 통로는, 헌법 제31조가 보장하는 "능력에 따라 균등하게 교육을 받을 권리"와 "무상 의무교육"과 "자유롭고 공정한 시장"이다.

헌법 제31조

1. 모든 국민은 능력에 따라 균등하게 교육을 받을 권리를 가진다.

2. 모든 국민은 그 보호하는 자녀에게 적어도 초등교육과 법률이 정하는 교육을 받게 할 의무를 진다.

3. 의무교육은 무상으로 한다.

4. 교육의 자주성·전문성·정치적 중립성 및 대학의 자율성은 법률이 정하는 바에 의하여 보장된다.

5. 국가는 평생교육을 진흥하여야 한다.

6. 학교교육 및 평생교육을 포함한 교육제도와 그 운영, 교육재정 및 교원의 지위에 관한 기본적인 사항은 법률로 정한다.

그런데 지금 한국의 시장경제는 불공정하게 돌아가고 있다. 대기업의 불공정 거래와 중소기업 보호대책이 미흡해 대부분의 중소기업은 극심한 고통에 시달리고 있다. 대기업과 중소기업의 양극화는 사회 양극화를 초래하여 이는 소득, 복지, 교육 등 국민들이 체감할 수 있는 실질적인 분야에까지 지속적으로 심화되고 있다.

교육에 대한 공적 책임은 미진하고, 사적 책임은 과중하다. 그러다 보니 초·중·고등학교 단계에서 부모의 재력에 의해 좌우되는 사교육이 학업 성적에 절대적 영향을 미친다. 대학 등록금 문제는 더 심각하다. 대학 등록금 수준이 OECD 31개국 중에서 미국 다음인 2위이다. 이는 일인당 국민소득을 감안하면 한국이 월등히 비싼 수준이다. OECD 국가들의 일반적인 등록금 부담률이 소득 대비 10분의 1인 반면, 한국은 3분의 1에 육박한다. 소득 하위 10% 가구의 경우,

연간 소득과 등록금이 비슷한 수준으로 하위 계층은 자녀를 대학에 보낼 수 없다는 말이다. 한국은 가난한 학생들을 위한 장학제도도 대단히 취약하다. 학비도 높은 데다 대출 이율까지 높으니 이래저래 빈자들의 교육 사다리는 없는 것이나 마찬가지다.

그럼에도 불구하고 한국의 대학 진학률은 80%를 넘어섰다. 이는 세계 최고 수준이다. 대학 등록금도 미쳤지만, 대학 진학률도 미쳤다고 해도 과언이 아니다. 여기에는 근본적인 이유가 있다. 대학 졸업

OECD 국가별 대학 등록금 추정치(2006~07학년도)

단위: 달러

구분	국공립학교	정부 의존성 사립학교	독립청 사립학교
미국	5,943	–	21,979
한국	4,717	–	8,519
일본	4,432	–	6,935
영국	–	4,678	–
뉴질랜드	2,734	–	–
이탈리아	1,195	–	4,355
프랑스	179~1,206	–	–
노르웨이	등록금 면제	5,247	–
멕시코	등록금 면제	–	4,847
체코	등록금 면제	–	–
덴마크	등록금 면제	–	–
핀란드	등록금 면제	등록금 면제	–
아일랜드	등록금 면제	–	등록금 면제
스웨덴	등록금 면제	등록금 면제	–

* 대학교 및 대학원(석사) 연평균 등록금 기준.
* 한국, 프랑스, 멕시코, 노르웨이, 영국, 미국은 2007~08년 자료임.
* 학생이 받은 장학금, 연구비 등은 고려하지 않음.
* '–'는 그 수가 미미하여 통계에서 제외되거나 해당 없음 또는 자료 미제출인 경우.
• 출처: OECD, 『Education at a Glance 2010』, Table B5.1 재구성.

을 못 하면 사회 경제적 차별을 감당해야 하기 때문에 꼭 가야 한다는 불문율이 작동하고 있는 것이다. 교육 사다리를 타려면 생활고에 허덕이면서도 대학을 나와야 하는 것이다.

지금 정부와 대학은 너무 많은 부담을 학생과 학부모에게 전가하고 있다. 단적으로 시립대학 10곳 가운데 8곳은 법적으로 부담해야 하는 최소한의 지원금(교직원 법정 부담금)조차 전액 부담하지 않고 있고, 땅을 매입하고 건물을 짓는 등의 자산 확충 비용도 약 10% 정도만을 법인이 부담하고 있다. 즉, 법인 자산을 늘리는 재원을 학생들의 등록금으로 충당하고 있는 것이다. 정부의 고등교육 공교육비 부담 비율(GDP 대비 0.6%)도 여전히 OECD 국가 평균(1.0%, 2007년 기준)의 절반 수준에 불과하다. 불투명하고 방만한 대학 재정 운용은 '미친 대학 등록금'에 크게 기여했을 것이 자명하다.

지금 대한민국은 부모 세대의 재력과 능력이 자식 세대의 학력과 기회로 그대로 대물림되고 있다. 부모의 능력이 자식의 학벌, 학위, 학과를 결정짓는다. 이는 자식의 직업, 직장(지위, 소득)과 친구, 배우자 수준까지도 결정짓는다. 사십대~칠십대의 청년 시절에는 이런 대물림의 비극은 없었다. 부모 세대들은 대부분 찢어지게 가난한 농민이었기에 자식들에게 약간의 소질과 가풍 외에는 물려줄 것이 없었다. 가정교사나 과외는 극소수 부유층의 얘기였다. 치맛바람도 대도시 극소수 부유층의 얘기였다. 게다가 그 시대는 한국경제가 역동적으로 성장하는 시기였기에 기회도 많이 주어졌다. "쌀 한 줌 쥐고 있으면 쌀가마니 못 든다"고 빈손일수록 새로운 기회를 잡을 수 있는 가능성이 많았다.

지금 대한민국은 부모 세대의 재력과 능력이 자식 세대의 학력과 기회로 그대로 대물림되고 있다. 그러나 우리 헌법은 "모든 국민은 능력에 따라 균등하게 교육을 받을 권리를 가진다"고 분명히 밝히고 있다. 내가 두려운 것은 가난 그 자체가 아니라 갈수록 심화되고 있는 빈부 격차이다.

그래서 초등학교 학력도 없는 성공 스토리가 넘쳐났다. 수많은 사회적 개천에서 무수히 많은 용이 났다. 그런데 지금은 부모의 부가 자식의 미래를 결정하는 시대이다.

양극화가 심각한 사회 문제인 까닭은 그 격차가 크고, 불공평하며, 무엇보다 대물림될 가능성이 크기 때문이다. 사람들은 밤에 정전이 되면 먼저 옆집을 살핀다. 항시 자신의 고통이나 부담을 주변 사람들과 비교하면서 산다. 남도 자기처럼 고통을 받고 있으면 고통을 덜 느낀다고 한다. 자신이 받는 차별, 결핍, 고통이 남들과 비교해 부당하면 매우 억울하고, 나름대로 합당하다는 판단이 들면 비교적 잘 감내하게 되는 것이다.

2,500년 전 공자가 《논어》 '계씨季氏' 편에서 "(통치자는) 적은 것을 걱정하지 않고 고르지 못함을 근심하며, 가난함을 근심하지 않고 안정되지 못한 것을 걱정한다不患寡而患不均 不患貧而患不安."고 한 것은 인간의 이런 속성 때문이다. 그런데 대한민국은 지금 이유 있는 억울함을 사회 개혁의 동력으로 보지 않고 '사촌이 논을 사면 배가 아픈' 정서로 뭉뚱그려 폄하하면서 근본적인 개혁을 외면하고 있다.

이명박 정부의 후퇴하는 복지

양극화가 점점 심화되고 있고 양극화의 대물림 현상이 지금 심각한 사회 문제로 대두되고 있음에도 불구하고 이명박 정부는 오히려 약자들을 위한 사회적 안전망을 더 악화시키고 있다. 특목고, 자사고, 국제중학교 등 부자 아빠들이 자식들을 보내는 특수층 학교 중시 정책이 횡행하고 있다. 통탄할 노릇이다. 게다가 비양심적이고 몰염치하기 이를 데 없는 불량 사학재단들의 비리 이사장과 그 측근들을 너무 봐주어 대학에 그대로 남도록 하고 했다.

실패한 정책인 4대강 사업에 비상식적인 재원을 투입하면서 보육, 교육 등 복지에 대한 지원 예산은 현격히 줄이고 있다. 자활근로도 1995년 사업이 시작된 이래 최악의 상황으로 내몰리고 있다. 지방정부 차원의 서민 지원 예산은 큰 폭으로 줄어들어 기초단체장들은 한숨만 푹푹 내쉬고 있다. 지방정부 곳간이 바닥을 드러내고 있기 때문

빈부 격차와 그에 따른 사회적 갈등, 즉 사회 양극화는 앞으로 들어설 정부의
최우선 해결 과제가 될 것이다. 재벌에게 방송과 은행까지 넘겨주려는
이명박 정권 정책의 이면에는 경찰국가화와 공안통치 강화가 필연적으로
뒤따르고 있음을 플래카드의 구호가 말해주고 있다.

이다.

경제를 살리겠다고 집권한 이명박 정부가 지난 4년 내내 보여준
것은 4대강 사업 하나뿐이다. 그러나 대규모 토목 건설 공사를 통해
경제를 살리겠다는 이명박식 토건경제의 실패는 이미 예고된 것이나
다름없다.

세계경제에서 신자유주의는 이미 몰락의 그림자를 드리우고 있다.
영국병을 비난하며 집권했던 대처가 그랬고, 공급경제학을 들고 나
와 부자 감세정책을 밀어붙였던 레이건이 그랬듯이 한국의 이명박
정부 역시 사상 유례없는 빈부 격차와 사회 갈등만 남긴 채 마감할
것이다.

빈부 격차와 그에 따른 사회적 갈등, 즉 사회 양극화를 해소할 방
안이 급선무다. 이제 앞으로 들어설 정부의 최우선 과제는 바로 양극
화 해결이다. 나는 이것을 국가 전략적 차원에서 바라보아야 한다고
생각한다. 성장과 복지가 선순환되는 국가경제를 재구축할 수 있는
총체적 전략을 준비해야 할 때이다.

2. 성장 패러다임이 바뀌어야 한다

대기업 위주의 성장주의는 그만

양극화를 해결하는 가장 근본적인 처방은 질 좋은 고용을 확대하는 일이다. 이것은 '보편적 복지'의 기초이기도 하다. 안정적이고 괜찮은 일자리 없이 내수 경기 진작은 어림도 없다. 복지정책 실행을 위한 세수 증대도 고용이 없다면 결코 그 기반이 마련되지 않는다. 괜찮은 일자리를 만드는 것, 이것이 우리 사회의 가장 중요한 과제이다.

이를 위해 우리는 기존의 성장 패러다임 자체를 재검토해야 한다. 1960년대부터 1990년대까지 우리 사회를 지배했던 성장론은 소위 낙숫물 성장론이었다. 가장 흔하게 듣던 구호는 "일단 파이를 키우자!" 내지 "아랫목이 따뜻해야 윗목까지 따뜻해진다!"였다. 큰 저장고에 물이 차면 수도꼭지에서 식수가 졸졸 흐를 것이고, 그걸 받아먹기만 해도 먹고사는 데 지장이 없을 거라고 생각했다. 하지만 이러한 성장론은 10여 년 전부터 도전을 받아왔다.

'동반 성장'을 해야 한다는 목소리가 높다. 민주정부 10년 동안

‘성장과 분배의 선순환’ 또는 ‘대기업과 중소기업의 상생’과 같은 문제가 검토되었다. 요즘 이명박 정부에서도 시끌벅적하게 이 문제를 끌고 가고 있는데, 전직 국무총리가 동반성장위원회 위원장으로 활동하면서 여러 대안을 내놓고 있다. 하지만 이명박 정부의 ‘비즈니스 프렌들리business friendly’ 정책은 근본적으로 동반 성장 정책과 어긋난다. 대기업의 불공정 거래가 고착화되어 있고 대기업이 거의 모든 사업 분야를 독과점하고 있는 이러한 불균형한 경제 구조에 근본적 메스를 들이대지 않는 동반 성장론은 허울뿐인 것이나 다름없다. 지금 이명박 정부의 비즈니스 프렌들리 정책은 대기업들에게 더 많은, 더 큰 수익을 가져다주고 있는데 수익에 걸맞은 고용 확대로 이어지고 있다는 어떠한 징표도 나타나지 않고 있다.

1995~2008년 대기업 고용은 33만 명이 감소했다. 반면 중소기업은 299만 명을 추가로 고용했다. 하지만 문제는 중소기업의 일자리가 노동조건이나 임금 같은 지표에서 대기업보다 훨씬 취약하다는 점이다. 대기업에만 청년들이 몰리는 이유는 바로 이것이다. 중소기업들의 고유 사업영역은 대기업들에게 점점 잠식되고 있고 중소기업의 수익이 개선되고 있다는 어떠한 경제지표도 나오지 않고 있다.

해법은 ‘질 좋은 고용을 위한 성장’에 핵심을 둔 경제정책일 것이다. 모든 성장은 고용으로 귀결되어야 한다. 고용 창출로 이어지지 않는 기업활동은 무의미하다.

청년들은 괜찮은 일자리에서 일하고 있는가?

국제노동기구ILO에서 1990년대 초반부터 사용한 용어로 '괜찮은 일자리'라는 말이 있다. 영어식 표현으로는 decent job 또는 decent work인데 '괜찮은'이라는 기준이 다소 모호하다. 하지만 대략 그 속뜻은 보수(임금), 근로 환경, 노동 강도, 안정성, 발전 가능성 등의 측면에서 평균 혹은 그보다 높은 수준의 일자리라고 말할 수 있다.

전문가들이 정한 괜찮은 일자리의 기준을 보면, 소득은 전체 취업자의 중간 수준 이상(총 취업자가 2,400만 명이라면 1,200만 번째 근로자의 임금), 고용 안전성은 고용 형태가 정규직(또는 상용직), 노동시간은 주당 36시간 이상에다 평균 근로시간 이하여야 하며, 비임금 근로자(자영업자, 무급 가족 종사자, 사업주)는 소득 수준과 노동시간만으로 기준을 잡는다.

괜찮은 일자리의 측정 지표 및 평가 기준

측정 지표	평가 기준		비고
	임금 근로자	비임금 근로자	
소득 수준	중위수(median) 소득 이상	중위수 소득 이상	임금, 비임금 구분
고용 안전성	정규직 또는 상용직 일자리	–	2008년부터 종사상 지위별로 조사
적절한 노동시간	주당 근로시간 36시간 이상 주당 평균 근로시간 이하	주당 근로시간 36시간 이상 주당 평균 근로시간 이하	

* '종사상 지위'란 상용직, 임시직, 일용직 등의 근로 종사직을 의미함.

이런 기준으로 보면 2009년 현재 임금 근로자 1,668만 5천 명, 비임금 근로자 712만 명을 통틀어 '괜찮은 일자리'는 총 572만 1천 개(24%)다. 그런데 2011년 4월 현재 총 취업자 중 대졸(대학원 졸업 포함) 인구는 964만 명으로 고졸 인구보다 2만 명이나 많아졌다. 여기서 괜찮은 일자리의 거의 절반은 고졸 이하가 차지하고 있다. 그렇다면 대졸 청년들은 어떤 일자리에서 일하고 있는 것인가? 아마 몹시도 노동조건이 열악한 일자리에서 일하고 있거나 대부분 청년 백수일 거라는 결론이 나온다.

한편 15~29세 청년층의 괜찮은 일자리 사정을 보면, 총 개수는 84만 1천 개였다. 문제는 시간에 따른 추이다. 2006~2009년까지 전체 취업자 수는 꾸준하게 증가하고 있지만, 괜찮은 일자리 수는 절대적으로 꾸준히 감소하다가 2009년 들어 소폭 증가하는 경향을 보이고 있다. 하지만 청년층의 전체 일자리 수는 2006년 416만 4천 개에서 2009년 389만 6천 개로 꾸준히 감소하고 있다. 청년층의 괜찮은 일자리도 그 절대 수가 감소하다가 2009년 들어 소폭 증가했다. 이것은 비정규직 보호법의 효과로 추정된다.

연도별 전체 일자리 수 및 괜찮은 일자리 수의 변화 추이

단위: 1천 명, %

구분	전체 일자리 수			괜찮은 일자리 수		청년층 전체 일자리	청년층(15~29세)의 괜찮은 일자리		
	임금 근로자	비임금 근로자	전체 (A)	전체 (B)	비중		일자리 수 (C)	비중 1(C)/ 전체(A)	비중 2(C)/ 전체(B)
2006년	15,706	7,757	23,463	6,217	26.5	4,164	1,012	4.3	16.3
2007년	16,147	7,603	23,750	5,458	23.0	4,159	847	3.6	15.5
2008년	16,219	7,515	23,734	5,327	22.4	4,024	812	3.4	15.2
2009년	16,685	7,120	23,805	5,721	24.0	3,896	841	3.5	14.7

• 출처: 산업·직업별 고용구조 조사 원자료(2006~2009년), 한국고용정보원

산업별(대분류)로 보면, 괜찮은 일자리 수의 비중이 가장 높은 산업은 전기가스 및 수도 산업 분야로서 2006년에 76.2%, 2007년에 74.5%, 2008년에 71.8%, 2009년에 66.9%를 차지하여 4년 내내 1위였으나 매년 그 비중이 감소하는 추세다. 그 다음이 국제 및 외국기관, 공공행정, 국방 및 사회보장 행정, 금융 및 보험업 등에서 괜찮은 일자리 비중이 50%나 나온다. 대체로 공공 부문이거나 돈을 다루는 금융 산업이다. 하지만 이 분야에서 청년층이 괜찮은 일자리를 차지하는 경우는 매우 드물다. 신규 인력이 창출되지 않는 분야이기 때문이다. 괜찮은 일자리 중 청년층이 차지하는 비중이 가장 높은 산업은 보건업 및 사회복지 서비스업으로 2006년에 30.7%, 2007년에 31.2%, 2008년에 26.1%, 2009년에 27.4%를 차지했다. 그 다음으로 청년층 비중이 높은 분야는 문화, 예술, 디자인, 방송 관련직과 미용, 숙박, 여행, 오락, 스포츠 관련직이다. 이 분야들은 새로운 일자리가 지속적으로 창출되는 성장 산업으로서 대체로 청년층이 잘할 수 있는 산업이기 때문에 수요 창출 효과가 크다.

한국사회는 청년들이 선망하는 괜찮은 일자리가 수요에 비해 너무 적은 게 문제이다. 선망하는 일자리와 쉽게 구할 수 있는 일자리의 격차가 극심하다. 당연히 살인적인 경쟁이 벌어질 수밖에 없다. 이것이 한국 중 · 고교 교육과 대학 교육을 왜곡시키는 가장 큰 요인이다. 괜찮은 일자리가 사실상 글로벌 경쟁 압력이 덜한 공공 부문 및 금융 산업과 일부 전문직에 많은 것도 심각한 문제다. 물론 시장을 지배하는 수출 대기업에도 괜찮은 일자리가 많다.

하지만 앞에서 열거한 괜찮은 일자리의 노동의 양과 질이 대다수

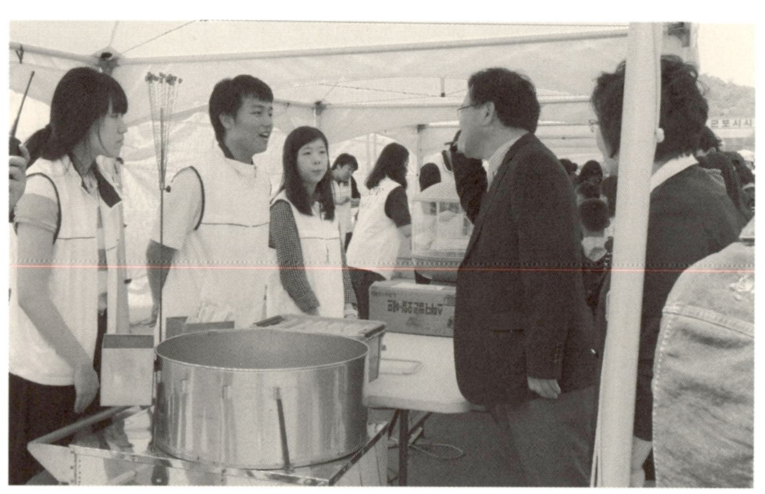

한국사회는 청년들이 선망하는 괜찮은 일자리가 수요에 비해 너무 적은 게 문제이다.
그러니 당연히 살인적인 경쟁이 벌어질 수밖에 없다.
이것이 한국 교육을 왜곡시키는 가장 큰 요인이다.

일자리와 비교해 그 처우의 격차가 생길 만큼 서로 다르지 않다는 것이 중론이다. 괜찮은 일자리를 차지한 이들은 행운아일 뿐이다.

어느 나라나 세계화, 지식 정보화, 과학기술 혁명, 소비자 선택권의 강화에 따라 격차는 늘어날 수밖에 없는 사정이 있다. 이는 거의 모든 나라가 겪는 문제이다. 당연히 이런 격차는 세금과 재정을 통해서 좁혀갈 수밖에 없다. 하지만 사회가 발전하면, 즉 선진국이라면 점차 줄어들어야 할 격차(특권, 특혜)가 있는데, 우리나라는 별로 줄어들지 않는 게 문제다.

우리나라에서 세금과 재정을 통한 격차의 해소는 요원한 현실이다. 대표적으로 공공 부문과 민간 부문의 근로조건 격차이다. 공무원

이나 정부기관 등 공공 부문은 특별한 직무가 아닌데도 조선시대 양
반처럼 선망의 대상이 되고 있다는 것은 극히 비정상적이고 후진적
인 현상이다.

이른바 '사'자 직업으로 대표되는 전문직도 그 직무 특성상 일정한
교육, 훈련, 검증(공인)이 필요한데, 이 관문을 통과하지 못한 사람이
함부로 이런 직무를 수행할 수 없도록 해야 한다. 그러나 '사'자 직업
의 배타적 독점권을 지나치게 크게 허용하면 안 된다. 예컨대 의사가
아니면 병원을 경영할 수 없도록 한다든지, 선진국과 달리 일반 약의
슈퍼 판매를 금한다든지, 모든 소송을 변호사가 독점하도록 한다든
지, 교수 아니면 프로젝트 책임자가 되지 못하도록 한다든지 등 배타
적 독점권을 지나치게 또는 광범위하게 허용하면 관련 분야의 혁신
은 요원하고, 청년 인재들로 하여금 독점적 자격증이나 허가증 취득
에 매달리도록 만든다.

고용률 높이고 소득 격차 해소하라

스웨덴을 복지국가로 만든 사회민주당의 최초 여성 당수 모나 살린
은 "인간의 자유를 위한 전제 조건은 고용"이라고 말했다. 자본주의
사회에서 정치의 핵심 목표는 일하고 싶어 하는 사람들에게 일자리
를 제공하는 일이다. 일자리는 가계소득의 원천이자, 자기실현의 길
이며, 자유와 행복의 토대이다. 또한 개인과 가족에게 닥칠 수 있는

사회적 위험에 대비해 국가가 보장해주는 최소한의 사회 안전망이기도 하다.

괜찮은 일자리 창출을 위해서는 건강한 사회 시스템이 작동되어야 한다. 하지만 한국사회에 만연한 대기업의 독과점과 불공정 거래, 상위 계층의 과도한 불로소득 등은 사회 시스템을 심각하게 위협하고 있다. 복지는 개인 및 가족의 책임과 국가 및 사회의 책임이 균형 있게 작동되어야 실현된다. 책임은 '남용'이나 '도덕적 해이'를 방지하기 위한 비용 통제 혹은 자유 통제를 의미한다. 결국 건강한 동기부여 체계도, 책임의 균형 문제도 모두 정의의 문제로 귀결된다. 따라서 정치는 정의를 바로 세워 보다 많은 일자리와 적정한 복지를 제공하는 것이 궁극적 목표라 할 수 있다.

청년 실업이 심각한 상황에서 정치가 할 일은 일자리 문제를 제대로 파악하고 이를 개선하는 일이다. 사실 한국은 실업률 지표에서 OECD 국가 중 가장 낮은 수준(2009년 현재 3.8%)을 기록하고 있다. 거의 완전 고용 수준인 것처럼 보인다. 하지만 국민들이 피부로 느끼는 체감 고용은 그렇지 않다. 왜 그럴까? 그것은 취업자와 실업자를 정의하는 방식 때문이다. 우리나라에서 취업자를 정의하는 방식에는 오류가 있다. 여기에서 '취업자'란 670명의 조사원이 전국 3만 3천 가구 15세 이상 인구(대략 7만 1천 명)를 대상으로 행하는 표본 설문 조사에서 매월 15일이 낀 일주일 동안 1시간 이상 일한 사람을 말한다. 다만 무급 가족 종사자(예를 들어 남편이 혼자 운영하는 가게를 도와주는 부인)는 한 달에 18시간 이상 일해야 취업자로 기록된다.

그리고 '실업자'는 네 가지 조건을 만족해야 하는데, 그것은 15세 이상 인구 중 일할 의사와 능력을 가지고 있음에도 불구하고 해당 기간에 주당 1시간도 일하지 않았고, 일자리를 찾아 적극적으로 구직활동을 하고 있고, 일자리가 생기면 즉시 취업이 가능한 사람을 말한다. 그런데 우리나라는 실업자로 등록해도 아무런 혜택이 없는 사람이 많다. 그래서 굳이 실업자로 신고하지 않는다. 따라서 이들은 비경제활동인구로 분류되어 통계에서 빠지게 되어 있는 것이다.

비경제활동인구란 15세 이상 인구 중 조사 대상 기간에 취업도 실업 상태도 아닌 사람을 말한다. 가사, 육아, 학업, 취업 준비, 연로, 일자리에 대한 환멸감 등으로 일할 의사나 능력이 없는 사람이 여기에 속한다. 당연히 학생이나 군복무 중인 사람도 비경제활동인구에 포함된다. 따라서 한국의 실제 실업률은 훨씬 높을 것이다.

따라서 15~64세 인구에서 차지하는 취업자의 비중인 고용률을 따져봐야 취업률과 실업률을 정확히 이해할 수 있다. 2009년 현재 한국의 고용률은 62.9%이다. 일본이 70%, 프랑스가 63.9%, 독일이 70.4%, 영국이 70.6%, 스웨덴이 72.2%, 덴마크가 75.7%, 노르웨이가 76.5%이다. 우리나라의 고용률이 낮은 이유는 어린 자녀를 둔 여성들의 고용률이 낮고, 높은 대학 진학률과 군복무, 고시, 공시 준비 등으로 15~29세의 청년 고용률이 낮기 때문이다.

고용률이 낮은 것은 노동력 공급의 문제만은 아니다. 대학 진학률이 떨어지고, 군복무 기간이 대폭 줄어든다 하더라도 고용률이 올라갈지는 의문이다. 낮은 고용률에는 적은 노동력 수요(일자리 공급)의 문제가 분명히 있다. 특히 괜찮은 일자리 공급은 절대적으로 부족하다. 낮은 고용률과 더불어 또 하나 한국의 특징적 현상은 '높은 자영업자 비율=낮은 임금 근로자 비율'이다.

2010년 현재 한국의 총 취업자(2,382만 9천 명) 중에서 임금 근로자가 차지하는 비중은 71.2%, 비임금 근로자(고용주+자영업자+무급 가족 종사자)는 28.8%이다. 이중 고용주는 대략 7% 내외이고 나머지가 자영업자와 그 가족인 셈이다. 하지만 선진국의 임금 근로자 비중은 이탈리아(70% 초반), 스페인(80% 초반)을 제외하면 대부분 90% 내외이다. 이웃나라 일본도 85% 수준이다.

한국의 자영업자 중에는 고소득 전문직이 상당수 포함되어 있긴 하지만, 한국은행 통계에 입각하여 자영업자와 임금 근로자의 평균적인 소득을 비교하면 임금 근로자들의 소득은 대체로 물가상승률보다 높은 수준의 임금인상률을 기록하며 올라가지만, 자영업자의 일인당 평균 소득은 임금 근로자의 절반을 약간 넘는 열악한 수준에 그치고 있다. 더욱이 사실상 무한 경쟁에 내몰린 이들의 처지가 시간이 가도 별로 개선되지 않고 있다.

이런 상황에서 우리나라 자영업자의 대다수는 선진국의 자영업자와 달리 임금 근로자가 되기를 원하지만 자본가의 고용 의지 부족과 능력 부족으로 인해 고용되지 못한 존재들이라고 봐야 한다. 일반적으로 경제가 성장하면 무급 가족 종사자와 자영업자가 줄어든다. 우리나라도 1991년 이전까지는 그런 경향을 보였다. 그런데 1991년 이후 자영업자가 2000년대 중반까지 답보 상태에 있다가 2007년 이후 다시 줄어들고 있는 경향을 보이고 있다.

자영업은 대체로 내수에 크게 의존하기 때문에 중소기업과 함께 세계화(해외 소비 활성화), 지식 정보화(인터넷 유통, 홈쇼핑 등), 교통수

단의 발달(KTX 및 자가용 대중화), 중국경제의 부상이라는 충격들을 가장 많이 받았다고 보아야 한다. 물론 중국과 일본 관광객의 증가로 경기가 좋았던 지역(서울, 제주 등)과 업종도 있지만, 전반적으로 세계화와 지식 정보화로 인해 자영업자들은 경제적 어려움에 처했다고 보아야 맞을 것이다. 이런 증후는 신용불량자와 저신용자의 막대한 숫자가 말해준다.

임금 근로자들은 기업이라는 보호막이 있는 데 반해 자영업자는 홀로 모든 충격을 감내해야 한다. 따라서 임금 근로자의 비중이 높으면 아무래도 국민들의 삶의 안정성은 올라가고, 그만큼 정치적 역동성은 낮기 마련이다. 그러나 임금 근로자의 비중이 낮으면, 특히 농민이 아닌 자영업자 비중이 높으면 삶의 안정성은 떨어지는 반면 정치적 역동성은 높기 마련이다. 하지만 우리나라 임금 근로자들의 삶은 안정적이지 못하다. 고용과 임금이 불안정한 비정규직 비중이 기형적으로 높기 때문이다. 정규직이라 할지라도 경기 변동이나 시장의 경쟁 상황에 쉽게 흔들리는 영세한 중소기업이라면 근로자들의 삶의 안정성은 결코 높을 수 없다. 일용직 근로자나 도급제 근로자는 이러한 자영업자의 상황과 크게 다를 바 없다.

자영업자는 한국 정당 정치에서 그 인구 비중보다 훨씬 큰 힘을 발휘해왔다. 하지만 (농민을 제외한) 자영업자는 국가 규제나 (사회보험 제도에 근거한) 복지를 통해 생활을 개선하기가 쉽지 않다는 이유로 사회 경제적 구조 개혁에 큰 목소리를 내지 못했다.

낮은 고용률, 낮은 임금 근로자 비율(=높은 자영업자 비율)과 더불어 또 하나의 주요 특징은 노동계 내부의 엄청난 격차이다. 정규직과 비정규직 간, 대기업과 중소기업 간, 공공 부문과 민간 부문 간에 엄청난 격차가 존재한다. 이것은 노동의 양과 질에 따른 격차가 아니기에 심각한 문제이다.

지난 2004년 총선, 2007년 대선, 2008년 총선과 촛불 사태, 정당 지지율의 급격한 요동 등으로 표출된 한국의 정치적 역동성은 거대한 규모의 실업자, 반실업자(불완전 고용 인력, 경제활동 인구에 포함되지 않는 사실상 실업자) 및 영세 자영업자의 존재와 기득권 위주로 짜인 불합리한 격차, 그리고 이를 방치한 보수 정권 및 진보 정치세력들의 정치적 무능과 무책임에 원인이 있다.

지금 대졸 취업자가 1천만 명을 넘어섰다. 15~64세의 비경제활동

인구에도 대졸자 100~200만 명은 족히 포함되어 있을 것이다. 그런데 대졸자로서 괜찮은 일자리를 가진 사람은 300만 명이 넘지 않을 것이다.

이처럼 괜찮은 일자리와 높은 소득을 절실히 원하는 열악한 처지의 고학력 인구가 엄청나게 많은 상황이니 커피전문점, 지입제 화물 자동차 사업, 노래방 등 돈 좀 벌리는 자영업이 생기면 하겠다는 사람이 엄청나게 몰려들어 살인적인 경쟁이 벌어지는 것이다. 심야시간에 단돈 1만 원이라도 벌어보겠다는 대리운전자들이 넘쳐나고, 원래 고졸자를 전제로 직무가 설계된 9급 공무원 자리 하나를 놓고 대졸자 수백 명이 몰리는 상황은 한국의 불균형한 고용 구조에서 비롯되는 현상이다.

이런 일자리 상황을 감안하면, 한국에서 집권을 하겠다는 정치세력들은 진보든 보수든 고용률을 끌어올리는 것이 당면 과제다. 비정규직 규모와 열악한 처지도 분명 심각한 문제지만 그보다 더 심각한 문제는 비경제활동인구에 숨어 있는 실업자이다. 평균적으로 비정규직보다 더 열악한 비임금 근로자(자영업자와 무급 가족 종사자) 문제도 반드시 풀어야 한다.

임금 근로자 가운데 소기업 근로자들의 근로조건이 열악한 것은 자본의 재생산 조건(수익성, 안정성, 기술 능력, 경영 능력)이 열악하기 때문이다. 그렇기 때문에 당장 노동 관련 최저 기준(최저임금 등)을 급격히 상향시킨다고 해서 모든 문제가 풀리지는 않을 것이다. 실업자나 비경제활동인구나 비임금 근로자의 비중이 늘어날 가능성이 높아지기 때문이다.

따라서 고용률을 높이고 취약 계층의 근로조건을 개선하는 일이 동시에 이루어져야 한다. 지속가능한 문제 해결을 하려면 일인당 GDP 수준의 임금을 받는 일자리 수백만 개를 창출하는 동시에 기업 간, 노동 간, 부문 간 격차를 전체적으로 줄이면서 생산영역을 다시 구조화해야 한다. 그리고 2차저으로 세금과 재정(복지정책) 등의 재분배를 통해 격차를 해소하면서 사회 경제의 활력을 높여나가야 한다.

질 좋은 고용 확대를 위한 노력

질 좋은 고용 확대를 위해서는 정부의 노력이 무엇보다 중요하다. 생산영역인 시장 메커니즘을 제대로 작동시켜 창업을 활성화하고 능력 있는 중소기업이 순조롭게 성장할 수 있도록 하여 자본 간 분배 구조를 개선하는 데 주력해야 한다. 이를 위해서는 국가가 보호 규제 정책 및 경쟁 촉진 정책을 구사해야 한다. 지난 15년간 한국경제와 민생에 엄청난 고통을 준 사건은 대체로 앞뒤 재지 않은 개방화, 자율화 조치와 관련되어 있다.

실업고 학생을 대거 대학에 진학시키면서 세계 최고의 대학 진학률을 기록하게 만든 대학 설립 자율화, 외환위기에 가장 결정적인 책임이 있는 해외 금융 개방화, 카드 대란을 초래한 신용카드 현금서비스 자율화, 부동산 대란을 초래한 부동산 분양가 자율화 등이 그것이다. 한국의 주요 기업과 은행의 과도한 외국인 주주 비중과 2008년의

나는 '백봉신사상' 대상 두 번을 포함해 총 여섯 번을 수상했다. 해마다 국회 출입 기자들에게 물어서 가장 품위 있고, 뛰어난 의정활동을 보인 의원에게 수여되는 상이다. 모든 국회의원에게 국회 상임위 활동은 의정활동의 기본이다.

투매 현상도 적절한 규제 감독 장치 없이 행한 자율화, 개방화의 폐해라고 볼 수 있다.

그런데 이를 근본적으로 해결하기 위해 사회주의식 명령 경제를 도입할 수는 없는 노릇이다. 정부가 거의 모든 경제적 자원을 쥐락펴락하던 박정희식 패러다임으로 돌아가 국가와 사회를 운영할 수도 없는 시대이다.

우리는 자동차나 비행기 사고가 나면 자동차나 비행기 자체를 사악한 기계로 보기보다 정비 상태, 운전 습관, 관제 기술, 안전 기술, 법규 등에서 문제를 찾는다. 자율화, 개방화의 해악을 바라보는 관점도 동일하다. 자율화와 개방화 그 자체를 문제삼는 것이 아니라 그

수순과 속도, 범위와 전제 조건 등을 면밀히 따져야 한다.

이는 한마디로 세련된 규제, 감독을 의미한다. 시장의 상거래나 사람의 자유로운 활동에 대해 개입 시점, 지점, 수준을 정확히 설정하여 공공적 의도와 실제의 결과를 근접시키는 정치, 행정, 사법 행위가 필요하다. 그런데 이게 말처럼 쉬운 것이 아니다. 시장과 사회의 동학을 잘 몰라서, 다시 말해 경제, 금융 분야에서의 운용 능력이 취약해서 생기는, 의도와 결과 간의 괴리 현상이 나타나기 때문이다.

한편 규제 감독권을 행사하는 국가에 대한 사익집단의 조정으로 인해 때로는 관료 스스로가 사익집단이 되기도 하고, 때로는 정치권력의 불순한 목적으로 인해 대형 사고가 터지기도 한다. 또한 규제, 감독의 완화가 무조건 모두에게 좋은 것이라는 극단적 신자유주의 이데올로기가 대형 사고를 초래하기도 한다. 개방화와 자율화의 해악을 극소화하면서 효과를 극대화하기 위해서는 도덕적이고 강건하고 실력 있는 정치가 필요하다. 복잡 미묘한 시장의 동학을 잘 알고, 재경부 마피아MOFIA로 통칭되는 전문가 집단 및 이익집단에도 휘둘리지 않으며, 불순한 정치적 의도를 배제하는 정치가 필요한 것이다.

기업 간 양극화를 완화하기 위해서는 중소 벤처기업에 친화적이고, 고용 및 창업에 친화적인 조달 정책이 필요하다. 정부는 매년 수십조 원의 재화를 구매하지만 관리하기 편하다는 이유로 대기업에 발주를 주고 다시 그 대기업이 수많은 중소기업에게 재하청을 주면서 별로 땀 흘리지도 않고도 엄청난 이익을 챙겨가는 상황이 벌어지는데, 이를 좌시해서는 안 된다. 관료가 대기업과 이들이 주도하는 직능 혹은 업종 협회의 전방위 로비에 놀아나지 않도록 해야 한다.

이를 위해서는 대기업 로비의 지렛대인 퇴직 공무원에 대한 전관예우를 엄격히 규제해야 한다. 예컨대 사법 관련 공직, 금융 감독 관련 공직, 조세 관련 공직, 대형 토목 건설 공사 관련 공직 등의 유관기관 취업은 특별히 규제해야 한다.

정부 조달 시장에서 중소기업을 우대해야 한다. 근로자를 많이 고용하고, 적정한 대우를 하고, 하청에도 적정한 몫을 분배하는 기업이 입찰에서 높은 점수를 받을 수 있도록 해야 한다. 또한 투자 여력이 충분한 재벌 대기업에게 정부의 R&D 자금이 흘러가지 않도록 하는 한편, 가능하면 기술력 있는 벤처 중소기업에게 보다 많은 자금이 지원되도록 해야 한다.

외환위기 상황도 아닌데 인위적인 고환율 정책으로 수출 대기업에게 엄청난 이익을 챙겨주는 일은 더 이상 하지 말아야 한다. 금리, 외환 등 금융정책도 고용 및 중소기업 친화적으로 시행되어야 한다. 재벌 위주의 신성장 동력 정책이 아니라 중소기업 위주의 신고용 동력 육성 정책을 개발해야 한다. 고용 창출 효과가 높은 사회서비스 산업, 신재생에너지 및 환경 산업, 농업과 관광 산업 등을 특별히 진흥시켜야 한다.

고소득 자영업자 및 임금 근로자를 포함한 근로소득자 간 분배 구조 개선은 특히 시급하다. 이는 격차를 줄이고 합리화하는 것이기에 핵심적인 성장정책이자 고용정책이며 복지정책에 해당한다. 여기에는 전문직의 특권과 우대를 합리적인 수준으로 조정하는 문제와, 기업의 수익성이나 노조의 협상력이 아닌 노동의 양과 질에 따른 대우를 보편화시키는 문제와, 노동의 최저 기준을 올리는 문제가 주요하게 포함되어 있다. 따라서 국가가 할 일이 있고, 노조 등 시민사회가 할 일이 각각 존재한다.

한국의 노동조합 운동가들에게도 중요한 역할이 있다.

OECD 주요국과 한국을 비교해보면 현재 한국의 노동시간은 지나치게 긴 반면, 괜찮은 직업·직장의 고용·임금은 노동 시장의 평균 수준보다 훨씬 높고 일인당 GDP 대비 선진국 수준보다도 크게 높다.

한국에서는 공공 부문의 처우가 특히 높고 안정적이다 보니 엄청난 진입 경쟁이 일어나고 있다. 북유럽에서 200만 명을 고용할 재원으로 한국은 겨우 100만 명을 고용하는 데 그치고 있다. 전반적으로 볼 때 노동에 대한 처우 수준은 그 노동의 양과 질이 아니라 해당 기업의 수익성과 노조의 교섭력에 비례하고 있는 실정이다.

재벌 대기업이 불공정 거래를 통해 초과 이익을 얻는다면 그 수혜자는 주주와 경영자만이 아니라 종업원(노조원)들도 포함되어야 한다. 한국 노조운동에는 선진국 노조운동의 확고한 전통인 '산업적 차원의 동일 노동 동일 임금' 정신을 찾아보기 힘들다. 외부 노동 시장 수준에 비해 너무 높은 처우를 누리는 곳은 유사시 구조조정이 거의 불가능하기 때문에 그런 기업일수록 직접 고용에는 지극히 소극적이고, 외주 하청에는 적극적일 수밖에 없다.

따라서 괜찮은 직장, 특히 시장 평균에 비해 처우가 월등한 대기업의 고용 비중은 감소 일로에 있고, 그에 따라 고령화 현상도 심화되고 있다. 파이를 나눌 때 이처럼 힘 있는 소수가 많이 떼어가면 나머지는 적게 가져가거나 아예 파이 나누기에서 배제될 수밖에 없다.

이는 한국의 비정규직 및 시간강사 등의 열악한 처우와 고용률

노조는 자조 정신에 입각한 연대임금제를 추진하고,
국가는 사회 안전망을 강화하는 한편 사회임금을 높이며,
기업은 국가와 함께 최저임금의 상향과 고용 확대에 힘써야 한다.

(62.9%, 15~64세 기준, 2009년 현재)이 일본(70%), 독일(70.4%), 영국 (70.6%) 스웨덴(72.2%) 등에 비해 한참 떨어지는 현상과도 밀접히 관련되어 있다.

비정규직 문제를 포함한 각종 노동 및 일자리 문제에 대해 일부 진보세력은 공무원, 공기업, 대기업의 정규직에 상당하는 처우를 정상으로, 반면 비정규직에 대한 처우는 비정상이라고 전제하고 이를 사회임금 상향과 기업 잉여의 이전, '청년 고용 할당제' 등 각종 규제를 통해 정상 수준으로 끌어올리자고 주장한다. 한마디로 상향 평준화라고 할 수 있다. 그러나 그렇게 할 수만 있다면 얼마나 좋겠는가?

현실적으로 이젠 상향 평준화도 하향 평준화도 아닌 중향中向 평준화를 목표로 해야 할 때이다. 현재의 정규직도 비정상, 현재의 비정규직도 비정상이라는 시각에 입각하여 시장, 국가, 사회가 보다 합리적인 시스템을 구축하여 격차를 줄이고 공정하고 유연한 노동조건을 만들어야 한다.

노조는 자조 정신에 입각한 연대임금제를 추진하고, 국가는 사회 안전망을 강화하는 한편 사회임금을 높이며, 기업은 국가와 함께 최저임금의 상향과 고용 확대에 힘써야 한다. 분명한 것은 노조와 진보 세력이 과거에 단위사업장 내에서 정액제와 정율제를 결합하여 하후 상박 식으로 임금 인상을 하여 임금 격차를 줄였듯이 이젠 국가와 산업 차원에서 연대임금제, 노동시간 단축, 일자리 나누기 등을 통해 중향 평준화를 추구한다면 최저임금도 빠른 속도로 올라가 평균 임금의 50% 수준까지 갈 수 있을 것이다.

한국의 기업가들에게도 할 말이 있다.

이제 기업의 목표에 대해 전면 재검토할 때에 이르렀다. 기업의 목표는 더 이상 '수익 극대화'가 아니라 '질 좋은 고용 확대'가 되어야 한다. 수익은 고용 확대를 위한 수단이 되어야 한다.

최근 KBS에서 방영한 〈몬드라곤의 기적〉이라는 프로그램을 보고 나는 깜짝 놀랐다. 20년 전쯤 관심을 가졌던 공동체 기업이다. 몬드라곤 그룹은 발전을 거듭해 이젠 스페인에서 9대 기업으로 성장하였지만 처음과 마찬가지로 기업의 목표를 여전히 '고용 확대'로 명시하고 활발한 기업활동을 벌이고 있다. 더욱이 2008년 유럽 금융위기 당시에는 오히려 고용을 늘렸다고 해서 더더욱 놀랄 수밖에 없었다. 몬드라곤 그룹은 협동조합 기업이다. 따라서 몬드라곤의 사례를 일반

화시키는 것은 무리겠지만 오늘 우리에게 중요한 시사점을 던져주는 것만은 분명하다.

기업활동이 특정 족벌의 번영을 위해 존재하는 시대는 지났다. 또 지나가야 한다. 기업활동이 주주들의 배당 수익과 매매 차익 실현에 급급해하는 것도 문제다. 그런 식의 주주자본주의는 제 살 뜯어먹기가 될 수 있다는 것을 우리는 지금 목격하고 있다.

기업활동이 공동체 안의 수많은 사람들이 흘린 피와 땀의 결정체라는 인식이 확산되어야 한다. 성공한 기업의 성과는 해당 기업만의 것이 아니다. 기업활동을 통해 공동체의 번영에 이바지하는 가장 확실한 방법은 '질 좋은' 고용을 확대하는 것이다. 경제가 아무리 글로벌화되더라도 이러한 기본 질서는 유지되어야 한다.

수익과 고용이 상충되거나 상충 가능성이 보일 때 언제나 고용을 우선시하는 '기업가 정신'이 지금 우리 사회엔 긴급히 필요하다. 그래야만 정부도 기업(가)의 편을 들어줄 수 있다. 모든 기업활동은 공동체의 상생 번영에 기여해야 한다. 그래야 공동체 구성원 모두로부터 사랑받고 기업도 발전할 수 있다.

3. 교육 혁신을 위한 새로운 대안

교육이라는 사다리

교육의 세 가지 기능

우리나라는 세계가 놀랄 정도로 단기간에 산업화와 민주화를 동시에 달성했다. 그렇게 할 수 있었던 핵심 동력은 교육이었다. 교육은 산업화의 견인차였던 뛰어난 엔지니어, 근로자, 기업가를 양성했다. 동시에 민주화 과정에서는 자유와 평등의 가치관을 내면화하고 민주의식으로 무장한 대학생과 넥타이 부대 그리고 지식인을 양성해냈다. 교육은 산업 경쟁력의 정수였고 계층 상승의 통로였기에 사회를 통합하는 핵심 장치이기도 했다. 그런데 지금 위대한 성공 신화를 만든 한국 교육이 휘청거리고 있다.

자랑스러운 대한민국을 있게 한 교육이 지금 제 기능을 못하고 있다. 오히려 교육 때문에 개인, 가계, 기업, 국가가 제각기 엄청난 시간적, 금전적 낭비를 하고 있다. 몇십 년 전에는 저비용, 고효율의 전형이었던 한국 교육이 지금은 고비용, 저효율의 전형이 되었다고 해도 과언이 아닐 것이다. 과거에는 교육이 사회적 활력과 통합의 요체였지만 지금은 좌절, 억울함, 분열의 산실이 되어버렸다.

한국사회의 통합과 상생을 위해서는 그 기회의 뿌리이자 위기의 뿌리인 교육 문제를 해결해야 한다. 문제가 복잡하고 난해할수록 그 해결책은 다시 뿌리와 기본으로 돌아가야 하기 때문이다.

교육의 본령은 한 사회가 축적한 경험, 지식, 지혜, 문화를 널리 공유하고 전승하여 인간과 사회의 잠재력을 끌어내는 것이다. 이를 위해 발휘되어야 할 교육의 기능은 세 가지로 요약될 수 있다.

첫째, 노동 생산성을 끌어올리는 기능이다. 즉, 개개인의 소질과 능력을 개발하는 기능이다. 지식 정보화 사회는 지식과 정보가 핵심적인 생산수단이고, 이는 교육과 학습을 통해 생산 분배된다. 교육과 학습에 대한 투자는 설비, 장비, 건물, 토지 등 물적 자본에 대한 투자 이상으로 개인, 기업 및 사회 발전의 필수 요소가 되었다. 바로 이 기능 때문에 교육은 기회 평등의 핵심이자 경제활동의 저변을 튼튼하게 하는 성장 동력이기도 한 것이다.

노동 생산성을 끌어올리기 위해 교육은 사회와 시장의 요구에 부응해야 한다. 나아가 교육이 사회와 시장을 선도해야 한다. 그렇기 때문에 교육기관의 반응성과 책임성은 매우 높아야 한다. 그런데 현실은 그렇지 못하다.

교육과 사회 간에 엄청난 불일치가 발생하는 이유는 지금 한두 가지가 아니다. 공교육 부문에 대한 정부의 투자 부족, 평가(입시 및 시험) 제도의 불공정성(부유층 편향성), 교원에 대한 평가보상 체계의 후진성, 교육기관과 교육과정에 대한 소비자 선택권(공급자 경쟁)의 제

교육은 기본 인권이나
건강권처럼 누구나 차별
없이 누려야 할 권리이다.
그래서 현대 문명 국가들은
최소한 의무교육
연한까지는 지역, 계층,
성별, 부모의 능력에
상관없이 차별 없는 교육
기회를 제공하기 위해 재정
투자를 늘려가고 있다.

우수한 청년 인재가 자격증이나 고시 분야로 쏠리는 것은
개인적으로 합리적 선택일 수 있지만 사회 전체적으로는 큰 재앙이 아닐 수 없다.

한, 교육기관의 투명성과 지배구조상의 문제 등 숱한 요인들이 난마처럼 얽혀 있다.

둘째, 가치체계를 형성하는 기능으로서 민주시민의 소양을 키우는 역할이다. 가치체계는 인간으로 하여금 세계와 역사를 어떻게 보아야 할지, 무엇을 존중하고 무엇을 중시해야 할지, 각자가 지닌 에너지(관심, 소질, 취향)를 어떤 방향으로 발휘해야 할지를 결정한다. 이는 교육기관만의 몫은 아니다. 언론과 종교, 가족도 큰 역할을 하게 된다.

그런데 불의가 지배하는 사회에서는 교육을 통해 아무리 바람직한 가치체계나 문화를 가르쳐도 소용이 없다. 나는 한국에 부정부패, 집단이기주의, 배금주의, 약자 무시, 과도한 경쟁이 넘친다면 그것은 교육의 책임이라기보다 정치와 사회의 책임이라고 생각한다. 불합리한 사회구조 때문에 가치체계를 형성하는 기능이 무용지물인 것이다.

셋째, 인간의 소질과 능력을 개발 검증하는 기능이다. 한국 교육의 문제점 대부분은 바로 여기서 비롯된다고 볼 수 있다. 원래 소질과 능력을 개발 검증하는 기능은 대상자들의 행위를 규율하고 유도한다. 때문에 피검증자들로 하여금 검증자들의 의도와 기대에 부응하도록 하기 위해서는 검증의 잣대를 끊임없이 발전시켜야 한다.

검증의 잣대가 달라지면 검증 결과와 검증 대상자들의 성과도 달라지기에 잣대는 항상 합리적이어야 한다. 농구 선수를 뽑는데 집안의 재력이나 감독과의 친소 관계를 기준으로 해서는 안 된다.

인생의 등급을 결정하는 교육

국회의원들은 늘 이런저런 청탁과 민원을 받게 마련이다. 요즘 부쩍 늘어난 것은 취업 청탁이다. 대기업이나 공기업 같은 괜찮은 회사가 신규 채용을 공고하면 거기에 조금이라도 영향을 미칠 것 같은 힘 있는 이들이 청탁에 시달린다. 그 덕분에 최근 채용제도에 대해 나도 좀 알게 되었다.

청탁이 난무하다 보니 요즘은 회사가 직접 뽑지 않고 아예 채용 전문회사에 외주를 줘버리는 경우가 많다고 한다. 더 놀라운 일은 채용 전문회사가 사람을 뽑는 방법이다. 괜찮은 일자리의 경우 입사 경쟁률이 100대 1이 넘는다. 채용 전문회사들은 입사 지원자들의 고교 졸업 연도 수능 성적표를 제출하도록 한 후, 일정 수준 이하는 무조건 탈락시켜 버린다고 한다.

왜 출신 대학도 아니고 수능 성적표일까? 대학과 학과는 숱한 경우의 수가 작용해 복잡하지만 수능은 한 줄로 일목요연하게 줄 세워져 있기 때문이다. 어느 대학에서 무엇을 전공했느냐가 중요한 게 아니라 고등학교 졸업 때 수능 점수를 얼마나 잘 받았느냐를 보면 나머진 볼 것도 없다는 대단히 노골적인 기준인 셈이다. 그렇게 되면 대한민국의 4년제 대학 180개, 2년제 대학 180개 중에서 거의 절반 아니 어쩌면 3분의 2 정도는 좋은 직장에 도전할 기회 자체가 원천 봉쇄되는 것이나 마찬가지다.

이런 방식으로 사람을 걸러내고 있으니 고교 졸업 연도의 수능 성적이 평생 동안 타고 갈 열차 등급을 결정짓는 것이나 다름없다. 점수 높은 학생은 KTX를 타고 가고, 그 다음은 새마을호, 그 다음은 무궁화, 그도 안 되는 학생은 트럭 짐칸이나 소달구지를 타게 된다는 얘기다.

등급 지우는 평가 방식도 문제지만 더 심각한 문제는 한 번 정해진 등급과 등급 간 격차가 너무 크고, 더욱이 낮은 등급에서 높은 등급으로 옮겨가는 것 자체가 거의 불가능하다는 사실이다. 이런 조건에서는 모든 자원을 쏟아 부어서라도 중·고교 성적을 좋게 만드는 데 목숨을 걸어야 한다. 갈수록 중·고등학교에서 사교육이 창궐하는 이유가 바로 여기에 있다.

원래 소질과 능력을 검증하는 이유는 어떤 기준이나 관문을 통과한 자에게 자격이나 특권을 제공하고, 그러지 못한 자에게는 자격을 주지 않기 위함이다. 자격에는 입학, 입사 자격도 있고 교사, 의사, 변호사, 회계사, 세무사, 기술사가 되기 위한 면허증(전문 자격증)도 있을 것이다.

이때 어떤 관문을 통과하거나 자격을 가진 자가 누리는 특권이 크면 클수록, 또 관문을 통과하지 못하거나 자격을 갖지 못한 자에 대한 배제와 차별이 심할수록 자격 획득 경쟁은 치열할 수밖에 없다. 이것이 바로 사교육 열풍, 지나친 학벌과 학위 선호, 학업 성적이 우수한 고교생들의 '사'자 직업에 대한 과도한 선호, 고시나 공시 열풍, 창의력을 말살하는 주입식 교육, 지나치게 높은 대학 진학률, 대학과 시장 및 사회의 미스 매칭, 고비용 저효율의 대학 교육을 낳는 원인이다.

따라서 교육 문제의 상당 부분은 교육제도, 입시제도, 학교 지배구조, 교육 재원 등 교육 내부 문제가 아니라 교육 외부의 문제이다.

이런 구조에서는 자신의 소질과 능력을 잘 계발하여 높은 성과를 올리려고 하기보다는 관문 통과 혹은 자격 획득에 모든 에너지를 쏟아붓기 마련이다. 이렇게 우수한 청년 인재가 자격증이나 고시 분야로 쏠리는 것은 개인적으로는 합리적 선택이지만 사회 전체적으로 보면 큰 재앙이 아닐 수 없다.

십대 후반부터 이십대 초·중반까지 입시 혹은 고시를 통해 소질과 능력을 검증받은 뒤, 이를 근거로 평생에 걸쳐 과다한 특권이나 특혜를 제공받게 될 때 또 다른 현상이 야기된다. 즉 젊은 시기의 교육 투자나 교육 경쟁은 과열되는 반면, 그 이후 교육에 대한 자기 투자는 과냉될 수밖에 없다. 교육 관련 국제 비교 통계를 보면 15~19세 및 20~29세의 취학률은 한국이 높지만, 30~39세와 40세 이상 취학률은 OECD 평균의 3분의 1~4분의 1에 불과하다.

불합리한 평가 기준

설상가상으로 한국은 특권의 수혜 여부를 결정하는 평가 잣대가 매우 불합리하다. 무엇보다 지금 대학 입시제도가 부모의 이력과 재력에 크게 영향을 받도록 설계되어 있다. 예컨대 지금 입시에 영어 말하기를 중시하는 제도가 도입되었다. 이럴 경우 10세를 전후하여 영어권에서 2~3년씩 살다 온 학생들은 압도적으로 유리해질 수밖에 없다. 학력과 학벌의 대물림을 통한 부와 사회적 지위의 대물림 현상은 심화된다.

더 심각한 것은 현대판 음서제도를 방불케 하는 특권층끼리의 채용 방식이다. 이는 모 외교부장관의 딸 특채 파문에서 그 빙산의 일각이 잠깐 드러났다. 행정안전부가 장관 딸의 전문계약직 특채 과정을 감사해본 결과, 상식적으로 납득이 안 되는 일이 숱하게 일어났다. 예컨대 특채 심사위원을 장관 딸에게 유리하도록 선정한다거나, 응시 자격이나 요건을 유리하도록 변경시키는 일까지 있었다.

이런 단편적인 비리를 적발해 그 뿌리를 솎아낸다고 해결될 수 있을까?

우리나라의 교육 문제는 입시 비리나 채용 비리를 발본색원한다고 해도 결코 해결되지 않을 것이다. 문제의 근원은 따로 있다. 과도할 뿐 아니라 불합리한 사회적 격차가 그 근원이다. 그리고 그 격차는 '괜찮은 일자리의 절대 부족' 현상에서 비롯된다. 일자리에 따른 소득, 안정성, 사회적 지위 간의 격차는 개선되기는커녕 날로 악화되고 있는 실정이다.

결국 사다리의 문제

한국에서 교육은 개인의 소질과 능력을 업그레이드하는 계단일 뿐 아니라, 조선시대 과거시험이나 일제 강점기 고등문관 시험처럼 특권을 행사하는 자리로 수직 상승하는 사다리로 인식되고 있다. 사다리라는 인식은 공무원과 변호사, 의사, 기술사 등을 뽑는 '국가고시'에만 국한된 것은 아니다. 학벌과 학위도 사다리 역할을 한다. 최근에는 수능 점수나 대학의 위치(서울과의 거리)에 따라 달라졌지만 한때 대학 졸업장 자체가 사다리 역할을 했던 적도 있다. 사다리는 국가가 부여한 독점권의 향유는 물론, 취업 시장이나 결혼 시장에서의 통념이나 관행으로도 작용하는 데서 보듯이 모든 곳에서 이를 둘러

불의가 지배하는 사회에서는 교육을 통해 아무리 바람직한 가치체계나 문화를
가르쳐도 소용이 없다. 부정부패, 차별, 불공정이 난무하는 사회에서
아이들에게 올바른 가치관을 심어준들 무슨 소용이 있겠는가.

싼 경쟁의 대상이 되어 있다.

한편, 용케 사다리를 타고 올라간 이들은 자신에게 부여된 특권과
특혜를 기득권화하고는 절대 놓지 않으려 한다. 한 사회의 자원 배분
기능을 갖는 정치 역시 기득권층의 특권과 특혜를 변화하는 시대에
맞춰 재조정하려 하지 않았다. 이처럼 지금까지 사다리의 위와 아래
간에 존재하는 격차를 해소하지도 않았고 학위, 학벌, 자격증 시험으
로 통칭되는 교육 사다리 이외의 다양한 사다리(창업, 벤처, 신지식인
의 성공 신화, 선출직과 정무직 등)를 충분히 만들어내지도 않았다.

그래서 대한민국은 성과나 실력을 숭상하는 사회가 아니라, 자리
나 자격증을 숭상하는 사회가 되어버렸다. 사다리를 타고 위로 올라

가지 않으면 괜찮은 일자리도, 괜찮은 배우자도 구할 수 없음은 물론, 심지어 사람 취급도 제대로 못 받는다는 생각이 널리 퍼져 있다. 그 결과가 세계 최고 수준의 대학 진학률이고, 미친 듯이 부는 조기 유학 열풍과 고시·공시 열풍이다.

나는 교육의 사다리 기능이 왜곡됨에 따라 발생한 이 모든 해악을 해소하는 방법을 다섯 가지로 정리해보았다.

첫째, 경제 사회적 특권과 특혜를 축소 조정함으로써 사다리 위와 아래 간의 격차를 줄여야 한다. 사다리 위로 올라갈 수 있는 대상자를 늘려 제한된 파이를 보다 많은 사람이 나눠 가지게 하는 방법도 있다. 기득권층의 엄청난 반발이 예상되지만, 이는 반드시 해야 할 일이다.

둘째, 교육 사다리 외에 다양한 사다리를 만드는 일이다. 이는 성과나 실력을 통해 위로 올라가는 기회를 지금보다 훨씬 다양하게 만드는 것을 의미한다. 벤처 창업의 활성화, 채용이나 용역 수주 자격 등에서 학위나 자격증 소지 등 요건의 완화, 현장 실무 경력의 적극적 인정, 선출직이나 정무직의 확대, 김대중 정부가 한때 추진했던 신지식인 인정 문화 등이 대안이 될 것이다.

셋째, 인적 자원에 대한 평가에 있어 학력이나 학위에 덜 의존하도록 해야 한다. 이는 이미 시장의 요구이기도 하다. 단적으로 모 대기업에선 지원서에 적힌 학력보다 자체 개발한 직무 적성 검사 기법을 적용함으로써 실제 응시자의 자질과 능력을 더 주요하게 참고하고 있다고 한다. 분명한 것은 단순한 학벌 선호는 평가 검증 기능의 후진성과 밀접한 관련이 있고, 학위 선호는 학위에 부여한 과도한 신뢰 내지 특권과 관련되어 있다는 점이다.

넷째, 평가 기준을 부모나 가족의 배경에 영향받지 않도록 설정해야 한다. 이는 각종 시험제도의 합리화를 의미한다. 예컨대 영어 말하기 능력에 가중치를 주면 어릴 때 영어권에 살았거나, 아니면 조기 유학이라도 보낼 수 있는 집안의 아이들이 절대적으로 유리할 수밖에 없다. 따라서 대학입시 같은 공공 시험제도에서는 절대 소수에게 유리한 요소를 도입해서는 안 된다. 절대 다수의 보편적 상황에 기준선을 맞춰 공정 경쟁을 유도하는 것이 특권층이나 기득권층의 전횡을 막을 수 있다.

다섯째, 십대 후반에 집중된 사다리 오르기 경쟁을 이십대 중후반이나 그 뒤로 좀더 분산시키는 방법이다. 이는 사다리에 대한 접근권을 직장 경력자들에게로 일부 옮기는 것을 의미한다. 살아가다가 스스로 필요성을 느껴 대학(원) 공부를 시작한 이들을 위한 사다리도 만들어주어야 한다. 이는 평생학습 문화 확산에도 일조하고, 교육에서 부모의 영향력을 약화시키는 측면도 있을 것이다. 또 우리나라 직장 조직에서 나이에 따른 서열 체계를 약화시키고 직무나 기능에 의한 역할 분담 체계를 강화시키는 효과도 가져올 것이다. 학교 밖 교육 혹은 평생학습을 활성화시키기 위해서는 인터넷과 방송을 활용하거나, 야간 대학과 직장 대학 등 다양한 형식의 대학과 연계하는 방법이 있을 수 있다.

교육체제 개혁 방향

시대의 요구에 부응하는 교육

교육의 사회적 기능과 함께 교육 자체의 내용과 방식, 교육 주체도 변화가 필요한 부분이다. 이는 선진국이나 대부분의 문명국에서 네 가지 공통된 경향으로 나타난다.

첫째, 학습자의 자율적 선택권이 크게 강화되고 있다. 모든 학습자가 동일한 내용, 동일한 진도, 동일한 방식으로 학습하는 것은 더 이상 가능하지도 효과적이지도 않다. 이제는 각자 자신의 관심과 필요에 따라 배우고자 하는 내용, 방법, 시기, 교사 등을 선택하는 것이 가능해졌고, 또 그것이 더 효과적인 경우가 많다. 한마디로 학습자의 개별 특성을 고려한 맞춤형 교육에 대한 요구가 높아지고 있는 것이다.

학습자의 강화된 선택권은 오랫동안 유지되어온 학교체제를 뛰어넘곤 한다. 기존의 학교체제가 아무리 진화 발전해도 새롭게 부상하는 다양한 교육 수요를 다 충족시키지 못하기 때문이다. 더욱이 한국은 정치권의 느린 반응성과 교육 관료, 학교 재단, 교사 등 교육 이해관계자들 상호 간 불신으로 인해 학교체제의 변화가 매우 더디다.

이 때문에 사교육, 조기유학, 대안교육으로 이탈하는 수요가 어떤 나라보다 많다. 학습자들이 기존 학교체제를 벗어나는 이유는 기존 체제가 가르치기 어려운 어떤 소양이 사회적으로 각광을 받기 때문이다. 단적으로 외국어 능력, 자기주도적 학습 능력, 자율성과 창의성, 다른 분야와의 원만한 소통 및 협력 능력, 지식 융합(통섭) 능력, 생애 전반을 고려한 전략적 행동 능력 등이 그런 소양에 해당한다.

둘째, 학습자의 생애 주기와 처지에 따라 다양한 맞춤형 교육 수요가 발생하고 있다. 지금은 인간의 수명을 제외한 모든 것들, 즉 지식, 기술, 상품, 직업, 조직 등의 수명이 매우 짧아지고 있다. 지식의 생멸 주기 자체가 매우 짧아진 것이다. 그에 따라 모든 사람들이 직업 또한 빈번하게 바꿀 수밖에 없는 상황으로 변화하고 있다.

지금 대부분의 직장은 정년이 연장되지 않는다. 그나마 정년을 맞이하는 이들은 극히 일부 직군(교사, 공무원, 대기업 및 공기업 조직 노동자)에 불과하다. 따라서 2모작, 3모작 인생이 보편화되고 평생교육의 필요성 또한 커지고 있다.

게다가 지식 없이 할 수 있는 일은 거의 없다. 새로운 지식을 창조하는 능력도 더 많이 요구되고 있다. 그래서 우리는 이 시대를 지식기반 혹은 평생학습 사회라고 부른다. 하지만 평생학습이 시대의 대세라고 누구나 얘기하지만 실제 참여율은 저조하고, 내용도 여가활동 수준에서 크게 벗어나지 못하고 있는 실정이다.

셋째, 창의성, 협력성, 자율성을 강화하는 교육이 중시되고 있다.

OECD의 교육 관련 부서는 성공한 사람과 사회의 다양한 특징 요인들을 조사한 뒤 공통점을 찾아냈다. 그리고 이 시대가 요구하는 경쟁력 혹은 핵심 역량을 다음과 같은 범주로 정식화해 발표했다.

범주 1 도구의 상호적 이용

언어나 상징, 텍스트를 상호적으로 사용하는 능력, 지식과 정보를 상

호적으로 활용하는 능력, 기술을 상호적으로 이용할 수 있는 능력

범주 2 이질적인 집단 내에서의 상호작용

다른 사람들과 좋은 관계를 맺는 능력, 협동할 수 있는 능력, 갈등을
관리하고 해결하는 능력

범주 3 자율적으로 행동하기

전체적인 상황Big Picture 속에서 행동할 수 있는 능력, 생애 설계와 개
인적 프로젝트를 만들고 수행할 수 있는 능력, 권리와 관심사, 한계와
필요를 주장할 수 있는 능력

위의 세 가지 범주를 보면 알 수 있듯이 이 시대의 모든 지식은 기
본적으로 분업과 협업에 의해 생산되기에, 경험과 지식은 타자와 소
통하고 협력하는 능력을 향상시키기 위한 것이다. 그럼에도 불구하
고 우리나라의 입시 위주 교육은 여기에 전혀 부응하지 못하고 있음
을 다시 한 번 확인할 수 있다.

넷째, 학벌, 학위, 자격증보다 능력과 성과를 중시하는 사회로 변
화하고 있다. 이는 세계적 추세지만 한국에서는 여전히 지체되고 있
다. 이런 변화는 학습자가 어떤 과정과 경로를 거쳤는지 살피지 않고
궁극적으로 어떤 지식과 능력을 습득했는가만 확인되면 자격을 부여
하는 학력 인증체제를 요구한다.

우리나라의 삼십대, 사십대와 그 자식 세대는 교육 패러다임의 변
화 앞에서 갈팡질팡하고 있다. 대안학교, 홈스쿨링, 영재교육, 조기

유학, 중·고등학생의 사교육, 평생교육 열풍은 그 징표들이다. 이들 중에는 하루빨리 잠재워야 할 것도 있고, 앞으로 더 보호 육성해야 할 것도 있다.

교육에 대한 공적 책임의 강화

지금까지 우리나라가 당면한 네 가지 변화이자 우리가 대응해야 할 과제를 살펴보았는데, 국가가 교육 문제에 대한 의무를 다하지 못한 상황에서 특히 강조될 것이 있다. 그것은 교육에 대한 공적 책임성의 강화이다.

교육은 기본 인권이나 건강권처럼 누구나 차별 없이 누려야 할 권리이다. 또한 지식과 정보가 핵심적인 생산수단이 된 시대에 경제 사회 발전의 잠재력을 높이는 요체이다. 그래서 현대 문명 국가들은 최소한 의무교육 연한까지는 지역, 계층, 성별, 부모의 능력 등에 상관없이 차별 없는 교육 기회를 제공하기 위해 노력한다.

초·중·고등학교의 입시 폐지, 즉 평준화는 이런 철학의 산물이다. 의무교육 범위를 초·중학교에서 고등학교로, 교과서 및 수업료 무상에서 급식비나 학습 준비물 무상 제공으로 확대하고, 최근 들어서는 대학 교육에서도 국가가 더 많은 부담을 떠안아야 한다는 시대적 요구도 그 연장선에 있다. 반값 등록금에 대한 열화와 같은 요구, 국공립대 무상교육 또는 등록금 부담의 대폭 완화 요구 등은 필연적이다.

국공립대 등록금 부담은 대폭 완화되어야 한다. 장학금 지원은 학업 성적과 연계되어 훨씬 더 많이 확대되어야 하며, 정부 재정이 투입되는 사립 교육기관은 반드시 그에 상응하는 투명성과 책임성이 전제되어야 한다. 특히 사학은 회계 투명성을 높이고, 재단의 지배구조에도 공익 대변자가 일정 비율 이상 들어가야 한다.

대안학교 지원

각종 자율학교와 대안학교도 적극 지원, 육성해야 한다. 초·중·고 교육의 경우 공교육 만족도와 경쟁력을 최대화하고, 사교육 의존도를 최소화하는 것은 교육정책의 기본이다. 그러나 동시에 기존 학교 체제를 개혁하려는 각종 자율학교와 그로부터 완전히 탈피해 이뤄지는 대안학교의 새로운 교육 시도도 존중해야 한다.

현재 교육 재정 지원으로부터 소외된 대안학교는 지나치게 높은 인허가 기준과 관련 법 제도의 미비로 인해 정식 학교로 인가받지 못하고 학부모들이 내는 거액의 학비로만 운영되고 있다. 다문화 가정, 새터민 자녀, 기타 학교 부적응자 등 기존 공교육 체제에서 포용하기 어려운 학생들을 위한 새로운 대안학교는 물론이고, 이들 각종 대안학교에 대한 재정적 지원을 포함한 공적 지원이 더 늘어나야 한다.

대안학교에서 이뤄지는 다양한 시도와 실험은 그 자체로도 가치 있지만, 패러다임 전환기에 놓인 한국 교육이 가야 할 길을 탐색하고 안내하는 선발대 역할도 하고 있기에 외면해선 안 된다.

통합 국립대: 서울대를 광역화하자

교육 현장의 목소리

중·고등학교의 '무학년 학점제 + 절대평가제 + 단계별(수준별) 맞춤형 수업 + 교과서 자유 발행 및 자유 선택 제도'는 이미 많은 선진국에서 널리 채택하고 있는 정책 패키지이다. 한국 교육 역시 이런 방식으로 가야 한다고 나는 생각한다. 하지만 고교 성적 평가가 대학 입시에 지대한 영향을 미치고, 이것이 학생의 운명을 결정한다면 온갖 부정이 횡행할 가능성이 없지 않다.

따라서 고교 학업 평가를 불신하는 대학은 본고사, 입학사정관제, 고교등급제 등 나름대로의 평가 기준을 따로 만들 것이고, 이는 다시 고교 교육 과정 전반에 커다란 영향을 미치게 되어 있다. 내신에 상대평가제가 도입되고, 수험생 수십만 명을 성적 순으로 줄 세우는 학력고사나 수능시험이 도입되는 등 파행이 일어난 것도 바로 이 때문이다.

과도하고 불합리한 사회적 격차를 완화하지 않는 한, 그리고 그 부산물인 대학 서열과 그 서열을 만든 사회적 인식을 깨뜨리지 않는 한 선진 교육제도 및 문화의 수용은 한계가 있을 수밖에 없다. 그러나 학생의 소질과 능력을 더 잘 계발하고, 학생과 학부모를 보다 행복하게 만드는 교육 개혁 방안은 얼마든지 있다고 나는 확신한다.

교육 개혁과 관련하여 내가 가장 중시하는 것은 교육 현장으로부터의 목소리이다. 지난 몇 년간 의정활동을 하며 꾸준히 만나왔던 서울 창동고의 이기정 선생(《학교개조론》《교육을 잡는 자가 대권을 잡는다》의 저자), 그리고 오랫동안 학생들을 대상으로 독서 교육을 해오신 서울 봉원중의 백화현 선생(《책으로 크는 아이들》《학교도서관에서 책 읽기》의 저자)의 제안은 특히 인상 깊었다.

이기정 선생은 학교의 핵심 관리자인 교장과 교감 등이 일주일에 몇 시간이라도 수업을 하는 것이 좋은 학교를 만드는 데 도움이 된다고 말한다. 학교의 핵심 관리자들이 수업을 하지 않으면 자신도 모르는 사이에 수업 경시 풍조가 생길 수밖에 없다고 걱정한다. 수업을 하게 되면 교육에서 멀어진 마음이 다시 교육으로 돌아와 진심으로 교육에 마음을 쓰게 되고, 승진을 꿈꾸는 교사들의 마음을 수업으로부터 멀어지지 않게 만들 것이라고 본다. 이 선생은 교장, 교감이 수업에 참여하면 지금의 교실에 절망할 수밖에 없기 때문에 학교 개혁을 요구하게 될 것이라고 말했다.

더불어 나는 교장 자격증 제도를 폐지하거나 대폭 축소하고, 교장 공모제를 대폭 확대해야 한다고 생각한다. 이는 시험이나 학위, 자격증이 아니라 그 직무에 적합한 능력을 가진 사람을 다양한 방식으로 선발하여 조직과 사회를 주도하게 하는 실력주의 사회를 만드는 개혁의 첫걸음이라고 생각하기 때문이다.

일반 학교나 혁신학교의 현장 경험을 종합해볼 때, 교사들의 행정 업무 경감 역시 좋은 학교를 만드는 데 도움이 될 것이다. 이는 단순히 행정업무를 줄여 교육 본연의 활동에 좀더 많은 시간과 신경을 쓰게 하자는 취지를 넘어 지금 가치 전도 상태에 놓인 학교를 바로 세우기 위함이다.

현재 학교 조직은 행정업무 중심으로 편제되어 있다. 교사 승진 제도도 행정업무를 잘하는 교사가 절대적으로 유리하다. 이렇게 되면 인성 지도와 학습 지도라는 교육 본연의 활동이 경시되기 쉽다. 그렇기 때문에 학교의 행정업무를 대폭 줄여 교감이나 교장이 지휘하는 행정실에서 전담하도록 해야 한다.

백화현 선생은 오랜 독서 지도 경험을 통하여 어린이·청소년들에게 독서 교육을 시키는 것이 인성과 지적 발달은 물론이고, 학업 흥미도 및 성취도에도 매우 긍정적인 영향을 준다는 것을 증명했다. 백 선생은 학교 도서관 활성화를 위한 인력, 시설, 자료가 크게 확충되어야 한다고 강조한다.

"학교 도서관을 활성화하기 위해 (중략) 가장 중요한 것은 '인력'이다. 병원에는 의사가 있어야 하고 학교에는 교사가 있어야 하듯이, 도서관에는 사서가 있어야 한다. 도서관에도 전문 인력이 있어야 한다. 선진국처럼 2~4명씩은 아니더라도 적어도 한 사람씩은 있어야 한다."

전문 사서의 필요성에 대해서도 강조했다.

"학교 도서관은 일반 공공 도서관과 달리 학습활동을 지원하는 '학습 지원 센터' 역할을 해야 하기 때문에 일반 사서가 아니라 사서 교사가 있어야 한다. 우리나라에서 도서관 협력 수업이 활발해질 수 없는 것은 '교과서' 중심의 수업과 정답 하나만을 요구하는 평가 방식에 주된 원인이 있다. 따라서 사서 교사를 모든 학교에 배치하여 도서관의 많은 책과 자료들을 활용하여 아이들이 스스로 찾아 읽고

글을 쓰고 탐구하고 발표하는 수업을 활성화한다면, 교과서의 천편일률성과 단조로움을 벗어날 수 있고, 평가 방식도 다양하게 만들어갈 수 있을 것이다.”

어린이와 청소년들에 대한 책 읽기 지도를 위해 전국에 전문 사서를 채용하여 학교 도서관을 활성화한다면 시대가 요구하는 창의적이고 다양한 인재들을 큰 재정 부담 없이도 양성할 수 있을 것이다.

대학 교육과 대학 입시제도의 혁명적 변화 필요

교육 문제와 관련된 문제의식은 결국 문제 해결을 어디서부터 시작할 것인가에 대한 고민이다. 시대의 요구에 부응하는 창의적 인재를 만들기 위해, 그리고 그 과정에서 교육 사다리가 온전히 작동할 수 있도록 하기 위해, 올바른 평가와 검증체계를 만들기 위해 궁극적으로 우리가 해야 할 일은 학벌 위주의 사회체계를 근본적으로 바꾸는 것이다.

하지만 이는 굉장히 오랜 시간이 드는 일이다. 정치인들이 배전의 노력을 기울이고 국민 모두가 이 문제에 대해 ‘선의의 선택’을 하더라도 쉽지는 않다. 그렇다면 당장 입시 지옥에서 고통받는 우리 아이들은 어떻게 하고, 사교육비 부담에 가계가 멍드는 대다수 부모들은 또 어떻게 해야 할 것인가?

작년에 6개 광역 지역에서 민주진보 진영의 교육감들이 당선되었다. 이들이 학교 현장을 바꾸고 아이들을 창의적, 자율적으로 공부할 수 있도록 공교육 체계를 그 뿌리부터 바꾸어나가고 있다. 그 성과는 앞으로 가시화될 것이다. 중학교까지는 교육 선진국 수준 이상으로 창의성 교육, 적성 교육, 공동체성 교육 등이 이루어질 가능성이 생겼다. 그뿐 아니라 교사들의 행정 부담을 줄여 존경받는 교사와 존중받는 학생이 어우러지는 학교로 교육 현장이 변화할 수 있다는 기대감도 높아졌다. 하지만 여전히 현재의 대학 교육 체계나 입시제도를 비꿀 권한이 이들에겐 없다.

아이들이 고등학교로 진입하는 순간 다시 입시의 나락으로 떨어져버릴 수 있고, 서민 부모들은 또다시 좌절할 수 있다. 더욱이 서열화된 대학들이 이들을 기다리고 있다가 아이들에 등급을 매겨 사회에 쏟아낼 것이다. 대학을 다니는 동안 학생과 학부모들은 턱없이 비싼 대학 등록금에 신음할 것이고, 청년들은 졸업과 동시에 대부분 고학력 실업자로 전락하고 말 수도 있다. 더 끔찍한 것은 이러한 악순환이 끝없이 되풀이된다는 사실이다.

통합 국립대 기본 구상

악순환의 고리를 끊을 수 있는 발상의 대전환이 요구된다. 나의 기본 발상은 진보 정당이 제시한 대학 교육 및 입시정책 중 '국공립대 통합 네트워크 안案'과 일치한다. 하지만 나는 이 통합 네트워크 안에 부족한 점이 있다고 생각한다. 그래서 오랜 검토 끝에 아예 전국 20여 개의 국공립 대학교를 하나로 통합하는 것이 차라리 쉽고, 문제 해결에도 도움이 될 거라는 결론을 냈다.

통합 국립대의 기본 구상은 다음과 같다.

첫째, 서울대학교를 비롯해 전국의 국공립 일반 대학교를 통합하여 20여 개의 학부체제로 전문화한다. 예를 들어 기존의 서울대학교는 인문학부, 부산대학교는 상경학부, 전남대학교는 사회과학부 등으로 학부화하는 것이다. 국공립 교수 요원은 이 학부별로 통합해 운영한다. 그렇게 되면 국립대학의 어떤 학부든 교수 요원의 숫자나 교수 요원의 질을 세계적 수준으로 끌어올릴 수 있고 외국의 어떤 명문대학도 이를 능가할 수 없을 것이다.

둘째, 학생 선발은 대학 입학 자격시험으로 일원화하고 시험의 결과는 점수나 등급이 아닌 합격, 불합격으로만 판별한다. 그렇게 해서 전체 응시생의 60~70% 혹은 대학 정원을 고려하여 일정한 숫자의 학생을 합격시킨다. 시험은 프랑스의 대학 자격시험과 같이 서술형으로 하고 인문학, 자연과학, 예체능 등의 분야별 소양 평가에 중점을 둔다. 내신 성적은 폐지하는 대신 특기 적성에 대한 교사들의 평가만을 참고 자료로 삼는다. 이 경우 통합 국공립 대학의 정원은 현재보다 약 두 배로 늘어날 것이다. 등록금은 기존 국공립 대학 등록금의 절반 수준에서 책정한다. 그렇게 되면 초·중·고교에서 대학 입시와 내신 성적을 겨냥한 사교육은 사라질 것이다.

셋째, 2~3학기 교양과정은 전국 어디서나 동일하게 진행하고 전공과정은 학부가 있는 대학에 모여서 진행한다. 입학생은 자기가 거주하는 지역에 있는 대학에서 교양과정을 이수하면 된다. 전공은 최대 세 과목까지 선택 가능하도록 하되 주 전공을 정하게 한다. 전공과정은 학부가 있는 지역에 모여서 진행한다. 이로써 대학이 실질적인 지역 균형 발전의 기초가 되도록 유도하는 효과를 꾀한다.

넷째, 입학은 쉽게 그러나 졸업은 어렵게 하여 대학 교육의 질을 높이고, 졸업 즉시 산업 인력으로 선발될 기회를 확대한다. 입학을 위해서는 초·중·고교의 교과과정을 충실히 이수하고, 사색하고, 글 쓰고, 여행 다니는 대신, 학원에 갈 필요 자체가 없도록 한다. 하지만 대학 졸업을 위해서는 밤을 지새우는 날들이 많아질 것이다.

다섯째, 사립대학은 선발과정과 교과과정을 자율화하는 한편 정부는 사립대학의 글로벌화를 위해 지원, 장려한다. 사립대학은 대학 입학 자격시험에 합격한 학생들에 한하여 추가로 자체적인 방식으로 학생을 선발한다. 물론 더 이상 예전의 본고사와 같은 시험은 인정되지 않는다.

교과과정은 자율적으로 운영한다. 특히 외국 명문 사립대학들과 공동 전공과정을 개설하는 것은 자유롭게 장려된다. 오히려 더 적극적으로 활성화하도록 한다. 예를 들어 고려-하버드 대학을 만들어도 좋고 연세-예일, 서강-옥스퍼드, 이화-캠브리지 등 다양한 연계가 가능하다. 해외로 유학하는 학생 숫자는 훨씬 줄어들 것이고 한국의 사립대학은 특유의 생존 능력을 발휘할 것이다. 물론 사립대학에 대한 국가의 재정 지원은 최소화되어야 한다.

여섯째, 일반대학원, 특수대학원, 전문대학원 과정을 폭넓게 운영하고 평생교육 과정을 확대한다.

이렇게 함으로써 통합된 국립대학은 재정 능력이나 학술 연구 능력, 그리고 학생들의 평균적인 질이 훨씬 우수해질 것이다. 살아남지 못하는 사립대학은 선택적으로 인수, 합병되어 국립대학으로 편입될 수 있다. 나는 통합 국립대가 현재의 서울대학교보다 몇 배나 우수한 대학으로 성장하리라고 확신한다.

교수들은 지금보다 훨씬 치열하게 연구할 것이고 학부 안에는 다

개천에서 용이 날 수 있는 세상, 아니 개천과 큰 강의 구분조차 없어지는 세상을
만들어야 한다. 통합 국립대는 대한민국 최대의 난제인 교육 문제를 해결할 수 있는
충분히 현실 가능한 방법이라고 나는 확신한다.

양한 학파에서 공부한 교수들로 채워질 것이다. 학생들은 열심히 연구하는 교수들에게 배우게 되고, 굳이 외국으로 유학 갈 필요가 없을 것이다. 더 이상 논문 지도를 해줄 선생이 없어 유학을 가야 하는 경우도 사라질 것이다.

통합 국립대학은 외국의 우수한 교수 요원을 초빙할 능력을 가지게 된다. 오히려 그들이 먼저 이곳에 오고 싶어질 수도 있다. 나는 통합 국립대학 전자공학부 교수들이 함께 모여 경쟁적으로 연구하면 몇 년 내에 캘리포니아 공과대학 전자공학부나 MIT 전자공학부를 능가할 것 같다. 경제학부, 경영학부도 그럴 것이다.

통합 국립대학은 교육 복지를 위해서도 꼭 필요한 초석이 될 것이다. 아이들은 대학에 들어가기 전까지 인문학, 자연과학, 예체능 분야에 두루 소양을 쌓으면서 마음껏 놀고 여행하고 독서하고 친구들과 사귈 수 있다. 학부모는 학비 부담에서 놓여날 것이다. 빈부 격차는 무의미해지고 돈을 들이지 않아도 되는 일에 굳이 돈을 들이는 사람도 없어질 깃이다.

　개천에서 용이 날 수 있는 세상, 아니 개천과 큰 강의 구분조차 없어지는 세상을 만들어야 한다. 통합 국립대는 대한민국 최대의 난제인 교육 문제를 해결할, 충분히 현실 가능한 대안이라고 나는 확신한다.

4. 미래는 상생의 경제와
복지정책에 달려 있다

세계 최저 출산율, 세계 최고 자살률

대한민국에 비상벨이 울리고 있다. 대한민국의 지속가능성을 의심하게 하는 비상벨이다. 세계 최저의 출산율과 세계 최고의 자살률이 말해준다. 젊은이들이 생명을 낳지 않고, 남녀노소 가리지 않고 생명을 스스로 끊는 것만큼 지속가능성을 의심케 하는 징표는 없다.

한국의 출산율은 2005년 1.08명(OECD 평균 1.62명)으로 바닥을 친 후 조금 올랐지만 2008년 1.19명(OECD 평균 1.71명), 2009년 1.15명으로 여전히 OECD 최저를 기록하고 있다. 반면 자살률은 2009년 현재 10만 명당 28.4명(총 15,413명)으로 1위를 기록해 2위인 헝가리(19.6명)보다 훨씬 높고, OECD 평균(11.4명)의 2.5배가량 된다.

한국의 자살률은 2003년 22.6명으로 전통적인 자살대국인 헝가리를 제친 후 줄곧 OECD 최악을 기록하고 있다. 더 심각한 것은 추세이다. 1990년에서 2006년 사이 자살 증가율은 172.2%로 2위인 멕시코(43.3%)의 4배에 달한다. 같은 기간 OECD 평균은 20.4% 낮아졌다.

연령별로 보면, 2009년 15~34세 자살자 수는 10만 명당 23.2명으로 1990년(9.3명)의 2.49배, 35~64세 자살자 수는 35.9명으로 1990년(10.5명)의 3.41배. 65세 이상 노인 자살자 수는 77명으로 1990년(14.3명)의 5.38배가 늘어났다. 이중 65세 이상 남성의 자살자 수는 123.5명으로 1990년(23.4명)의 5.27배이다. 75세 이상 노인의 자살률은 OECD 평균의 8배가 넘는다.

이쯤 되면 대한민국은 노인들에게 현대판 고려장을 하는 불효막심 대국이라는 소리를 들어도 할 말이 없다. 이는 핵가족화나 도시화, 그리고 세계화, 자유화, 지식 정보화, 과학기술 혁명 등으로 인한 변화의 충격에 따른 보편적 현상을 넘어서는 것이다.

한국과 비슷한 변화와 충격을 겪었던 많은 OECD 국가들은 자살률이 늘어나기는커녕 줄어들었다. OECD 평균 자살률은 지속적으로 떨어졌다. 헝가리는 오랫동안 세계 최악의 자살률을 기록했지만, 급격히 낮아져 2003년을 기점으로 한국보다 훨씬 낮아지고 있다.

자살률이 높았던 일본 역시 장기 불황을 겪었던 1990년대 중반에는 급상승했지만, 지금은 큰 변화를 보이지 않고 있다. 한때 헝가리, 일본과 함께 자살률 최상위권이었던 핀란드도 1990년에서 2006년 사이에 자살률이 35.3%나 줄었다.

한반도의 기후, 일조량과 한민족의 성정과 문화, 소득 수준 등을 종합하면 한국은 그리스, 스페인, 이탈리아, 프랑스 사람들처럼 자살률이 OECD 평균보다 낮아야 정상이다. 따라서 지금의 자살대란은 사회적 타살 징후를 의심하지 않을 수 없다.

노인층의 자살률이 높은 원인은 심각한 노인 빈곤율(가구 가처분 소

대한민국은 노인들에게 현대판 고려장을 하는 불효막심대국이라는 소리를 들어도
할 말이 없다. 복지 지출의 확대는 인구 고령화에 따른 필연적이고 당연한 요구이다.

득 기준 중위 소득의 50% 미만 소득자 비율)에 있다. 2006년 현재 우리
나라의 노인 빈곤율은 45.1%로 OECD 평균 13.3%보다 3배나 높다.
그 이면에는 노령연금제도의 부실이 있다. 그밖에 국민건강보험의
(중증 질환에 대한) 낮은 보장률과 사교육비 등에 시달리는 자식 세대
로부터의 인색한 소득 이전, 그리고 단돈 몇십만 원이라도 벌 수 있
는 노인 일자리의 부족도 한몫 했을 것이다. 더불어 어떤 나라보다
급격하게 진행된 핵가족화(대가족 공동체의 해체)와 도시화도 빼놓을
수 없다.

노인 복지 지출의 확대는 한국 같은 문명 국가에서 고령화에 따른
필연적이고도 당연한 요구이다. 우리나라는 국민이 겪는 각종 사회

적 위험에 대한 국가 및 사회의 책임성을 획기적으로 높여야 한다. 그래야 지속가능한 발전을 할 수 있다. 이 재원은 어디까지나 세금과 사회보험료이기에 복지 지출의 시급성(우선순위)과 효율성은 물론, 부담과 혜택의 형평성도 엄격히 지켜질 때 지속가능해진다.

'증세냐, 감세냐?'는 더 이상 논란거리가 될 수 없다. 명백한 복지의 사각지대는 어떤 식으로든 해소해야 한다. OECD 주요국과 비교할 때 매우 부실한 사회 안전망은 어떤 식으로든 강화해야 한다. 불합리한 재정(세입 세출) 구조 역시 최우선적으로 합리화해야 한다. 하지만 생애 주기 전반(영·유아, 아동·청소년, 결혼 출산, 청·장년, 노년 등)에 걸쳐 국가와 사회의 책임성을 높여야 한다는 기조가 바뀔 수는 없다. 또한 재정 구조가 복지 지출을 확대하는 방향으로 전환되어야 한다는 기조 역시 바뀔 수 없다.

하지만 아무리 재정 구조를 합리화한다 하더라도 세금 및 사회보험료 부담이 늘어날 수밖에 없다는 것은 주지의 사실이다. 결정적인 문제는 고령화와 국민적 요구이다. 고령화는 복지 지출의 3분의 2가량을 차지하는 연금 및 의료비 지출을 증가시킨다. 2011년 현재 한국의 고령화율은 11.3%이고 복지 지출은 GDP 9%이다. OECD 국가들이 한국 정도의 고령화 수준에 도달했을 때, 평균 공공복지 지출은 GDP의 16.3%였다. 이렇게 볼 때 우리나라는 GDP의 7.3%, 금액으로 따지면 90조 원가량을 적게 지출하고 있다.

소득세와 사회보험료의 불가피한 인상

- 고용률 증대 및 안정된 고용 확대로

이제 논쟁의 중심은 증세, 감세가 아니라 복지 지출의 항목별 우선순위 및 규모와 재원 조달 방식이 되어야 한다. 재원 조달에서 최우선순위는 당연히 방만하거나 불합리한 재정 구조를 합리화하는 데 둬야 한다. 방향도 명확하다. 불요불급한 공항, 도로, 건물 등에 쓰는 비용을 복지 비용으로 전환해야 한다.

재정에 낀 거품(과다 지출)도 제거해야 한다. 재정 구조를 투명하게 공개하면 수많은 전문가와 네티즌들이 낭비성 지출이나 과다 지출을 수없이 찾아낼 것이다. 하지만 이렇게 해도 선진국 평균 수준의 복지를 누릴 수는 없으므로 연금보험료와 건강보험료를 올릴 수밖에 없다.

현재 한국의 연금보험료는 2007년 현재 소득의 9%지만 OECD 평균은 21%이다. 세금 부담률이 한국보다 낮은 일본이 14.6%, 미국이 12.4%이다. 의료보험료의 경우 한국은 2010년 현재 소득의 5.33%인데, 일본은 8.50%, 독일은 14.0%, 프랑스는 19.3%이다. 이 때문에 GDP에서 차지하는 사회보험료(사회보장기여금)는 2007년 현재 한국이 5.5%인데 반해 OECD 평균은 9.1%, 미국이 6.6%, 일본이 10.3%, 독일이 13.2%, 스웨덴이 12.6%이다.

낮은 연금보험료와 건강보험료는 낮은 보장성을 의미하기 때문에 일단 보험료율을 올려야 보장성을 높일 수 있다. 하지만 한국은 선진국과 달리 현재 수준의 보험료도 제대로 낼 수 없는 거대한 사각지대가 있다. 이는 본질적으로 낮은 고용률 및 자본(기업)의 취약성과 밀접한 관련이 있다.

2009년 현재 그 어떤 예금, 보험 상품보다 수익률이 좋은 국민연금임에도 납부 예외자가 505만 명이고, 그 절대 다수는 보험료를 납부할 능력이 없는 사람들이다. 382만 명(75%)이 실직으로 인해, 50만 명(11%)은 사업 중단, 휴직, 기초생활 곤란 등 경제적 이유로 보험료 납부 예외 신청을 했다.

더 심각한 문제는 납부 예외자 숫자가 2002년 이후 늘어나고 있다는(425만 명) 사실이다. 이들 대부분은 영세 자영업자이거나 소규모 기업의 비정규직이다. 1~4인 규모 사업장의 국민연금 미가입자 비율은 73.7%, 5~9인 규모에서는 59.2%, 10~29인 규모에서는 47.4%이다.

종합하면 전체 비정규직의 54.4%가 국민연금을 제대로 내지 못하고 있다. 장기 실직자나 취업과 실직을 수없이 반복하는 취약 근로자로 하여금 연금보험료나 건강보험료를 내게 하는 방법은 경기 활성화와 취업률 증대 외에는 없다.

조세 체계로 봤을 때 한국은 직접세(소득세, 법인세), 그중에서도 소득세의 비중이 낮다. 2007년 현재 한국의 GDP 대비 직접세 비중은 12.0%인데 반해 OECD 평균은 15.5%이다. 일본은 13.3%, 미국은 17.8%, 독일은 12.6%, 스웨덴은 22.8%이다. 반면에 간접세(부가세, 특소세) 비중은 한국이 9.0%이고 OECD 평균은 11.0%, 미국은 3.9%, 일본은 4.8%, 독일은 10.2%, 스웨덴은 12.9%이다.

직접세 중에서 소득세와 법인세를 살펴보면, 한국의 소득세는 GDP 대비 4.4%로 OECD 평균 9.4%, 미국 10.8%, 일본 5.5%, 독일 9.1%, 스웨덴 14.9%에 비해 훨씬 낮다. 하지만 법인세는 한국이 4.0%로 OECD 평균 3.9%, 미국 3.1%, 영국 3.4%, 독일 2.2%, 스웨덴 3.8%에 비해 높다.

따라서 한국은 복지 재원 마련을 위해 OECD 평균 대비 3.6%(36조 원) 부족한 사회보험료와 OECD 평균 대비 5%(50조 원) 부족한 소득세를 올리는 것이 전략적 방향이라는 것을 알 수 있다.

5%, 즉 50조 원 부족한 소득세가 빚어진 이유는 일차적으로 고소득자에 대한 낮은 소득세율 때문이고, 고용률, 면세점 이하 근로자 비율, 자영업자 소득 파악률 등으로 집약되는 조세 저변이 취약하기 때문이기도 하다.

사회 전체적 효과를 중시한다면, 이 둘 중에 더 의미 있는 것은 두 번째, 즉 사회보험료와 소득세를 올리기 위해 고용률을 올리고, 면세점 이하가 아닌 적정 임금을 받는 안정된 고용을 더 늘리는 것이다. 그렇지만 현재로서는 획기적 해결책이 나오지 않고 있다. 지금은 상황을 더욱 악화시키는 해법만이 난무한 실정이다.

불환빈 환불균

복지 지출의 우선순위를 정하고, 부담과 혜택의 형평성을 맞춰 부담자의 동의를 받아내는 한편, 수혜자의 만족을 극대화하는 것이 모든 논의의 근본이 되어야 한다. 《논어》 '계씨' 편을 다시 음미해보자.

"(통치자는) 적은 것을 걱정하지 않고 고르지 못함을 근심하며, 가난함을 근심하지 않고 안정되지 않은 것을 걱정한다."

이는 복지 부족이나 빈곤 못지않게 인간의 억울함 혹은 공평감(형평성)의 중요성을 역설한 말이다. 우리나라의 절대 수준은 선진국에 비해 낮지만, 지난 20년 동안 복지 지출이 세계에서 가장 빠른 속도로 늘어났다. 기초노령연금, 기초생활보호제도, 국민연금, 의료보험, 고용보험, 산재보험 등이 도입되었고 보장성이 높아졌다. 그렇지만 '복지 지출의 양적 증가'만으로 해결되지 않는 문제가 있다.

그럼에도 불구하고 한국사회의 문제를 오로지 복지 부족(선별적, 잔여적 복지)과 과잉 경쟁에서 찾는 사람이 적지 않다. 그런 주장은 비싼 대학 등록금 문제에 대한 해결책을 말하면서 대뜸 세금 10조 원을 넣어서 해결하자는 주장과 다를 바 없다. 세계 최고 수준의 대학 진학률과 존재 이유가 뭔지조차 알 수 없는 수많은 대학들, 그리고 불합리한 사회구조(학위, 자격증, 학벌을 이유로 한 부당한 배제와 차별=불공평)에 대해서는 침묵한 채 말이다.

과잉 경쟁을 성토하지만 9급 공무원 자리 하나를 놓고 대졸자들이 100대 1 이상의 살인적인 경쟁을 하는 현실에 대해서는 별다른 대책이 없다. 무엇보다 사회보험료도, 소득세도 못내는 수많은 사람들이 부담의 주체이자, 동시에 수혜의 대상이 될 수 있는 방안을 내놓기는 쉽지 않다.

한국 복지제도의 기본 틀은 그 보장성 수준이 낮아서 그렇지 이미

"통치자는 적은 것을 걱정하지 않고 고르지 못함을 근심하며,
가난함을 근심하지 않고 안정되지 않은 것을 걱정한다."
–《논어》

보편주의이다. 국민건강보험의 대상은 전체 국민이고, 국민연금의 대상도 사실상 전체 취업자이다. 고용보험과 산재보험은 전체 피고용자이다. 하지만 사회보험료를 낼 수 있는 능력이 없는 계층이 너무나 많아 정작 보호가 필요한 사람을 제대로 보호해주지 못하고 있는 실정이다.

이들은 주로 자영업자거나 영세한 중소기업 종사자들이다. 그렇다고 이 많은 사람들을 기초생활수급 대상자처럼 일반 재정으로 떠안을 수는 없다. 만일 이렇게 한다면 비경제활동인구 속에 숨어 있는 실업자 수백만 명과, 힘겹게 국민연금, 건강보험 등을 붓고 있는 사람들의 상당수도 이 대열에 설 것이다. 그래서 선진국조차도 사회보험료를 내지 않으면 그 혜택을 주지 않고 대신에 일을 하게 하여, 즉 고용률과 임금근로자 비율을 높여 스스로 벌어서 노후와 유사시를 대비하도록 하는 것이다. 사회보험료가 포함된 국민부담률(35.8%)이 OECD 평균 조세부담률(26.7%, 2007년)보다 훨씬 높은 이유가 있다. 한국은 조세부담률은 21%지만 국민부담률은 26.5%이다. 만약 대상자들이 빠짐없이 내면서, 요율을 선진국 수준으로 올린다면 국민부담률은 30%를 훌쩍 뛰어넘을 것이다.

복지 지출의 우선순위

우리나라에서 자살률이 높아지는 것은 사람들이 엄청난 스트레스를 받고 있음을 의미하는 것이다. 인간은 단순히 빈곤, 억압, 좌절이 심하다는 이유로 삶의 의욕을 상실하지는 않는다. 일반적으로 풍요와 체면 등이 급격히 무너질 때, 또 그것을 감당할 정신적 준비가 취약할 때, 희망을 찾지 못할 때 삶을 포기한다. 즉 빈곤과 고독의 절대적 수준이 문제가 아니라 변화와 상실의 속도와 그것을 받아들이는 당사자의 태도가 더 큰 요인으로 작용한다.

지금 한국사회는 경제 사회적 충격에 관한 한 가히 전쟁과 같은 상황이다. 급격한 핵가족화(대가족 공동체의 해체)와 교육비 문제 등으로 인한 세대 간 사적 소득 이전의 단절, 도시화, 세계화, 지식 정보화, 과학기술 혁명, 고속 교통수단의 등장, 중국발 산업 구조조정 압력 등으로 환경 변화가 극심하다.

이 충격에서 가장 약한 고리가 노인들이다. 각종 복지의 사각지대에 있는 노인들에 대해서는 특단의 대책이 필요하다. 국민건강보험처럼 매해 필요한 만큼 걷어서 주는 방식을 진지하게 검토해보아야 한다. 유럽 국가들도 처음에는 우리의 국민연금처럼 거액의 돈을 쌓아놓고 이를 운용하여 연금을 주는 방식을 취했다.

하지만 전쟁을 거치면서 적립한 돈을 다 써버리자 할 수 없이 한국의 국민건강보험처럼 운용하고 있는데 별 문제가 없다. 그런 점에서 300조 원 넘게 쌓아놓고 투자처를 찾지 못해 헤매는 적립식 국민연금제도에 대한 근본적인 재검토가 필요하다.

5. 한반도 평화와
    통일을 위한 제언

평화에서 전쟁으로 가는 이명박 정부

2010년 6·2지방선거를 앞두고 선거운동이 개시된 지 사흘째 되던 5월 24일, 이명박 대통령의 입에서 '1950년'이 나왔다. 말만 하지 않았지 사실상 '전쟁'을 입에 올린 것이다. 이 대통령은 이렇게 말했다. "북한은 60년 전이나 지금이나 조금도 바뀌지 않았다. 여전히 대남 적화통일의 헛된 꿈에 사로잡혀 협박과 테러를 자행하고 분열과 갈등을 끊임없이 조장하고 있다."

60년 전이면 1950년이다. 한국전쟁이 일어난 해이다. 대통령은 '조금도 바뀌지 않았다'고 했다. 그러나 내가 보기에 정작 조금도 바뀌지 않은 것은 이 땅의 극우 반공주의자들이다.

1968년 6·25 담화문에서 박정희 대통령은 이렇게 말했다.

"북괴의 목적은 우리 조국의 적화통일이다. 그들은 무력 침략을 목적 달성의 유일한 수단으로 삼고 있다. 그들은 전면 전쟁의 함정에 우리를 끌어들이기 위해 국제적 분란을 조작하고, 공비를 침투시키

보수든 진보든 이제 허심탄회하게 인정해야 한다.
평화가 곧 경제고, 상호 공존만이 한반도가 선택할 유일한 대안이다.

고, 시설을 파괴하고, 양민을 학살하여 불안과 혼란을 조성하려 하고 있다.”

　1980년 전두환 국보위(국가보위비상대책위원회) 위원장은 대통령이 되기 위해 군문을 나서는 전역식에서 이렇게 말했다.

　“우리의 평화통일 노력을 북괴가 외면하고 무력 적화통일의 야욕을 버리지 않는다면 그들은 재기 불능의 응징을 자초하게 된다는 사실을 명심해야 할 것이다.”

　1987년 노태우 민정당 후보는 대선 유세장에서 말했다.

　“KAL기 사건에서 보듯 북괴는 적화통일을 노리고 있고 특히 올림픽을 앞두고 파괴에 혈안이 되어 있다. 북괴는 끊임없이 남침을 획책하고 있다. 누가 안정을 이루고 북괴를 막아낼 수 있을 것인지 여러분이 잘 알아서 판단할 것이다.”

적화통일!

이것이 냉전의 질서가 무너지고 20년이 지난 2010년에, G20 정상회의 의장국인 대한민국 대통령의 입에서 나온 말이다. 박정희와 전두환, 노태우 전 대통령의 정확한 복원, 답습, 회귀, 이것이 이명박 정부 대북정책의 현주소이다.

통일정책은 없고 군사정책만 남아

이러니 무슨 대화를 하고, 어떤 교류를 하고, 어떻게 쌀을 지원하겠는가. 전쟁을 일으켜 대남적화를 하겠다는 북에 대해 쌀을 주면 군량미로 쓸 것이고, 대화를 하다 보면 핵무기 만들 시간을 벌어주고, 교류를 하다 보면 미사일 만들 돈을 갖다 바친다는 얘기가 나온다. 소위 '퍼주기론'이다. 이렇게 이명박 정부의 대북정책은 민주정부 10년과 완전히 거꾸로 가고 있다. 철학과 인식부터가 다르다. 패러다임이 다르다. 그래서 야당이 무슨 말을 해도 우이독경이다. 그 와중에 천안함은 정부 발표를 안 믿어준다고, 북한의 3대 세습 문제는 같이 비판의 목소리를 안 내준다고 짜증만 부리고 있는 것이 이명박 정권이다.

지난 2010년 10월 8일 한미안보협의회가 열렸다. 거기서 나온 공동성명에 '불안정 사태'라는 말이 처음으로 명기되었다. 이는 북한 내부에서의 급변 사태를 의미한다. 거기엔 소위 '작계 5029'가 나온다. '5029'는 노무현 정부 시절인 2005년 청와대 NSC에서 '주권 침해의 소지' 때문에 추진이 중단되었던 개념 계획이다. 이것이 작전 계획으로 발전된다는 얘기가 곳곳에서 나온다.

그런데 이번 공동성명 8항에 이런 말이 나온다. "양 장관은 월터 샤프 한미연합사령관으로부터 한미 연합 방위 태세가…… 어떠한 '불안정 사태'……에 대해서도 효과적으로 대응할 준비를 갖추고 있다는…… 보고를 받았다." 요컨대 북한에서 급변 사태가 일어나면 한국과 미국의 군대가 연합해서 개입하게 된다는 얘기다.

나아가 대통령 직속기관인 국가안보총괄점검회의에서는 드디어 선제타격론까지 나왔다. 말이야 우아하게 '능동적 억제'라고 하지만 북한으로부터의 어떤 조짐이나 징후가 포착될 시, 사전에 공격하는 전략이라는 점에서 명백한 선제타격론이다.

통일정책은 어디론가 사라져버리고 군사정책만 남았다. 그게 지금 이명박 정부의 대북정책이다. 그래서 내심 원하든, 원치 않았든 평화가 아니라 자꾸 전쟁 쪽으로 가는 것 아닌가?

북한의 붕괴가 목표? 방법은 안 퍼주기?

청와대 김태효 대외전략비서관은 이명박 대통령의 후보 시절, 외교

안보 분야 과외교사였다. 그가 교수 시절인 2005년에 했던 말이다. "전쟁과 무력 사용만은 안 된다는 생각은 신화고, 강박관념이다. 그 것이 오히려 북핵 문제를 흐리게 하고 한반도 문제의 해결을 막을 수 있다. 하루 전쟁은 무섭고, 20~30년 국가경제를 거덜 내는 건 무섭 지 않다는 말인가?"

김 비서관이 이명박 정부의 대북정책을 아주 명쾌하게 정의한 게 있다. "지금 남북관계 용어에 대해서 한 문장으로 정리를 하겠다. '상생 공영'은 목표고, 그것을 하는 방법은 '비핵 개방 3000'이고, 그 것을 하는 협상 전략은 '그랜드 바겐'이다." 그러나 내가 보기에 이 를 한 문장으로 정리하면 이렇게 된다. "목표는 북한의 붕괴이고, 방 법은 '안 퍼주기'이고, '항복 먼저 안 하면 협상도 없다'는 게 유일한 협상 전략"이다.

역대 정권의 남북 당국 간 회담 개최 건수나 합의서 건수를 보면 박정희 대통령 당시 111회, 13건이었다. 전두환 22회, 1건. 노태우 164회, 26건이었다. 그런데 이명박 정부 들어 지금까지 12회, 1건이 전부다. 협상이라고 할 것이 없다.

비핵화하고 개혁 개방하면 소득 3천 달러로 만들어주겠다는 것은 대북정책의 방법이 될 수 없다. 방법은 목표를 달성하기 위한 것이 다. 그런데 이미 '비핵 개방 3000'에는 목표가 들어 있다. 미국의 오 바마 대통령은 '핵 없는 세상'을 주창한 것만으로 이미 노벨평화상을 받았다. 핵이 없는, 즉 비핵 상태가 세계 평화의 간절한 목표이기 때 문이다. 그런데 이명박 정부의 대북정책은 이 목표를 앞에 내세워놓 고 다시 그걸 방법이라고 우기고 있다. 앞뒤가 한참 바뀐 것이다.

이명박 대통령은 통일세를 걷자는 제안도 했다. 지금 적립된 남북 협력기금만 1조 원이 넘는다. 그러나 집행률이 2009년에 8%, 2010 년에는 3%대이다. 1조 원씩이나 쌓아두고 통일세는 왜 또 걷자는 것 인가? 북한이 붕괴할 때를 대비해, 흡수통일이 갑자기 왔을 때, 그때 쓰겠다는 것이다. 이명박 정권은 북한이 붕괴되는 게 상생이고 번영 이라고 생각하는 것이 틀림없다.

'급변 사태'는 사실상 전쟁 위기로 갈 것

이렇게 북한의 붕괴만을 감나무 밑에 누워 감 떨어지는 것처럼 기다 리는 게 무슨 대단한 정책이라고 이젠 한술 더 떠 대놓고 급변 사태 를 대비한 군사작전 계획까지 짜고 있다. 급변 사태의 함의는 다음과 같은 것이다.

첫째 핵과 미사일 등 대량 살상무기의 유출, 둘째 북한의 정권 교 체, 셋째 쿠데타 등에 의한 내전 상황, 넷째 북한 내 한국인 인질 사 태, 다섯째 대규모 탈북 사태, 여섯째 대규모 자연재해. 그런데 이것 은 급변 사태가 아니라 한반도를 뒤덮을 거대한 폭풍이 닥쳐오는 것 이다. 전쟁의 폭풍이다. 구소련이 해체되면서 카프카즈 지역에서 잇 달아 터진 민족 분쟁이 다 그렇게 해서 일어났다. 이 정부는 북한의 붕괴가 흡수 통일의 계기가 될 것으로 보고 단꿈을 꾸지만 엄청난 착 각이다. 북한의 붕괴는 대한민국에도 명백히 악몽이다. 닥치고 나면 그 뒤에는 그 무엇도 보장할 수 없어지는 게 북한의 급변 사태이다. 따라서 미연에 방지해야 할 사태이고 와서는 안 될 사태이다.

실제로 김일성 주석이 급사했던 1994년을 생각해보면 알 수 있다. 김영삼 대통령이 기대한 게 바로 북한 내부의 붕괴였다. 그러나 그런 일은 벌어지지 않았다. 오히려 석 달 만에 북한은 미국과 직접 제네바합의를 맺었다. 남한은 물먹고 있다가 경수로 건설 비용만 덤터기 썼다. 그런데 이 정부는 오면 감당도 못 할, 또는 실제로 오지도 않을 급변 사태를 기다리고 앉았거나 대놓고 부채질하고 있다.

'비핵 개방 3000'이란 걸 대북정책이라고 신주 단지 모시듯 하는 동안 어떤 일이 벌어지고 있는가? 햇볕정책이 북한에게 돈과 시간만 벌어줬다고 앙앙불락하며 북한의 목을 조르는 사이에 뭐가 달라졌는가? 한마디로 '비핵 개방 3000'의 정책적 효과는 제로였다. 그 사이에 북한의 핵 능력은 착착 강화되어 3차 핵실험이 강행되는 것 아니냐는 예측이 나온다.

반면 남한이 외면하는 사이에 북한의 대중對中 의존은 점점 심화되고 있다. 김정일 위원장이 2010년 8월 방중했을 때 후진타오 주석이 쌀 50만 톤 지원을 약속했다고 도쿄신문이 보도했다. 이러다가 북한이 중국의 일부로 편입되는 상황이 오는 것 아닌가 하는 우려도 제기된다.

남한의 강력한 대북 제제 기조 때문에 6자회담이 공전되면서 미, 중, 러, 일 사이에서 남한만 점점 고립되고 있다. 외교에 공짜 점심은 없다. 한미관계가 돈독해졌다고? 그래서 이란 제재에도 동참해야 되고, 미국의 요구로 절대로 안 된다면 한미 FTA 재협상에도 응해야 하고, 마침내 MD에도 참여한다는 말이 나오는 것이 작금의 현실이다.

그럼 미국과 점점 치열해지는 경쟁 관계에 있는 중국은 가만있는 가? 지금 우리 한국의 대외 무역 의존도가 가장 높은 곳이 중국이다. 2010년 9월까지 통계만 보더라도 미국과 일본에 수출하는 것을 다 합쳐도 563억 달러인데 중국에 수출하는 게 총 849억 달러이다. 대 중국 수출로 한국경제가 먹고 산다고 해도 과언이 아니다.

'6 · 25는 항미 원조 전쟁으로서 정의로운 전쟁이었다'는 시진핑 부주석의 발언에 대해 그것이 중국의 정론이라고 중국 외교부가 단 언했다. 이는 명백히 미국과 한국을 동시에 겨냥한 계산된 발언이다.

북한 역시 최근 들어 친중국 노선으로 확실히 방향을 튼 것으로 보 인다. 그들은 사실 우리나 미국과 대화하고 싶어 했다. 한국과 미국 의 자본이 필요했고 그것으로 북한을 개발할 계획이 있었다. 하지만 이명박 정부는 "비핵개방 3000"이라는 탁상공론식 정책으로 문을 걸 어 잠갔고 미국 역시 소극적이다.

북한은 중국의 힘을 잘 알고 있다. 그들은 언제나 중국에 대해 꼿 꼿한 자세를 견지하고 자존심을 구기는 일을 하지 않았다. 그것이 그 들의 노선이고 정체성이었다. 하지만 지금 북한의 정책 입안자들은 중국을 무조건적으로 받아들이기로 한 듯하다. 그것만이 아이들을 굶기지 않을 방법이라고 여기게 된 때문이다.

우리만 잘산다고 두 발 뻗고 잘 수 없는 것이 우리의 운명이다. 2,500만에 가까운 북한 동포들이 살고 있다. 1995년 엄청난 수해를 겪은 이후 북한에 식량 위기가 시작됐다. 어떤 통계는 1995년부터 1997년까지 수백만 명이 굶어 죽었거나 중국으로 탈출한 것으로 잡혀 있다. 최근 통계를 보더라도 북한의 인구는 줄어들고 있다. 아이들이나 성인들의 평균 신장이나 몸무게는 남한 평균에 비해 크게 뒤진다. 작년 남아공 월드컵 때 북한 경기를 봤다면 선수들의 신장이 상대 선수들에 비해 약 7~8cm 작은 것을 확인했을 것이다. 공중 볼을 다툴 때면 안쓰러워 볼 수가 없을 지경이었다.

식량 위기 이전에도 북한은 매년 약 500만 톤의 식량이 절대 부족인 식량부족국가였다. 지금도 평상적인 농업 작황을 전제로 매년 그 정도가 모자란다. 그런데 홍수라도 나면 식량 부족 규모는 더 커진다.

식량 위기 이전에는 북한의 공산품을 중국이나 러시아의 식량과 물물교환하는 방식으로 부족분을 메워왔다. 북한의 공장은 러시아나 중국의 원유를 들여와 가동했다. 하지만 구소련 체제가 붕괴되고 원유를 비롯한 에너지원에 대한 경화 결제가 요구되자 문제가 생기기 시작했다. 공장을 돌릴 전기가 부족하게 되고, 따라서 식량과 바꿀 공업 생산품이 줄어들게 된 것이다.

국민정부와 참여정부 10년 동안 일관되게 추진해온 햇볕정책으로 인해 북한의 식량 문제는 완화되었다. 금강산 관광과 개성공단 개발, 그리고 10여 년 동안 진행된 각종 북한 지원정책으로 인해 중국 옥수수 가격 기준으로 1년에 약 5천억 원(500만 톤) 정도의 식량이 북한으로 간 덕분이다. 보수 진영에선 이를 '퍼주기'라고 비난하면서 '남에서 간 쌀이 미사일로 돌아온다' '식량 지원금이 핵 개발 자금으로 전용됐다'고 악선전했다. 사정을 모르고 한 말이지, 사정을 알면서도 다른 의도 때문에 하는 말은 아니기를 진심으로 바란다.

이명박 정부 들어 북한 동포들은 다시 굶주리게 되었다. 벌써 3년

2004년 개성공단 입주기업 건설 착공식에서

이 넘게 이들은 식량 부족분을 어디서도 메우지 못한 채 세 끼 먹던 걸 두 끼로 줄이고 군인들조차 밥 먹기가 힘들어졌다. 유엔식량계획에서 발표한 최근 보고서만 봐도 북한의 식량 사정이 심각해졌음을 알 수 있다.

1995년 북한 홍수로 인한 식량 위기에 대응해 한국에서 전국적인 북한동포돕기운동이 벌어졌다. '우리민족서로돕기운동'을 중심으로 각종 시민사회 단체들이 참여했다. 그런 와중에 동해안에 북한의 잠수정이 떠내려 와 북한군들이 강원도에 상륙하고 우리 군 전체가 비상이 걸렸다. 우리 군은 북한군을 잡기 위해 '무장공비 소탕작전'을 벌였다. 당연히 북한동포돕기운동은 심각한 위기에 처했다. 누구도 그 상황에서 북한 동포를 돕자고 하기 힘들었다. 그때 불교계의 법륜 스님 같은 경우 "그럼에도 불구하고 북한 동포들이 굶고 있습니다. 국민 여러분 도와주십시오!" 하고 호소하면서 서울역 모금운동을 전개했다. 나는 그때 '용기란 이런 것이구나' 하고 감동했다.

연평도 포격 사건이 있었고, 천안함 사건이 터졌다. 그럼에도 불구하고 이 시간에도 북한의 어린이들이 굶고 있다. 우리와 대화 길이 막히자 북한은 중국과 문제를 풀려 하고 있다. 북한에 대한 중국의 입김이 세지면 세질수록 한반도의 통일은 힘들어진다. 북한과의 대화 길을 막아놓은 이명박 정부는 결국 북한의 중국 편입을 조장하는 반민족 행위를 저지르는 것과 같다.

전쟁이냐 평화냐?

한반도 평화 체제를 구축하기 위해 대북 지원에 적극적이었던 정권과 대북정책 속에 전쟁을 불사하겠다는 적개심을 숨김없이 드러내는 정권, 그것이 지난 10년간 김대중·노무현 정부와 이명박 정부의 핵심적 차이점이다. 이제 이 차이를 조금씩이라도 좁혀나갈 때이다.

한나라당을 비롯한 보수세력은 북한의 인권 문제를 제기하고 있다. 인권은 인류 보편의 가치임에 틀림없다. 인간이 살아가기 위해 불가결한 권리는 체제나 이념을 떠나 보장되어야 한다. 그리고 그 불가결한 권리에는 무엇보다 인간으로서 살아가기 위한 최소한의 물질적 조건에 대한 보장도 포함된다. 아니 오히려 선행되어야 할 최우선 조건이다.

대한민국의 헌법적 가치, 그리고 근대 국가의 기본 구성 원리를 아는 어느 누구라도 북한의 3대 세습을 납득하거나 찬성할 수 없을 것이다. 그러나 남과 북은 애당초 특수 관계이다. 한편으론 전쟁을 치른 적이자, 언젠가는 하나로 통일되어야 할 동족이다. 비판하고 욕하는 것은 쉽다. 그러나 지금 대한민국 정부가 할 일은 교착된 상황을 타개하고 꼬인 문제를 풀려는 자세와 노력이다. 싫든 좋든 웃는 낯으로 평화를 도모하고 호혜를 구축해야 한다. 그게 정치고, 외교이다.

더욱 중요해진 햇볕정책

북한이 3대 세습을 굳힌 듯하다. 이미 핵무기도 개발했으니 핵 주권국으로 대우해달라고 국제사회에 천명한 바도 있다. 북한의 인권 상황은 세계에서 가장 좋지 않은 상태이다. 사실 북한 당국은 세계에서 가장 대화하기 껄끄러운 상대임이 분명하다. 확 무시하고 살았으면 하는 마음이 하루에도 열두 번씩 생긴다. 김대중 정부나 노무현 정부 역시 그 생각을 해보지 않았을 리 없다. 그럼에도 불구하고 우리는 냉정해져야 한다. 잠수함에서 내린 북한 군인들이 강원도를 휘젓고 다닐 때도 북한 동포를 도와야 한다고 외친 마음을 잘 생각해보아야 한다.

북한을 압박하여 양보를 얻어낸다는 것이 매우 힘든 일임이 분명해지고 있다. 압박하면 압박할수록 핵 개발에 집착하고 담장은 더 높아지고 내부 통제는 더욱 살벌해지는 한편 대중국 의존도는 더 커지게 된다.

햇볕정책이 다시 필요하다. 몇 년간 꼬여버린 남북관계를 감안하면 더욱더 긴밀한 햇볕정책이 필요하다. 이제는 북한 당국이 겉옷이고 속옷이고 다 벗어버릴 정도의 강도가 되어야 한다. 다시 퍼주자. 하루에 세끼, 아니 네 끼, 다섯 끼 먹고 비만증에 걸릴 때까지 퍼 먹이자.

총을 쏘면 우리도 총을 쏴가면서 퍼주자. 포탄이 날아오면 우리도 포탄을 쏟아 붓고 퍼주자. 핵 개발을 못하도록 국제적 압력을 조직하면서도 퍼주자. 정치수용소 없애라고 압력을 가하면서도 퍼주자. 3대 세습 비판하면서도 퍼주어야 한다. 형제가 밉다고 조카들까지 미워할 수는 없다. 그곳에 사는 아이들이 무슨 죄가 있는가?

북한에 쌀을 지원해야 한다. 보수 정권이 대북정책을 유연하게 풀고, 진보 정권이 오히려 북한에 대해 엄격한 민주적 가치의 잣대를 들이대는 모습을 함께 국민에게 보여주었으면 좋겠다.

인권보다 더 중요한 것이 생존권이다. 북녘 하늘 아래 굶주리는 아이들이 지금 250만 명이라고 한다. 우리 동포들이다. 어린아이들이다. 군량미 얘기는 제발 그만하자. 우리에겐 남아도는 쌀이 150만 톤이나 있다. 먹는 거 가지고 그러는 거 아니라고 우리는 배웠다. 보릿고개 시절에도 집에 놀러온 이웃집 아이의 얼굴에 허기가 보이면 우리 어머니들은 누룽지라도 끓여 내 집 아이와 똑같이 먹여 보냈다.

보내야 한다. 엄마들이 먹고 젖이 돌게 하고 아이들이 먹고 웃음을 되찾게 해야 한다. 60년 만에 상봉한 이산가족들의 눈물로 적셔진 금강산을 우리 모두 보지 않았는가.

그렇게 하면 진보세력이 앞장서서 인권 문제를 제기할 수 있다고 나는 예견한다. 인권은 물론 핵 폐기를 위한 북한의 실질적 이행도 야당이 앞장서 촉구할 수도 있을 것이다. 남북관계는 이렇게 호혜적 관계 속에서만 발전해나갈 수 있음을 정권 교체의 반복을 통해 우리 모두 배웠다. 이 땅의 보수든, 진보든 이제 허심탄회하게 인정해야 한다. 평화가 곧 경제고, 상호 공존만이 한반도가 선택할 유일한 대안이다.

김부겸金富謙 연보

1958년

경상북도 상주군 상주읍 갑장산 자락 오대리에서 부 김영룡, 모 차숙희의 장남으로 태어남. 만 4세에 동네 형들을 따라 상주남부초등학교 입학.

1967년

대구초등학교로 전학.

1968년

대구중학교 입학.

1972년

경북고등학교 입학. 학생회장에 출마하여 차점자로 낙선. 학생회 문예부장으로 활동.

1975년

경북고등학교(56회) 졸업. 동아일보 광고 탄압 사태에 항의하기 위하여 친구들과 함께 호주머니를 털어 격려 광고를 게재. 서울대 낙방 후 성균관대에 진학. 대학 휴교령이 떨어지자 사법고시 공부를 하려다가 다시 대학입시를 준비.

1976년

서울대 사회계열에 입학. 이념 서클인 '농업경제학회'에 가입. 2학년 때 정치학과로 진로 선택.

1977년

11월 서울대 중앙도서관 점거 유신 반대 시위를 주도하다 긴급조치 9호 위반으로 구속 및 제적.

1978년

서울고등법원에서 징역 1년 자격정지 1년을 선고받고 영등포 구치소, 서울 구치소, 안양 교도소에서 복역하고 출소.

1979년

인천 부평 소재의 화공업체에 취업. 노동운동을 준비하던 중 '민주화운동으로 인한 수형자 병역문제 (녹화사업) 대책위원회'를 구성하고 대구지역 연락책을 맡음.

1980년

징병검사에서 수형으로 인한 소집 면제 처분. '서울의 봄' 당시 학생운동 지도부로 활동, 5·17계엄령 확대와 함께 신군부의 포고령 위반 혐의(김대중 내란음모 사건)로 공개 수배됨. 두 번째로 구속, 제적되어 안양 교도소에 복역.

1982년

민주화 운동 동지이자 친구인 이영재(목사)의 동생 이유미와 결혼. 12월에 첫딸 연수 태어남.

1983년

대구 미 문화원 폭파사건의 용의자로 몰려 수차례 강제 연행. 고초를 피해 가족들과 함께 서울로 이사.

1984년

작은 전자 회사에 취직, 처음으로 직장생활을 함.

1985년

민주화운동청년연합(민청련)에 가입하여 활동하면서 신촌에 서점 '오늘의 책'과 출판사 '이론과 실천'을 선배 김태경, 유재현 등과 함께 엶.

1986년

신림동 네거리에 '백두서점'을 엶. 재야운동에 본격적으로 투신하기로 하고 민주통일민중운동연합(민통련) 간사생활을 시작함.

1987년

제적과 복학을 반복하다 마침내 서울대 정치학과의 졸업장을 받음. 6월 민주화 대투쟁 당시 민주헌법쟁취국민운동본부의 집행위원으로서 명동 성당 농성에 참여. 둘째 딸 지수 태어남.

1988년

1987년 12월 대선에서 양김의 분열로 패배한 후 예춘호, 조순형, 장기욱 등 야당 인사와 민청학련 세대인 제정구, 유인태, 원혜영, 고영하 등과 함께 '반지역주의 개혁 정당'을 표방한 한겨레민주당을 창당. 동작 갑 선거구에서 첫 출마. 총선에서 실패한 후 '민중의 당' 추진 인사들과 함께 진보적 대중 정당 건설을 위한 정치운동 단체인 '진보정치연합'을 만들고 대변인으로 활동.

1990년

민주연합추진위원회(대표 이우재) 이재오 대변인과 함께 부대변인으로 활동.

1991년

3당 합당을 거부한 민주당(이기택 총재)에 입당하면서 제도정치권에 정식으로 입문. 9월 신민주연합당(김대중 총재)과 합당한 민주당에서 부대변인을 맡음. 당시 대변인은 노무현, 홍사덕.

1992년

서울 동작 갑 선거구 공천에서 낙천. 대선을 앞둔 11월에 '이선실 간첩단 사건'에 연루, 국가보안법 위반 혐의로 세 번째 구속.

1993년

서울지법에서 징역 1년, 집행유예 2년을 선고받아 2월에 석방. 당무기획실 부실장(실장 제정구)으로 복귀. 대여 공세의 어젠다를 설정하던 '정세 보고서'를 매주 발간하여, 당무기획실이 '야당의 안기부'라는 별호를 얻음.

1994년

셋째 딸 현수 태어남.

1995년

민주당 4대 지방선거대책위원회 기획실장, 수석 부대변인으로 일함. 지방선거에선 대승을 거두었으나 새정치국민회의의 분당 사태 일어남.

1996년

민주당이 개혁신당과 합당, '통합민주당'으로 출범. 15대 총선 과천·의왕 선거구에 출마하여 낙선. 이후 통합민주당에 남아 있던 중 '구당救黨 모임'의 김원기, 박석무, 제정구, 김정길, 노무현, 유인태, 원혜영, 홍기훈 등이 결성한 국민통합추진회의(통추)에서 조직위 부위원장을 맡음.

1997년

조순 서울시장을 후보로 내세워 대선을 준비하던 중 다시 조순－이회창의 연대로 통합민주당이 신한국당과 합당, 새로 창당한 한나라당에 합류함.

1998년

제정구 의원의 선거구였던 경기도 군포시의 한나라당 지구당 조직책으로 임명. 중앙당 부대변인으로 일함.

한나라당 내 30~40대 신진 개혁 정치인 그룹인 '미래를 위한 청년연대' 창립, 남경필과 공동대표를 맡음. 연세대 행정대학원에서 외교안보 전공으로 석사학위 취득.

260표 차로 제16대 국회의원에 당선. 국회 정무위원회 위원으로 활동하던 중 한국자산관리공사 임직원의 해외 금융기관 이직과 그에 따른 이해 상충 문제를 폭로. 백봉신사상 베스트 10에 선정됨.

국회 예산결산특별위원회 위원으로 보임됨. 김정일 위원장의 서울 답방과 관련, 국가보안법 개정 논의 당시 한나라당의 소장개혁파들과 당론에 맞서 자유 투표(크로스보팅) 및 개정 찬성 입장을 주장. 이후 크로스보팅에 대해서는 '정치 개혁을 위한 의원 모임(정개모)' 소속의 이재정, 정범구, 장성민, 한나라당의 김원웅, 김영춘 등과 함께 국가보안법 등 개혁입법과 각종 민생법안에 적용토록 한다는 데 의견을 모음. 백봉신사상 대상 수상.

'미래연대' 단일 후보로 추대되어 정풍과 쇄신을 기치로 최고위원 경선에 출마하나 민정계가 석권한 가운데 낙선. 국회 공적자금 국정조사 특별위원회 위원으로 보임. 민주화보상심의위원회로부터 민주화운동 관련자로 인정받음.

- 이부영, 김홍신, 김부겸, 김영춘, 안영근, 원희룡, 이성헌, 심재철 등 10여 명의 개혁 성향 의원 모임인 '국민 속으로' 결성, 한나라당 내부 개혁을 위한 활동에 돌입.

• 여야의 개혁 성향 의원 35명과 함께 '유엔의 동의 없는 미국의 이라크
  전 강행에 반대'하는 성명 발표.
• 민주당 의원들이 불참한 가운데 열린 본회의에서 '대북송금사건 특검
  법안'에 대해 재석 162명 가운데 유일하게 반대표를 던짐. 김부'결' 의
  원으로 불리며 당내에서 고립되기 시작.
• 고영구 국정원장에 대한 사퇴권고결의안에 대해 개혁 성향 의원 6명
  과 함께 반대 및 결의안 철회 촉구 성명 발표.
• 전국의 정치개혁 관련 단체와 여야 개혁파 의원 등 1천여 명이 모인
  '정치개혁을 위한 범국민대회'에서 연설.

"김부겸 의원은 솔직했다. 이날 행사에 참석하면서의 망설임과
6·10항쟁 16주년을 맞는 죄스러움에 대해 얘기하고 힘과 용기
를 달라고 호소했다.
'김원웅 의원이 낡은 기득권을 버리고, 새 꿈을 꾸라고 했는데…
내 꿈은 조금 낡은 것 같아 이 자리에 오면서 망설임이 많았다.
정말 이 자리에 꼭 나와야겠다는 의무감이 있었다. 예전에 이런
것 하다가 그놈의 배지(국회의원)들이 저녁에 약속하고 아침에
딴소리한 적이 너무 많아서… 나는 적어도 그런 것은 하지 말아
야지, 하고 나왔는데 너무 많은 환대를 받았다.
6·10항쟁 때 비디오를 봤다. 눈물을 흘렸다. 다 여기 계신 분들
이 뛰시던 장면이다. 그때 우리는 왜 그렇게 헌신적이었고, 겁
도 없고, 용감했는지… 그 화면에 다 묻어났다. 한열이, 종철이
사진을 보면서… 내가 벌써 이 배지의 단맛에 취해서… 그래서
너무 오래 기득권에 안주했구나 해서 눈물을 흘렸다. 죄송하다.
꿈꾸는 여러분들이 반드시 한국사회를 바꿀 것이다. 한 가지 부
탁한다. 우리 공동체가 어렵다. 밑바닥에 내려가보면 모두 갈가
리 찢겼다. 개혁이 화두지만 자기희생과 포용을 통한 국민 통합
없이는 어디로 갈지 두렵다.
여러분들의 꿈과 희생에 대해 누구도 부인하지 않는다. 이제 비

판하는 것보다 수습하고 보듬어 안고 가야 할 책무가 우리에게
주어졌다. 어렵고 힘든 길 걸어온 분들에게는 부끄럽기 짝이 없
다. 여러분들이 한발 앞에서 해줄 것이라고 믿고, 말석에서 따
라가겠다. 일단 시작하면 뚜벅뚜벅 갈 것이다. 나에게 힘과 용
기를 주기 바린다.'
상당히 오랫동안 박수가 터져 나왔다. 김 의원은 이날 축사에서
가장 긴 박수를 받았다. '와' 하는 함성도 들리지 않고, 묵묵히
긴 박수가 계속 이어졌다. 김 의원이 자리에 돌아가 참석자들에
게 다시 목례를 하고서야 박수가 멈췄다."
– 오마이뉴스, 2003년 6월 11일

- 7월 7일 이우재, 이부영, 안영근, 김영춘과 함께 한나라당을 탈당하고 '지
  역주의 타파 국민통합연대'를 결성. 언론에서 '독수리 5형제'로 불림.
- 11월 11일 민주당 탈당파 40명, 개혁당 2명의 국회의원들과 함께 총
  47석으로 열린우리당을 창당.

2004년

김근태 원내대표 체제에서 홍보부대표를 맡았으나, 수석부대표의 공석
으로 사실상 직을 대행하면서 노무현 대통령 탄핵 국면에 대응. 17대 총
선에서 재선, 국회 통일외교통상위원회 위원에 보임. 신기남 당의장의
비서실장직을 맡음. 열린우리당 중앙위원으로 선출. 2001년에 이어 두
번째 백봉신사상 대상을 수상. 여론조사기관 KSOI의 정치전문가 대상
설문조사에서 원희룡, 유시민과 함께 '차세대 정치인으로 가장 주목되
는 인물'에 선정됨.

2005년

정세균 원내대표 체제에서 원내수석부대표직에 선임. 4대 개혁입법 과
제 중 '과거사법'과 '사학법'을 처리하는 데 성공. 정기국회 중 국회 기자

실에서 정부 여당의 쌀 의무도입 비준안 상정 방침과 관련 "세상에 어느 정부가 자국 농민들을 절망으로 몰고, 농민들을 죽이기 위해 비준안 처리를 하려고 하겠는가?"라는 브리핑을 마친 후 눈물을 흘림.

2006년

전국 정당 건설을 슬로건으로 내걸고 전당대회에 처음으로 출마했으나 낙선. 국회 행정자치위원회 위원으로 보임. 열린우리당이 급속히 약화되면서 구성된 비상대책위원회(7명, 위원장 김근태)에 상임위원으로 선임. 연말 여야를 망라한 중도 개혁세력을 규합하기 위해 손학규, 김효석, 고진화와 함께 서울 백범기념관에서 '대한민국 선진화대회'를 엶.

2007년

대통합민주신당의 대선 후보 경선에서 손학규 후보의 선거대책본부를 총괄 책임지고 선거를 치렀으나 패배. 12월 대선에서 정동영 대통령 후보의 경기도 선거대책위원장을 맡음.

2008년

통합민주당에서 박재승 위원장이 이끈 18대 총선 공천심사위원회 위원으로 선임. 18대 국회의원으로 당선. 국회 교육과학기술위원회 위원장으로 피선. 정권 교체기인 2월 국회 대정부질문에서 "민주주의를 죽이고 경제를 살릴 수 없다"는 제하로 이명박 대통령을 맹렬히 비판.

2009년

교과위 위원장 임기 2년 중 1년을 마친 후 사임. 원내대표 선거에 출마하여 낙선. 국회 문화체육관광방송통신위원회 위원에 보임. 문방위 국감에서 각종 입찰 비리와 수당의 부당 지급 등을 폭로, 현장 답사를 통해 문화재 보존 실태 보고서를 내는 등 국감 우수의원으로 선정되자 언론에서 '초선급 3선 의원'으로 부름. 사형제 폐지 법안을 대표 발의.

2010년

연초 지방선거를 앞두고 '빅텐트─선거연합론'을 주창. 이어 시민사회 진영에서도 같은 주장을 제기하는 가운데 범야권에 걸친 야권 통합 논의를 촉발시킴. '당 개혁 특별위원회' 당원제도 분과위원장을 맡음. '더 큰 민주당'이라는 캐치프레이즈로 원내대표 선거에 재도전했으나 낙선.

2011년

4월 재보선에서 손학규 당대표의 분당 출마를 권유하고 선거사무소에 상근. 동아일보 창간기념 여론조사에서 '10년 뒤 한국을 빛낼 100인'에 선정됨. 브라질 룰라 대통령과 PT당의 정파등록제 연구 세미나에 참석, "진정 어린 대화와 소통의 정치, 좌우를 아우르는 포용의 리더십을 통해 브라질은 사회적 통합을 이루었다"는 연설로 진영의 논리가 지배하고 있는 우리 정치권에 상생의 정치가 필요함을 역설.
김부겸 팬클럽인 '김부겸과 함께라면'이 SNS(페이스북)에 개설되어 500여 명의 회원을 둠. 국회 저출산고령화대책특별위원회 위원장을 맡음.

2012년

1월 민주통합당 전당대회에서 지역주의 타파와 전국정당 완성을 표방하며 출마, 최고위원으로 선출되다. 이후 4월, 19대 국회의원 선거에서 4선이 보장된 경기도 군포를 과감히 떠나 대구 수성구(갑)에 출마하여 40.4%라는 고무적인 득표율을 기록하다. 12월 대선에서 문재인 대통령 후보의 선거대책본부장을 맡아 중앙당사에 상주하며 민주통합당 대선 캠프를 총괄하다.

2013년

5월, 민주통합당 전당대회가 당내 계파싸움으로 변질하는 것을 우려하여 출마 권유를 뿌리치고 당 대표 불출마를 선언하다. 워싱턴에 있는 존스홉킨스 국제관계대학원(SAIS) 방문연구원으로 초빙되어 7개월간 체류하며, 북핵문제와 대미관계 등 한반도 문제에 대한 해법을 모색하다.

6·4 지방선거에서 대구 경북에서의 당세를 확산하고자 하는 민주당 대구시당의 요청에 따라 시장으로 출마하다. 화해와 협력으로 발전하는 대구, 다시 대한민국의 중심이 되는 대구를 슬로건을 내세우고 분투하였으나 40.3%의 득표율로 낙선하다. 지역구인 수성(갑)에서는 50.1%를 얻어 가능성을 확인하다.

2015년

팝 칼럼니스트 김태훈이 묻고 김부겸이 답하는 형식의 세 번째 저서, 〈공존의 공화국을 위하여: 우리가 단 한 번도 가보지 못한 나라〉를 출간하다. 상생과 공존의 철학에 바탕을 두고 정치, 사회, 문화, 인물, 지역, 경제, 역사 등의 주제를 포괄하면서, 상대에 대한 존재 인정과 배려가 없는 오늘의 정치가 얼마나 비극적 현실을 만들고 있는지 피를 토하는 심정을 토로하다.
전후 3년간 매일 지역구 골목을 누비며, '1만 잔의 소맥'을 받아 마셨다고 할 정도로 많은 시민과 직접 부딪치며 '대구에 뼈를 묻을 사람'으로 인정받다.

2016년

두 번의 낙선을 딛고 대구의 중심인 수성(갑)에서 62.3%라는 민주당 후보 중 전국 2위의 높은 득표율로 20대 국회의원에 당선되다. 민주당 후보로서는 31년 만에, 소선거구제하에서는 45년 만에 최초의 쾌거였다.
8월, 대선후보 경선에 나설 것을 선언하다. 10월 이후 박근혜 대통령 탄핵 정국 속에서 '87년 체제'와 제왕적 대통령제의 폐단을 지적하며 개헌론을 제기하다.

2017년

정권교체의 밀알이 될 것을 다짐하며 대선 불출마를 선언하다. 탄핵에 따라 조기 대선이 실시되다. 더불어민주당 문재인 대통령 후보 공동선거대책위원장을 맡아 대구 경북에서 유세 중, 칠성시장에서 쏟아지는 야유에도 굴하지 않고 훗날 '격정'으로 알려진 사자후를 토하다.

행정자치부(이후 국민안전처와의 통합으로 행정안전부로 개칭) 장관으로 취임하다. 경찰청 수뇌부 간에 갈등이 발생하자, 전국지휘관회의가 열리는 경찰청을 방문해 지휘관들을 질타하고 함께 국민 앞에 사과하다. 대입 수능 직전 경북 포항에서 지진이 발생하자 즉각 현장으로 달려가 상황을 파악한 뒤, 수능 연기를 전격 결정하다. 예정된 수능 당일 여진이 다시 발생함에 따라 연기 결정의 적정성이 입증되다.

2018년

중앙정부의 권한을 지방으로 넘겨주는 자치분권과 전국이 골고루 잘사는 균형발전을 추진하다. 특히 지방의 예산 확충을 위해 종전 8:2이던 국세 대 지방세 간 세수 비율을 7:3에 가깝게 조정하는 재정분권 사상 최초의 기록을 남기다. 지방자치법 전부개정안, 지방이양일괄법 제정안, 자치경찰제를 도입하는 경찰법 개정안 등 이른바 '자치분권 3개 법안'과 소방관 국가직화 법안까지 국회에 제출하다. '국민안전 국가책임제'를 선언하고, 국민의 안전이 위협받는 모든 현장에 행안부 장관이 가장 먼저 달려가는 전통을 세우다.

2019년

강원도 일대에서 발생한 산불 진화가 마무리되던 현장에서 장관 임기를 마치다. 그날로 대구로 내려가 22개월간의 공백기를 메우기 위해 총 14회에 걸쳐 동별 의정보고 및 주민간담회를 열다. 대구 매일신문이 대구시민과 경북도민을 대상으로 한 'TK를 이끌어갈 대표 정치지도자' 여론조사에서 1위를 차지하다.

자동차 부품 제조업 분야의 대구형 일자리와 미래형 2차전지를 개발하는 구미형 일자리를 성사시키는 등 지역경제 발전을 위해 정부와 기업, 지역민 간의 가교 역할을 하다.